J. J. PREYER

Wiener Blaupausen

WAS WÄRE WENN Es ist kalt geworden im Wien des Jahres 1967. Das Land wird von einer Bande rechtsgerichteter Politiker regiert, die das Deutsche Reich wieder errichten und das Geschehen in Österreich als Blaupause für das benachbarte Deutschland verwenden wollen.

Der Privatdetektiv Hans Gottschlich ermittelt in einem Mordfall, in den Politiker der Nationalen verwickelt sind. Ein Bankdirektor, der Beweismaterial für die Machenschaften der Regierenden veröffentlichen will, wird erschossen aufgefunden. Die Gegner bedrohen daraufhin auch Gottschlich und sein menschliches Umfeld so massiv, dass er die Aufdeckung der Verbrechen und die Rettung des Landes verloren glaubt. Verloren wie seine ehemalige Braut, die nun mit einem Anhänger der Nationalen verheiratet ist. Bei ihrer ersten Begegnung nach langer Zeit muss er erkennen, dass seine Helga sich verändert hat, dass sie ebenfalls auf Seiten des politischen Gegners steht. Doch Hilfe kommt von völlig unerwarteter Seite.

© Flash-Foto

J. J. Preyer lebt und schreibt in Steyr, in Österreich. Er studierte in Wien Germanistik und Anglistik. 1982 initiierte er einen Marlen-Haushofer-Gedenkabend, der durch die Teilnahme des Wiener Kulturjournalisten Hans Weigel den Anstoß zur Wiederentdeckung der Autorin gab. 1996 gründete J. J. Preyer einen Verlag, in dem er vor allem Kriminalromane C. H. Guenters und literarische Texte Steyrer Autoren herausgab. J. J. Preyer schrieb in den letzten Jahren eine Vielzahl von Kriminalromanen für deutsche und österreichische Verlage, darunter auch Beiträge zur Serie Jerry Cotton. Wiener Blaupausen ist nach Mörderseele, Hassmord, Nahtod und Rankenspiel der fünfte Kriminalroman J. J. Preyers, der im Gmeiner-Verlag veröffentlicht wird.

Bisherige Veröffentlichungen im Gmeiner-Verlag:
Rankenspiel (2016)
Nahtod (2016)
Hassmord (2015)
Mörderseele (2014)

J. J. PREYER

Wiener Blaupausen

Kriminalroman

GMEINER SPANNUNG

Besuchen Sie uns im Internet:
www.gmeiner-verlag.de

Im Ehnried 5, 88605 Meßkirch
Telefon 07575/2095-0
info@gmeiner-verlag.de

1. Auflage 2018

Lektorat: Claudia Senghaas, Kirchardt
Herstellung: Mirjam Hecht
Umschlaggestaltung: U.O.R.G. Lutz Eberle, Stuttgart
unter Verwendung eines Fotos von: © Donatas Dabravolskas/shutterstock.com
Druck: CPI books GmbH, Leck
Printed in Germany
ISBN 978-3-8392-2270-6

Personen und Handlung sind frei erfunden.
Ähnlichkeiten mit lebenden oder toten Personen
sind rein zufällig und nicht beabsichtigt.

*Wie ich klein war, hat der Vater
mich oft g'führt ins Kasperltheater,
und mit großen Augen sah
Wurschtls Lebensweg ich da.
Wie er seinem Weiberl schmeichelt,
wie er's weiße Haserl streichelt,
dann erschlagt er seine Frau,
warum weiß ich nicht genau.
Das sind bitterböse G'schichten,
doch der Wurschtl kann sich's richten,
der mit Tod und Teufel raft,
bis ihn d'Polizei verhaft'.
Wird auch's Krokodil gefährlich,
ausgehn tut sich alles herrlich,
und ins Büchserl kommt zum Schluss
der berühmte Obolus.
Da sagt mir der Vater: »Ich will dir für's Leben
einen Rat, den's 'd verstehn wirst, bis du älter bist, geb'n:
Den Wurschtl, mein Lieber, den kann kaner derschlag'n,
das kann jedes Kind, das im Prater war, sag'n.
Haut ihm auch der Teufel mit'm Hammer am Schädel,
dem Wurschtl g'schieht nix und der Teufel ist der Wedel!
Ja, er wurschtelt sich durch und er wurschtelt sich raus,
schaut er nachher vielleicht ganz verwurschtelt auch aus.
Er kann, wie der Wiener, a Menge vertrag'n,
aber eins kann man net: den Wurschtl derschlag'n.*

Erich Meder

KAPITEL 1

Er befand sich auf dem Heimweg, dem Rückzug und sah das Haus vor sich, die zu einem Wohnhaus ausgebaute Gartenhütte in Gumpoldskirchen. Er roch den Rauch des Holzfeuers, der aus dem Kamin kam, und stellte sich vor, dass sie vor dem Ofen saß, ein Buch las, weil sie nicht wusste, dass er heimkehrte. Sie hätte ihn sonst erwartet. Helga. Seine Helga, die noch nicht seinen Familiennamen trug, weil sie keine Zeit mehr gehabt hatten zu heiraten, als er einberufen worden war, um in den Krieg zu ziehen.

Und jetzt kehrte er heim. Und hörte die Motoren der Flugzeuge, die eigentlich nicht da sein dürften, im November 1948. Der Krieg war vorüber, Österreich war aufgeteilt, Gumpoldskirchen lag in der russischen Besatzungszone.

Die Flugzeuge knarrten im Tiefflug über ihn und die Grundstücke hinweg und … und warfen Bomben ab. Die Siedlung, die den Krieg gut überstanden hatte, ging in Flammen auf. Auch Helgas Haus. Doch er sah das alles nicht mehr. Etwas war mit seinen Augen passiert, ein Bombensplitter musste ihn getroffen haben. Er sah nur mehr Licht, sehr helles Licht, hinter einer Milchglasscheibe.

Das gesunde rechte Auge schmerzte, als Hans Gottschlich die Nachttischlampe einschaltete und auf den

Wecker schaute. Kurz nach halb vier. Immerhin hatte er fast fünf Stunden geschlafen. Und vielleicht konnte er wieder einschlafen, bis er um sechs aus dem Bett musste.

Das jedoch war nur möglich, wenn er sich aus der Opferrolle befreite, in die ihn die verdammten Albträume zwangen, unter denen er jetzt wieder litt. Jetzt, 22 Jahre nach den Ereignissen, die sein Leben auf den Kopf gestellt hatten.

Gottschlich schloss die Augen. Er wollte gegen ihn kämpfen, gegen Heinz Alber, der ihm … der … es war schwer, Worte zu finden … auch in Gedanken. Heinz Alber, der Helga geheiratet hatte.

Er stellte sich den Rattenkopf des Jugendfreundes vor, der nicht in den Krieg gemusst hatte. Unabkömmlich. Bei seiner Zeitung. Im Gegensatz zu Gottschlich, der Ende 1944 eingezogen worden war.

Gottschlich wollte auf den Mann losschlagen, auf seine Stirn, auf die Nase, die Augen … Aber er konnte es nicht. Seine Seele verweigerte die Befreiung.

Heinz Alber war nicht schuld daran, dass Gottschlichs Leben diesen Lauf genommen hatte, dass er einsam in seiner düsteren Wohnung lag, in diesem düsteren Wiener Bezirk.

Die Umstände waren schuld daran. Und er selbst. Hans Gottschlich selbst. Es tat nicht gut, in der Gegenwart an der Vergangenheit zu kleben, Nacht für Nacht in die Vergangenheit einzutauchen. Wenn er im Traum etwas kaufte, bezahlte er noch in Reichsmark.

Gottschlich überlegte, was er kaufen könne, um sein Leben erfreulicher zu gestalten. Österreich hatte sich wirtschaftlich erholt. Die Geschäfte in Wien waren voll mit Waren. Wirtschaftswunder. Und er?

Er wollte wieder hinaus, irgendwohin in die Vorstädte. Nicht nach Gumpoldskirchen. Dort war Helga. Vielleicht nach Hütteldorf …

Das Läuten des Weckers zwang ihn aus dem Bett. Er war wieder eingeschlafen und fühlte sich nun so matt, dass er sich zwingen musste, frische Kleidung anzuziehen. Er durfte sich nicht gehen lassen, musste das Beste aus seinem Leben machen, aus seinem neuen Beruf. Oder aufgeben. Aber dann konsequent. Das Leben beenden mit der Sauer 38H, mit der er aus dem Krieg heimgekehrt war.

Nein, sagte er halblaut. Ich lasse mich nicht kleinkriegen. Jeder Tag hatte seine Aufgabe, die zu erfüllen war. Und am heutigen Tag traf er sich mit Friedhelm Fernbacher am Semmering. Um halb zwölf.

Er hatte noch Zeit. Zeit, sich in die Badewanne zu stellen, um zu duschen. Die 130 Kilometer würde er in zwei bis zweieinhalb Stunden schaffen. Am Semmering könnte Schnee liegen. Hier in Wien, in der Lindengasse, regnete es bei 4 Grad, wie der Blick auf das Thermometer zeigte. Der Blick aus dem Fenster der Zinsburg auf das Gebäude der »Gazette« auf der gegenüberliegenden Straßenseite, für die er bis zum 31. Dezember gearbeitet hatte. Bis sie alle ihren Job verloren hatten.

Darum arbeitete er jetzt als Detektiv, hatte er das ebenerdige Geschäftslokal, in dem sein Vorgänger bis zu seinem Tod Waagen verkauft hatte, zum Detektivbüro und zur Wohnung umgestaltet.

Ja, er durfte mit sich selbst nicht zu streng sein. Eigentlich hatte er aus den widrigen Lebensumständen das Optimale herausgeholt. Und er konnte nicht aufs Land ziehen. Aufträge bekam er nur in Wien.

Aufträge als Detektiv, die ihm halfen, finanziell über die Runden zu kommen. Recherchen, die hauptsächlich darin bestanden, untreue Ehepartner oder geschäftliche Konkurrenten auszuspähen.

Daher wollte er heute, bei Fernbacher, einen guten Eindruck hinterlassen.

Fernbacher war – oh, die Gastherme musste wieder ausgefallen sein, das Wasser aus dem Duschkopf war eiskalt, aber er musste da durch, jetzt, da er schon nass war.

Fernbacher könnte ihm die Rückkehr in seinen eigentlichen Beruf ermöglichen. Er könnte wieder für eine Zeitung arbeiten, in München, hatte Fernbacher in Aussicht gestellt, wenn das mit seinem Auftrag klappte.

Daher musste er durch das kalte Wasser. Und dann nach der Therme sehen. Für die Rasur war warmes Wasser unbedingt notwendig.

Die Gasflamme war erloschen. Jetzt hieß es vorsichtig sein. Wahrscheinlich hatte sich in dem Gerät viel Gas angesammelt, das, sobald es gezündet wurde, explodierte. Schon einmal war eine kostspielige Reparatur notwendig geworden …

Aber wie zündete man Gas vorsichtig an? Gottschlich gab die Antwort selbst: Indem man den Gashahn abdrehte, wartete, bis sich das Gas über die Entlüftung verflüchtigt hatte, und es nach einer, sagen wir Viertelstunde, erneut versuchte.

Bis dahin konnte er Frühstück machen. Eine Semmel vom Vortag auf eine der Heizplatten des Elektroherds legen, die italienische Mokkamaschine mit Wasser und Kaffee füllen, die Butter aus dem Silo holen. So hieß der kleine brummende Kühlschrank in der fensterlosen Küche, die er über das sogenannte Büro entlüftete, indem er eines der beiden Fenster oder die Tür öffnete.

Das kalte Wasser hatte ihm gutgetan. Er fühlte sich einigermaßen frisch, bis er zu dem Papierbriefchen griff, das ihm Dr. Fellinger gegen seine Kopfschmerzen verordnet hatte. 80 Milligramm, die ihm durch den Tag halfen und am Abend mit 40 Milligramm ergänzt wurden.

Das verkürzte zwar sein Leben, doch anders schaffte er es nicht. Der Schmerz ging von der linken Augenhöhle aus, in der nun das Glasauge saß, und reichte bis ins Zentrum seines Denkens, seines Seins. Ein scharfes Messer, das ihn ständig quälte, bedrohte. Das Morphium hielt es auf Distanz.

Er blieb einen Moment sitzen, um die Wirkung abzuwarten, spürte jedoch kaum etwas. Also erhob er sich und begann, seine Aktentasche zu füllen. Mit der Rolleicord, um Fotos zu schießen, seinem Notizblock, mehreren Kugelschreibern. Daneben stellte er das tragbare Uher-Tonbandgerät, das er Willi Kratochwill vom Österreichischen Rundfunk abgekauft hatte.

Und sonst? Sonst nichts. Er fuhr ja nur auf den Semmering und nicht in ein fremdes Land.

Wobei er sich konzentrieren musste. Das Medikament beeinträchtigte seine Fahrtüchtigkeit. Und sein Denkvermögen.

Natürlich. Er musste den Autoatlas mitnehmen, auf dessen Niederösterreich-Seite er Fernbachers Jagdhütte eingezeichnet hatte, nach dessen telefonischer Lagebeschreibung, knapp an der Grenze zur Steiermark. Bis zu einem Schranken, an dem ihn Fernbacher erwarten würde, um Punkt halb zwölf.

Ab Schottwien, das er über Wiener Neustadt erreicht hatte, verflüchtigte sich der dichte Nebel und gab den Blick frei auf eine leicht verschneite Landschaft, die umso winterlicher wurde, je weiter sein Fiat 124 die Passstraße erklomm. Obwohl noch Herbst war.

Als er einen Zug über eines der malerischen Viadukte fahren sah, hielt er an, stieg aus, bemerkte, wie kalt es war, ging zum Kofferraum, um diesem seinen Mantel zu entnehmen, und bewunderte das Schauspiel. Die Dampflok, die sich den Berg hochkämpfte. Den Zauberberg.

Gottschlich schüttelte den Kopf. Er wollte nicht in vorgefertigten Klischees denken. Zauberberg. Thomas Mann. Egal. Die Szene wirkte verzaubernd, nein bezaubernd, auf ihn. Er sog tief die kühle Luft in seine Lungen und dachte wieder einmal daran, wie schön es wäre, auf dem Land zu leben.

Vielleicht in München, in dessen weiterem Umfeld sogar Seen lagen. Wenn Fernbacher ihm half, beruflich wieder voranzukommen …

Fernbacher, Fernbacher … Er musste es auch so schaffen, durfte sich nicht von einem Menschen abhängig machen. Das war riskant.

Und jetzt musste er weiter. Er durfte Fernbacher nicht warten lassen.

Warum eigentlich war Fernbacher nicht nach Wien gekommen? Sie hätten sich in einem Kaffeehaus treffen können oder in Fernbachers Büro oder …

Fernbacher hatte angedeutet, dass es sich um eine heikle Angelegenheit handelte, etwas, von dem sonst niemand erfahren dürfe.

»Sie dürfen niemandem verraten, dass wir uns treffen«, hatte er betont.

Wem sollte er etwas verraten? Außer mit der Trafikantin in der Seidengasse, mit Dr. Fellinger in der Neubaugasse und seinen Klienten hatte er mit niemandem Kontakt.

Und das war gut so.

War es wirklich gut so? Fellinger meinte, die unerträglichen Kopfschmerzen könnten auch seelische Ursachen haben. Und er solle sich überlegen, ob er nicht dieses Thema in Angriff nehmen wolle, mit der Hilfe eines Fachmanns. Psychiater, meinte er. Psychotherapie. Denn auf Dauer wären die Medikamente schädlich für seinen Körper.

Die Lokomotive verschwand in einem Tunnel, aus dem nun der weiße Rauch strömte, bis der Zug verschwunden war.

Auf den Hängen des Semmerings waren Skifahrer unterwegs. Menschen, die sich offenbar Urlaub genommen hatten. Als ein in Gumpoldskirchen geborenes Kind hatte er selbst nie Skifahren gelernt, aber gerodelt waren sie.

Der Ausdruck »Kindsrodel« für eine kindische Person fiel ihm ein, und einen Moment lag fühlte er sich unbeschwert leicht. Als ob es für ihn noch eine Chance geben könnte.

Fernbacher wartete natürlich nicht am Schranken. Der beschneite Waldweg wies nicht einmal Spuren auf, abgesehen von Rehen und anderem Getier. Es musste in der Nacht geschneit haben. Und seither hatte kein Mensch diesen Weg begangen oder befahren.

Gottschlich entschloss sich, das Tonbandgerät im Auto zu lassen. Es war zu schwer, um es durch die Winterlandschaft zu schleppen.

Wenn er nicht auf Aufträge angewiesen wäre, würde er nun Fernbacher Fernbacher sein lassen und … rodeln gehen.

Wenn … wenn.

Er hätte wenigstens daran denken sollen, Winterschuhe mitzunehmen. Mit den schwarzen Halbschuhen rutschte er, außerdem wurden seine Füße nass.

Aber das spürte er kaum. Ein weiterer Vorteil des Morphiumpulvers. Was sollte daran schlecht sein? Es stammte aus einer Pflanze, dem Schlafmohn, und war völlig natürlich. Ein Naturprodukt wie Kräutertees und …

In der Ferne sah er einen Puch Haflinger stehen, vor einem Blockhaus. Gottschlich beschleunigte die Schritte. Auch wenn sie vereinbart hatten, einander beim Schranken zu treffen, wollte er pünktlich sein. Und es war beinahe halb zwölf.

Um die stattliche Jagdhütte herum führten keine Spuren. Da war etwas nicht in Ordnung. Gottschlich blieb stehen und überlegte. War Fernbacher mit einem anderen Auto weggefahren und hatte er vergessen, ihm das mitzuteilen? Dabei hatten sie erst gestern Vormittag telefoniert. Fernbacher hatte brisantes politisches Material angekündigt, das Gottschlich journalistisch bearbeiten sollte. Es würde im »Münchner Merkur« erscheinen und hoffentlich rasch zu einem Ende der »Schandregierung« führen, wie Fernbacher sich ausgedrückt hatte.

Darum der verschwiegene Treffpunkt, der Gottschlich im Moment zu verschwiegen vorkam. Kein Laut, kein Hauch, kein Rauch aus dem gemauerten Kamin. Nichts.

Gottschlich entnahm seiner Aktentasche die Pistole und verstaute sie in der rechten Manteltasche.

Mit der Stille war es vorbei, als ein Flugzeug über den Wald flog, viel zu niedrig, wie Gottschlich fand. Viel zu niedrig. Wie in seinem Traum am frühen Morgen dieses Dienstags im späten November 1967.

Obwohl Gottschlich seine Gedanken zur Ordnung rief, sich einreden wollte, dass Fernbacher in einer dringenden Angelegenheit unterwegs war, dass er auf ihn vergessen hatte, vergessen hatte, ihn anzurufen, ließ sich die dunkle Ahnung nicht vertreiben, die Gottschlich schon befallen hatte, bevor er die unversperrte Tür zur Jagdhütte öffnete.

Im Inneren sah er genau das, was er erwartet hatte. Das heißt, er sah es für den Bruchteil eines Augenblicks, dann nichts mehr, nur mehr sanftes Licht – hinter einer Milchglasscheibe. Wie damals, als es passiert war.

Okay, er musste sich setzen, zur Ruhe kommen, durfte nicht in Panik verfallen, so absolut idiotisch die Situation auch war, in die er geraten war.

Gottschlich ließ sich unsanft auf den Boden nieder, der, wie seine Finger ertasten konnten, aus grobem Holz gezimmert war. Fichtenholz, überlegte er. Auf dem Weg hierher hatte er hauptsächlich Fichten gesehen, neben einigen Föhren und Lärchen. Kaum Laubbäume.

Egal. Deswegen war er nicht hergekommen.

Gottschlich zählte langsam bis 20. Das half meist, um die Kopfschmerzen zu ertragen. Wenn er an ihnen litt. Im Moment spürte er weder sein Gehirn noch seinen Kopf.

Der Schleier vor seinem rechten Auge verzog sich. Er sah die hellen Bretter, aus denen der Boden gezimmert worden war. Eindeutig Fichte.

Ein Stück weiter vorne, zum Tisch hin, waren die Dielen dunkel verfärbt.

Vermutlich Blut. Doch das hatte Zeit. Gottschlich blieb sitzen. Er hatte nun die Arme vor der Brust verschränkt und dachte nach.

Was immer hier geschehen war, er musste es der Polizei melden. Obwohl er natürlich auch fliehen könnte, mit einem Besen, der sicherlich irgendwo in der Hütte stand, die Spur verwischen. Und sich damit selbst verdächtig machen. Nein, er musste die Polizei verständigen. Selbst zur Gendarmerie fahren. Vermutlich hatten sie eine Dienststelle im Kurort Semmering.

Nein, das würde er nicht tun. Er würde Achleitner in Wien anrufen. Seinen Freund, Kriminalrat Nico Achleitner, seinen Ansprechpartner bei der Polizei, als Gottschlich noch für die »Gazette« geschrieben hatte. Ihm konnte er alles in Ruhe erklären, er würde als Dolmetscher dienen zwischen ihm und den Dorfgendarmen.

Mit einem Ruck erhob sich Gottschlich, sah den Mann auf einem der vier Sessel am leeren Tisch, vornüber geneigt. Ein Teil des Schädeldachs fehlte, war blutverkrustet, auch die Blutlache auf der Tischplatte und auf dem Boden war teilweise eingetrocknet. In der rechten, gerade nach unten hängenden Hand hielt der Mann eine Pistole, eine Walther PPK.

Ja und der Tisch war nicht wirklich leer. Auf der rauen Platte, die offenbar aus Eichenholz angefertigt worden war, lag ein, ebenfalls mit Blut befleckter Zettel Papier, auf den der Mann etwas geschrieben hatte.

DIE SCHANDE. ICH KANN NICHT DAMIT LEBEN, stand da, in Blockbuchstaben.

Jetzt erst betrachtete Gottschlich den Toten genauer. Ja, es handelte sich um Friedhelm Fernbacher, Direktor Friedhelm Fernbacher. Direktor a. D. Außer Dienst. Wie er selbst Journalist a. D. war. Ade. Adieu. Auf Nimmerwiedersehen.

Die Chance, mit Fernbachers Hilfe wieder in seinen Beruf einzusteigen, war mit dessen Tod gestorben.

Einem schlimmen Tod.

Schuld an allem waren Guido Holl und die Nationalpartei, die seit dem Vorjahr an der Macht war, mit Holl als Bundeskanzler, dessen rechte Wange eine Wunde zierte, die er nicht vom Krieg hatte. Ein sogenannter Schmiss, der aus der Zeit seines Studiums stammte. Ein schlagender Burschenschafter. Dr. Guido Holl, dessen Doktorarbeit interessant wäre, sich jedoch als unauffindbar erwiesen hatte. Für den Journalisten Hans Gottschlich, der seinen Job verloren hatte, weil die Landwirtschaftsbank liquidiert worden war. Die Geldquelle der Konservativen, denen auch die »Gazette« gehört hatte, für die Gottschlich geschrieben hatte.

Friedhelm Fernbacher war Direktor der Landwirtschaftsbank gewesen. Er hatte Gottschlich brisantes Material über die Nationalpartei versprochen, das er im »Münchner Merkur« veröffentlichen könnte, journalistisch aufbereitet, als neue Berufschance für ihn und Hoffnung für Österreich, um die Regierung Holl zu stürzen.

Unwahrscheinlich, höchst unwahrscheinlich, dass sich Fernbacher erschossen hatte, bevor er ihm das Material zukommen ließ.

Aber was sollte das Wiederholen der immer selben Gedanken! Gottschlich musste mit der Realität dieser seltsamen Situation zurande kommen.

Er raffte sich auf, kontrollierte die beiden Räume des Blockhauses, den Wohnraum, der auch als Küche und Schlafzimmer diente, und das Badezimmer. Nirgendwo fanden sich Schriftstücke irgendwelcher Art, von gedruckten Romanen abgesehen. Fernbacher erwies sich als Fan der roten Krimis des Goldmann-Verlags.

Leere Zettel lagen auf einem kleinen Tisch, der Fernbacher als Schreibfläche gedient hatte, neben mehreren Kugelschreibern.

Nicht aber auf dem Eichentisch, neben dem Abschiedsbrief.

Hatte sich Fernbacher die Mühe gemacht, den Kugelschreiber auf den Schreibtisch zurückzulegen, bevor er …? Nein, er könnte sein letztes Schreiben, wie es sich gehörte, auf dem Schreibtisch verfasst haben und es dann auf dem großen Tisch deponiert haben.

Die Hütte war an das Stromnetz angeschlossen, nicht jedoch an das Telefonnetz. Das Fließwasser musste aus einem Brunnen stammen.

Hatte ihn Fernbacher hierherbestellt, weil er verhindern wollte, dass seine Frau ihn fand und einen Schock erlitt? Hatte er sich deswegen an ihn gewandt, nicht, weil er einen Skandal aufdecken wollte, nicht, weil er ihm eine Chance geben wollte?

Gottschlich griff zu seiner Kamera und machte Fotos, dann überlegte er, ob er etwas übersehen haben könnte, zuckte mit den Schultern und verließ die Hütte, um sich auf den Rückweg zu seinem Auto zu machen.

Von einer Telefonzelle des Postamts Kurort Semmering rief er Nikolaus Achleitner an.

»Ich nehme Kontakt zu Jaidhauser in Schottwien auf«, erklärte dieser. »Er ist der einzige vernünftige Kollege in der Gegend. Und du hast nichts berührt?«

»Ich habe die Tür geöffnet, dann habe ich Handschuhe getragen.«

»Warte auf ihn!«

»Es ist kalt hier oben.«

»Auf dem Zauberberg.«

Gottschlich verkniff sich eine Bemerkung, die in Richtung »Sei nicht so albern!« gegangen wäre. Er musste sich zurückhalten, was Kritik betraf. Seine Freunde waren rar, und er befand sich in einer heiklen Situation. Immerhin könnte man ihn für den Mörder halten. Denn um einen Mord handelte es sich mit großer Wahrscheinlichkeit.

Gottschlich sah die Café-Konditorei auf der gegenüberliegenden Straßenseite, deren auch am Tag beleuchtete Fenster einladend wirkten, von ihrem Namen abgesehen.

»Altwien« nannte sich das Lokal. Besser als irgendetwas mit »Kaiser« allemal. Mit dem hatten die Österreicher am Beginn des Jahrhunderts schlechte Erfahrungen gemacht. Erster Weltkrieg. Bis alles mit dem zweiten Krieg viel schlimmer wurde.

Ob es in diesem Jahrhundert noch einen dritten Weltkrieg geben würde? Auszuschließen war es nicht, wenn man die politische Entwicklung dieses nun geschrumpften Landes betrachtete. Gottschlich glaubte nicht, das Ende des 20. Jahrhunderts zu erleben, also würde ihn das nicht tangieren und Kinder hatte er keine. Obwohl … Er wäre im Jahr 2000 77 Jahre alt. Möglich wäre es. Theoretisch. Ohne das Morphium.

So pessimistisch wie sein eigenes Leben betrachtete Gottschlich auch die politische Lage des Landes. Man bewegte sich Richtung Diktatur, erledigte politische Gegner wirtschaftlich, entzog ihnen die finanzielle Grundlage, machte den Bundespräsidenten zur Marionette, indem man ihm die Frau nahm.

Gottschlich blickte auf seine Armbanduhr. Ein Geschenk noch von seiner Helga, die jetzt Frau Alber war. Verheiratet mit dem gemeinsamen Jugendfreund.

Es war dreiviertel eins. Er hätte als Treffpunkt ein Gasthaus wählen sollen, denn er war hungrig. Und durstig.

Helga und Heinz hatten nicht ahnen können, dass er noch am Leben war. Mit nur einem Auge und ständigen Kopfschmerzen.

Im Café Altwien wurde geraucht. Die dicke Luft ging von einem Tisch aus, an dem vier Männer im Arbeitsgewand saßen, Teller mit Würsteln vor sich. Sie hoben sich von der übrigen Klientel des Cafés ab, das offensichtlich aus Urlaubern bestand. Das heißt, aus Urlauberinnen. Die Männer waren Beiwerk. Sie tranken Weißwein, blätterten die Tageszeitungen durch, die nach dem »Zeitungsputsch«, wie Gottschlich die Einstellung seiner »Gazette« nannte, verblieben waren, regierungstreue, charakterlose Schmierblätter, die im Format immer kleiner wurden. Im wahrsten Sinne des Wortes.

Daneben löffelten die Frauen Torten, die aus purem Fett bestanden, geschlagenem Fett und leckten an den Löffeln, den Tassen, an ihren Lippen. Ersatz für die Sexualität, die ihnen an der Seite ihrer Partner abhandengekommen war.

Die Kellnerin war ungarischer Herkunft, so viel konnte man ihrem Akzent entnehmen, der an die große Marika erinnerte, die gerade in der »Maske in Blau« im Wiener Raimundtheater auf der Bühne stand. Wirbelnd und unverwüstlich.

Gottschlich hatte sich diese Freude gegönnt. Er war nach langer Zeit wieder ins Theater gegangen und hatte Marika Rökk mit seinem Applaus angefeuert.

Sie war nicht mehr die Jüngste, die Marika aus Budapest.

Oh, er musste sich konzentrieren. Die ungarische Kellnerin wollte seine Bestellung aufnehmen.

»Würstel, bitte«, sagte er. »Mit Senf und Kren und einer Semmel. Und …« Gerne hätte er ein Bier bestellt, entschloss sich jedoch dagegen. Er musste einen klaren Kopf bewahren und entschied sich für Apfelsaft gespritzt. Einen halben Liter. Er war durstig.

»Wir hätten auch Schnitzel mit Pommes frites«, erklärte die Kellnerin und betonte nach ungarischer Art die zweite Silbe der Wörter. Doch Gottschlich blieb bei den Würsteln, bestellte aber vier Stück, zwei Paar.

Gegen halb zwei betraten zwei Männer in taubengrauer Uniform das Lokal. Gottschlich hatte inzwischen einen Großen Braunen bestellt und blätterte im kleinformatigen »Österreich-Blick«, für den Heinz Alber schrieb.

Nein, man konnte Heinz nichts vorwerfen. Er schrieb seine Artikel in gewohnt gekonntem Stil. Ein bisschen schärfer war der Ton geworden, in dem er Gerechtigkeit forderte. Und Recht. Und Ordnung.

Aber sonst …

Als sich Gottschlich erhob und die Polizisten an seinen Tisch bat, fokussierte sich die Aufmerksamkeit der verbliebenen weiblichen Gäste auf ihn. Augen fixierten ihn, blitzten für einen flüchtigen Moment abenteuerlich auf.

Die Damen erkannten in der Situation das Abenteuer, das er zu verheißen schien. Ein Robin Hood, der vom Sheriff und seinem Helfer gejagt wurde, weil er …

Ja, was könnte er verbrochen haben in den Augen

jener Damen, die jetzt zum Taschenspiegel griffen und ihr Make-up kontrollierten, die Lippen nachzogen, dabei verstohlen über die Spiegel blickten, schielten, wobei sich die Augen in sonst gemiedenes Terrain verirrten?

Gottschlich befürchtete schon, nach dem Toilettengang auf das Schließen seiner Hose vergessen zu haben, wollte einen kontrollierenden Griff nun aber nicht riskieren, sondern begrüßte den Inspektor und seinen jungen Kollegen, der mit seinen abstehenden Ohren wie eine Fledermaus wirkte.

In knappen, ernsten Worten versuchte er, die Situation darzulegen, die er in Fernbachers Forsthaus vorgefunden hatte.

»Fernbachers Forsthaus?«, erkundigte sich der Herr Inspektor verwundert.

»Jagdhaus. Eigentlich ist es ein Jagdhaus«, korrigierte sich Gottschlich und bemühte sich, sein Gegenüber politisch einzuschätzen.

Die beiden Gendarmen verdächtigte er als Sympathisanten der Rechts-Regierung, also war Vorsicht angebracht, was den wahren Grund für seinen Besuch im Jagdhaus betraf.

»Fernbacher hat mich eingeladen. Ich kannte ihn von meiner journalistischen Tätigkeit her«, erklärte er schließlich.

»Und jetzt machen Sie uns Konkurrenz. Sie haben eine Detektei«, meinte der Herr Inspektor, und der junge Mann an seiner Seite nickte beflissen.

»Grundsätzlich ja. Nicht aber hier. Ein Privatbesuch.«

»Die Geschäfte laufen wohl schlecht?«, wollte der Mann mit dem eisgrauen Schnauzer wissen, dessen Name Gottschlich nicht mehr einfiel … Es war etwas mit Kaffee oder Café. Natürlich! Sacher. Der Mann hatte sich als Inspektor Sacher vorgestellt.

»Sie führen uns jetzt zu der Hütte«, sagte der Gendarm in gehobener Lautstärke. Er musste diesen Wunsch schon vorher geäußert haben.

Also entschuldigte sich Gottschlich. »Ich bin in Gedanken noch bei Friedhelm Fernbacher«, erklärte er. »Er war mir immer gut gesinnt gewesen.«

»Ein Freund?«, erkundigte sich Inspektor Sacher.

»Das wäre zu viel gesagt. Wir kannten einander.«

Auf der Fahrt zum Tatort im grünen VW-Käfer, dem Dienstwagen der beiden Gendarmen, musste Gottschlich noch erklären, wie er den Toten aufgefunden hatte.

Er entschied sich in diesem Moment, seinen Mordverdacht den beiden Beamten gegenüber zu verschweigen, von denen der Ältere den Wagen lenkte, während der Jüngere Gottschlichs Antworten aufschrieb.

Also erzählte er von dem ehemaligen Bankdirektor, der durch einen Schuss in den Kopf zu Tode gekommen sein musste und von dem Abschiedsschreiben auf dem Tisch.

»Ah ja. Das klingt recht eindeutig«, stellte Sacher fest. »Und Sie sind mit dem Schauspieler verwandt?«, zeigte sich der Mann nun entspannter. Er schien auf eine rasche Erledigung des Falls zu hoffen.

»Mit welchem Schauspieler?«, fragte Gottschlich.

»Dem alten Grantscherm. Was hat er zuletzt gespielt, Bernhard?«

»Ich bedaure, Herr Inspektor. Ich weiß leider nicht, wen Sie meinen. Leider«, kam die Antwort des jungen Kollegen.

»Na, der alte Gottschlich. Im Schwejk hat er gespielt. Den Film meine ich.«

»Das war der Rühmann«, wagte Gottschlich zu widersprechen.

»Der Schwejk war der Rühmann. Aber der Gottschlich hat irgendeinen Landpolizisten gespielt.«

»Nein, wir haben keine Schauspieler in unserer Familie«, beschied Gottschlich.

Um den mit einem Vorhängeschloss gesicherten Schranken zu öffnen, musste der junge Gendarm den geheizten Wagen verlassen. Doch er scheiterte an seiner Aufgabe, sodass auch Inspektor Sacher aussteigen musste.

Gottschlich befahl er barsch, im Auto zu bleiben, schaltete den Motor aus und zog den Zündschlüssel ab.

Sofort wurde es kalt im Wagen. Andererseits empfand Gottschlich die frische Luft als Wohltat. Ihm war auf der kurzen Fahrt übel geworden.

»Sie sind doch Detektiv«, wandte sich nun Sacher an Gottschlich. »Vielleicht schaffen Sie es. Wir sind keine geübten Schlösserknacker.«

»Ich werde es versuchen«, antwortete Gottschlich.

Er griff nach seiner Aktentasche und entnahm dieser einen Dietrich, einen Nachschlüssel, wie er sich für das Öffnen von einfachen Buntbartschlössern eignete.

Eine einzige Drehung öffnete das Vorhängeschloss, sodass die Fahrt fortgesetzt werden konnte.

»Sie bleiben heraußen, während wir den Tatort besichtigen«, befahl der Inspektor in besonders strengem Ton, wohl um seine Autorität nach dem gescheiterten Knacken des Schlosses wiederherzustellen.

»Gerne«, sagte Gottschlich. »Es ist kein erfreulicher Anblick.«

»Die Spuren im Schnee sind klar«, erklärte Sacher seinem jungen Kollegen. »Herr Gottschlich hin und zurück. Und wir. Sonst nichts. Also keine Fremdeinwirkung, wenn wir nicht Herrn Gottschlich als Verdächtigen betrachten.«

Gottschlich schwieg. Er verzichtete, darauf hinzuweisen, dass es noch am Morgen geschneit hatte, dass der Mann schon länger tot war. Und … Und überhaupt. Die beiden Herren sollten ihres Amtes walten. Er würde seine eigenen Schlüsse ziehen und …

Er würde diesen Fall lösen. Eine erfolgreiche Suche nach dem Täter könnte letztlich auch die politische Situation in Österreich verändern. Und da diese in Gottschlichs Augen katastrophal schlecht war, konnte sie sich nur zum Besseren wenden.

KAPITEL 2

Auf der Rückfahrt nach Wien beschloss Gottschlich, nur mehr die absolut nötige Dosis seines Medikaments zu nehmen. Er brauchte einen klaren Kopf, um den Fall zu lösen. Das war er sich nicht nur selbst schuldig, sondern dem ganzen Land.

Bei diesem Gedanken musste er lächeln. So theatralisch war er selten. In seiner Tätigkeit als Journalist hatte er sich um Sachlichkeit bemüht.

Aber es stimmte. Der Umstand, dass die beiden Gendarmen überzeugt waren, dass Fernbacher sich selbst getötet hatte, verstärkte seinen Verdacht, dass es sich um einen Mord handelte. Genau dieser Eindruck sollte erweckt werden.

In seinem Wohnzimmer, dessen Fenster in den kahlen Hinterhof blickten, war es so angenehm warm, dass er sich zu müde fühlte, gleich mit den Aufzeichnungen zu beginnen. Er hatte es sich zur Regel gemacht, die einzelnen Ermittlungsschritte bis ins Detail zu dokumentieren, denn Ereignisse und Beobachtungen, die anfangs nebensächlich erschienen waren, erwiesen sich zuweilen als wesentlich bei der Lösung eines Falls. Oder so ähnlich.

So viele Fälle hatte er nicht gelöst in dem knappen Jahr, seitdem er gezwungen gewesen war, den Beruf zu wechseln. Der weise Spruch, den er sich zurechtgelegt hatte, hatte sich ein einziges Mal bewahrheitet, nämlich bei einem Einbruch in die Trafik in der Seidengasse. Der Vorgänger von Frau Ottitzky, ein Kriegsversehrter wie er, hatte der Polizei gegenüber behauptet, es sei nichts gestohlen worden, der Einbruch sei gescheitert, die Täter wären unverrichteter Dinge abgezogen.

Dabei hatte Gottschlich klar erkennen können, dass das Scherengitter vor dem Geschäftseingang aufgezwängt und die Verglasung der Tür zerbrochen worden war.

Warum also, hatte er überlegt, leugnete der Trafikant den Einbruch? Die Antwort war für ihn klar gewesen: Der Mann verkaufte verbotene Waren. Also hatte Gottschlich bei seinen Einkäufen die Augen offen gehalten und bemerkt, dass ihn manche Kunden vorließen, obwohl sie an der Reihe waren. Sie blätterten in Zeitungen und Zeitschriften, bis er die Trafik verlassen hatte.

Kurzum, er hatte herausgefunden, dass Nowak einerseits Schwedenpornos an die jungen Herrn des Studentenheims in der Hermanngasse verkaufte sowie Haschisch aus eigenem Anbau aus seinem Schrebergarten auf der Schmelz.

Gottschlich hatte lange darüber nachgedacht, was er tun solle. Sowohl die Pornos als auch das Haschisch schadeten nicht wirklich jemandem. Außer dass es beruhigte und die jungen Herren aus dem Studentenheim vom bitter nötigen Protest abhielt, der in der politischen Situation, unter der einigermaßen intelligente Leute leiden sollten, durchaus angebracht gewesen wäre.

Gottschlich sprach Nowak darauf an, riet ihm, vorsichtiger zu sein. Und das war es gewesen. Der Mann hatte vor Aufregung einen epileptischen Anfall erlitten, die Trafik war einen ganzen Monat geschlossen gewesen, bis Frau Ottitzky übernommen hatte, die sich an die Gesetze hielt.

Aber jetzt war Zeit für die Couch, sein liebstes Möbelstück, im warmen Wohnzimmer. Die flauschige Decke vermittelte ihm ein zusätzliches Gefühl von Geborgenheit.

Das Läuten des Telefons weckte ihn. Es war dunkel geworden. Und kühl. Die Gastherme musste wieder schlappgemacht haben. Er musste sie reparieren lassen, so ging das nicht weiter.

»Detektei Gottschlich. Der Chef am Apparat«, meldete er sich.

»Ich hätte mich gerne mit Ihnen getroffen«, sagte eine männliche Stimme, die Gottschlich bekannt vorkam.

»Sie sind …«

»Mein Name ist Bernhard Lanner. Wir haben uns heute Vormittag getroffen.«

Bernhard Lanner hieß also der junge Gendarm, der neben seinem älteren Kollegen kaum zu Wort gekommen war.

»Der Chef will die Sache als Selbstmord abtun, aber daran glaube ich nicht«, fuhr Lanner fort. »Und da wollte ich Sie fragen, was Sie davon halten.«

»Wenn Sie wollen, können wir uns treffen, zu einem Abendessen in … oh, das wäre schön. In Thallern, in der Backhendlstation. Liegt etwa auf halbem Weg.«

»Wann?«

»Halb acht?«

»Halb acht.«

Jetzt freute sich Gottschlich das erste Mal an diesem Tag. Ein Backhenderl in Thallern, das würde diesen Tag gut ausklingen lassen.

Der Parkplatz vor dem Lokal, das zwischen Mödling und Gumpoldskirchen lag, war fast voll. Aus dem Gastzimmer tönten angeregte Stimmen, es duftete nach panierten Hühnern.

Der junge Gendarm mit den abstehenden Ohren erhob sich von einem der Tische. Das halb volle Glas G'spritzter vor ihm verriet, dass er schon eine Weile hier saß oder Durst hatte.

Auch er würde sich einen oder mehrere G'spritzte gönnen und im Notfall den Zug zurück nach Wien nehmen. Dann konnte er morgen wieder hierherfahren, um das Auto zu holen, und noch einmal einkehren.

Die Arbeit an diesem Fall entwickelte sich ganz und gar nicht unangenehm, von dem toten Bankdirektor am Vormittag abgesehen.

»Mit der Essensbestellung habe ich auf Sie gewartet. Sie sind mein Gast. Ich danke Ihnen, dass Sie sich Zeit für mich genommen haben«, sagte Lanner.

»Ich komme gern hierher«, erwiderte Gottschlich. »Ich kenne das Lokal schon aus Kindertagen.«

»Und ich liebe Thallern. Meine Großmutter lebt in Mödling.«

»Ah ja.«

»Meine Eltern arbeiten am Semmering, und so bin ich auf den Berg gekommen.«

»Sie sind nicht gern dort?«

»Was wollen die Herren speisen?«, unterbrach eine Kellnerin das Gespräch.

»Wollen wir uns noch vor dem Essen dem Thema widmen?«, fragte Gottschlich den jungen Lanner, der der Kellnerin begehrlich nachblickte.

»Unbedingt«, sagte dieser und wandte seinen Blick Gottschlich zu. »Sie haben zwei verschiedene Augen«, stellte er fest und entschuldigte sich sofort.

»Gut beobachtet«, beruhigte ihn Gottschlich. »Das Blaue ist aus Glas, das Braune echt.«

»Es ist nicht braun«, widersprach Bernhard Lanner. »Es ist schwarz. Wie eine Tollkirsche.«

»Sie gehen den Dingen auf den Grund.«

»Nichts für ungut, wie gesagt. Eine Kriegsverletzung?«

Gottschlich nickte. »Aber mit dem braunen Auge sehe ich wie ein Adler.«

»Schwarz«, widersprach der junge Mann.

»Und Sie sind auch anderer Meinung als Ihr Chef, was die Beurteilung der Todesumstände des Bankdirektors betrifft.«

»Er will mich nicht einmal anhören. Ich meine Sacher. Für ihn ist der Fall klar. Ein Erschossener, ein Abschiedsbrief. Selbstmord.«

War es möglich, dass der junge Gendarm tatsächlich mehr hinter dem Tod des Ex-Bankers vermutete? Oder war das eine Falle? Ein Versuch Sachers, herauszufinden, was er über Fernbacher wusste?

Gottschlich beschloss, vorsichtig zu bleiben, abzuwarten, was Lanner ihm mitteilen wollte.

»Ich musste die Ehefrau verständigen.«

»Oh, das hat der Chef dem Mitarbeiter überlassen.«

Lanner nickte und fuhr fort. »Ich habe sie gefragt, ob ihr Mann Rechts- oder Linkshänder war.«

»Und?«

»Linkshänder. Der Mörder hat ihm die Waffe in die falsche Hand gedrückt.«

»Da haben Sie ganze Arbeit geleistet«, lobte Gottschlich sein Gegenüber und sah zu seiner Freude, dass dessen faltenloses Gesicht zu leuchten begann.

Er beschloss, seine Zurückhaltung aufzugeben und die Hintergründe des vermutlichen Mordes zu erklären. »Man hatte Fernbacher beruflich kaltgestellt, die Landwirtschaftsbank, der er vorgestanden hatte, in den Konkurs getrieben, um den Konservativen die wirtschaftliche Grundlage zu entziehen. Mit der Folge, dass auch ich meinen Job verlor, bei der konservativen ›Gazette‹ …«

»Ah, Sie waren nicht immer Detektiv.«

»Nein. Das ist eine Notlösung. Kurzum, Fernbacher hatte brisantes Material über die Regierung, die ihm das angetan hatte, gesammelt und wollte es im Ausland veröffentlichen lassen.«

»Über Sie.«

»Über mich.«

»Und da ist Ihnen jemand zuvorgekommen, hat ihn liquidiert und das Material mitgenommen.«

»So muss es gewesen sein«, bestätigte Gottschlich.

»So, die Hendln. Ich wünsche guten Appetit«, mischte

sich die Kellnerin in das Gespräch. »Darf ich noch etwas zu trinken bringen?«

Wieder blickte der junge Mann der Frau begehrlich nach. Für das Backhuhn auf seinem Teller interessierte er sich weniger, und Gottschlich erkundigte sich, ob er verheiratet wäre.

»Leider nein. Ich finde mir keine auf dem Semmering. Lauter alte Schachteln und Ungarinnen. Ich meine das Personal.«

»Und Sie wollen keine Ungarin?«

»Nein.«

»Warum?«

»Sie gefallen mir nicht«, erklärte Bernhard Lanner.

Gottschlich indes nahm eine panierte Hühnerkeule in die Hand und dachte beim ersten Biss an die ungarische Tänzerin und Sängerin Marika Rökk und ihre strammen Waden. Er würde sich »Die Maske in Blau« noch einmal ansehen, denn ihm gefielen Ungarinnen.

»Wir sind uns also einig, dass Friedhelm Fernbachers Tod zumindest verdächtig ist«, fasste Gottschlich das bisherige Gespräch zusammen.

»Mord. Es war eindeutig Mord.«

»Und Sie verdächtigen Ihren Chef, entweder der Täter zu sein oder mit den Mördern unter einer Decke zu stecken.«

Diese Äußerung Gottschlichs überraschte Lanner so sehr, dass er sich verschluckte.

»Auf gar keinen Fall«, verneinte er. »Sacher ist weder Mörder noch Komplize.«

»Sondern?«

»Er ist auch nicht dumm. Er ahnt, was gespielt wird.«

»Hat er das angedeutet?«

»Nein, natürlich nicht. Er baut die Pension seiner Frau aus, will ins Beherbergungsgewerbe wechseln, hat Kredite laufen …«

»Und will all das nicht gefährden.«

»Der Kartoffelsalat war lecker«, sagte der junge Gendarm und rief nach der Kellnerin.

Lecker, dachte Gottschlich. Nur ein sehr junger Mensch konnte dieses schreckliche Wort gebrauchen, das er offenbar von den deutschen Feriengästen übernommen hatte.

»Sie trägt keinen Ehering«, stellte Lanner fest.

»Wer? Ah, die Kellnerin. Sie sollten sich mit ihr verabreden.«

»Sie meinen?«

»Unbedingt.«

»Beim Zahlen. Ich werde ihr mit dem Trinkgeld meine Adresse zustecken. Mit einem ›Want to see you‹«

Oh Gott, jetzt kam er noch mit englischen Vokabeln, dachte Gottschlich und überlegte kurz, wie er vorgehen würde, hätte er ein Auge auf die Kellnerin geworfen. Ein Auge geworfen! Das wäre zu gefährlich. Er hatte ja nur mehr eines. Und mit diesem würde er auf Helga schauen. Deren Anblick er bisher gemieden hatte. Zu sehr schmerzte es ihn, sie verloren zu haben. Noch immer. An die 20 Jahre danach. Andere Frauen interessierten ihn nicht. Außer der Rökk.

In angeregter Stimmung trat Gottschlich die Heimfahrt an. Mein Gott, wie Lanner enttäuscht gewesen war, als zum Zahlen ein alter Kellner erschienen war, wie er beim Hinausgehen die fesche Kellnerin direkt gefragt hatte, ob er sie in den nächsten Tagen in ein Café einladen dürfe, wie sie stumm genickt und ihm ihre Telefonnummer zugesteckt hatte.

Der junge Gendarm war in Ordnung, fand Gottschlich.

Beschwingt entstieg er seinem Fiat, erfreut, dass exakt vor seiner Wohnung ein Parkplatz frei gewesen war.

Beim Aufschließen der Geschäftstür wurde er jedoch stutzig. Er sperrte immer nur einmal ab, denn das alte Zylinderschloss konnte sich, drehte man den Schlüssel zweimal, als äußerst problematisch erweisen und klemmen.

Heute jedoch war zweimal abgeschlossen. Und das bedeutete, dass er entweder in alte Gewohnheiten zurückverfallen war, oder dass ihm jemand einen unangemeldeten Besuch abgestattet hatte.

Er zog seine Pistole, entsicherte sie und kontrollierte zunächst das Büro, dann Wohnzimmer, Schlafzimmer, Bad und Flur. Nichts.

Was würde Eindringlinge, die offenbar gewusst hatten, dass er unterwegs war, interessieren?

Dokumente natürlich. Sein Safe.

Doch der war unberührt.

Die Papierblätter, auf denen er den Fall dokumentierte, lagen wie zuvor auf dem Wohnzimmertisch.

Als er nach einer Tasse Kaffee die Toilette aufsuchen musste, wurde er allerdings stutzig. Das Wasser in der Kloschüssel lief ständig, und das geschah nur, wenn man an der Kette zog und den Hebel am Wasserbehälter nicht extra nach oben schob. Und darauf vergaß er eigentlich nie.

Eigentlich. Auszuschließen war es nicht.

Nachdenken, schreiben und planen wollte er morgen. Jetzt, da er müde und beschwipst war, wollte er fernsehen. Auch er brauchte Freizeit. Man konnte nicht immer im Dienst sein.

Auf eine weitere Dosis Morphium verzichtete er. Er fühlte sich ganz gut.

Die Bundeshymne, die am Ende jedes Fernsehabends gesendet wurde, weckte ihn. Es war kalt geworden in der Wohnung. Die Therme war wieder ausgefallen. Bevor er zu Bett ging, schrieb er groß auf einen Zettel »Therme«. Auch dieses Problem musste gelöst werden. Aber nicht mehr heute.

Er erwachte von seinem eigenen Schrei. Mit seinem Kopf war etwas nicht in Ordnung. Der fürchterliche Schmerz! Ärger als damals, als ihn die Granatsplitter getroffen hatten. Er hätte die abendliche Morphiumdosis nicht auslassen dürfen, quälte sich aus dem Bett Richtung Badezimmer und versuchte das Zittern seiner Hände so weit zu beherrschen, dass er das weiße Pulver in den Zahnputzbecher schütten und mit etwas Wasser vermischen konnte.

Um die Wirkung abzuwarten, setzte er sich auf den kalten Rand der emaillierten Badewanne.

Er musste disziplinierter werden, das Medikament regelmäßig einnehmen. Nur so konnte er funktionieren.

Wobei die Wirkung so schwach ausfiel, dass er einen Moment an der Wirksamkeit der Droge zweifelte.

Dennoch widmete er sich der Gastherme, wollte wieder die Flamme mit einem Zündholz entfachen, als ihm einfiel, die Öffnung, aus der das Gas strömte, könnte verkrustet sein. Dem Werkzeugkasten im Vorzimmer entnahm er eine Drahtbürste – und, ja, tatsächlich, die Zündflamme brannte nun kräftiger, wirkte nicht mehr schwächlich bläulich, sondern hatte eine gesunde orange Farbe angenommen.

Konsequenterweise ergänzte er das Wort »Therme« auf dem Merkzettel mit einem Fragezeichen und schrieb noch »Frau Fernbacher« dazu. Mit ihr würde er morgen, nein heute – es war schon 3 Uhr – Kontakt aufnehmen.

Dann stellte er den Wecker auf 7 Uhr und schlief rasch ein.

Disziplin. Gottschlich wollte deutlich unterscheiden zwischen Freizeit und Arbeitszeit, also ging er nicht zum läutenden Telefon im Büro, als er beim Frühstück saß. Es war erst dreiviertel acht und er war erst ab acht im Dienst.

In seiner Freizeit musste er auf sich achten, Spaziergänge machen, schwimmen gehen.

Als das Telefon erneut läutete, bewegte er sich doch ins Büro, das angenehm warm war. Die Therme funktionierte wieder tadellos.

»Was war los gestern?«, fragte Kriminalrat Achleitner mit belegter Stimme.

»Außer dem, von dem du schon weißt, nichts Besonderes. Der Gendarm am Semmering meint, Fernbacher habe Selbstmord begangen.«

»Ich möchte mich mit dir treffen.«

»Gerne. Kommst du zu mir?«

»Ich kann nur kurz vom Dienst weg. Komm ins Café Rathaus! Landesgerichtsstraße 5.«

»Ich weiß. Hinter dem Rathaus.«

»Halb neun?«

»Halb neun.«

Weil die Straßenbahnverbindung zunächst zum Ring und dann in die Josefstadt gut klappte, betrat Gottschlich schon einige Minuten vor halb neun das um diese Zeit voll besetzte Café, in dem Beamte des Rathauses frühstückten.

Als sich Gottschlich nach Kriminalrat Achleitner erkundigte, führte ihn der Kellner zu einem leeren Tisch, auf dem ein Reserviert-Zeichen stand.

Da er schon gefrühstückt hatte, begnügte sich Gottschlich mit einem Großen Braunen und fragte sich insgeheim, welchen Unterschied es zwischen einem Großen Braunen und einem Verlängerten gab.

Eben diese Frage stellte er seinem Freund Nico Achleitner, der sich ächzend und stöhnend neben ihm niederließ.

Der füllige Mann, der wie Gottschlich 44 Jahre alt war, wirkte viel jünger als er, fand Gottschlich. Das machte das Fett im Gesicht, das ihm das Aussehen eines glücklichen Jungen verlieh.

»Keine Ahnung«, erwiderte Achleitner und reichte die Frage weiter an Herrn Ewald, den Ober.

»Der Unterschied liegt in der Stärke«, erklärte dieser. »Beides wird mit Obers serviert. Der Große Braune enthält zwei Portionen Mokka, der Verlängerte nur eine, der Rest ist heißes Wasser.«

»Alles klar. Einen Großen Braunen, bitte, und ein Butterkipferl.«

»Mit Butter? Ich meine zum Aufstreichen.«

»Unbedingt.« Nach dem Abgang des Obers wiederholte der Kriminalrat die Frage, die er schon am Telefon gestellt hatte: »Was war gestern los?«

»Das Wesentliche weißt du schon. Ich hatte ein Treffen mit Fernbacher in seiner Jagdhütte vereinbart und habe ihn erschossen vorgefunden. Dann hab ich dich angerufen.«

»Und ich habe Jaidhauser in Schottwien verständigt.«

»Der ist aber nicht gekommen. Gekommen sind zwei Polizisten aus dem Kurort, der eine hat Sacher geheißen, der andere Bernhard Lanner.«

»Genau um den geht es.«

»Ja, was ist mit ihm?«

»Er ist tot.«

Mit einem Ruck stellte Gottschlich seine Kaffeetasse auf den Tisch und schaute seinem Freund forschend ins faltenfreie Gesicht.

»Aber ...«

»Ich weiß, dass du ihn gestern Abend getroffen hast. Seine Mutter hat es mir verraten.«

Gottschlich nickte und fragte: »Ist es auf der Heimfahrt passiert? Wir haben getrunken, aber nicht wirklich viel.«

»Nach der Heimfahrt. Was habt ihr besprochen? Irgendetwas muss den jungen Menschen total verwirrt haben.«

»Du willst doch nicht etwa andeuten, dass auch er Selbstmord begangen hat.«

»Doch«, sagte Nico Achleitner und nickte.

Gottschlich überlegte. Lange Zeit betrachtete er seinen Freund schweigend, in Gedanken, wie weit er sich ihm anvertrauen sollte. Nico war verlässlich und ehrlich, aber er war Beamter und als solcher von den neuen Machthabern abhängig. Wie weit sollte er ihn in die Sache hineinziehen?

»Er war mir sympathisch, im Gegensatz zu seinem Kollegen, also habe ich ihn eingeladen«, sagte er schließlich.

»Das glaubst du wohl selbst nicht.«

»Wie ist er gestorben?«

»In der Garage. Bei laufendem Motor. So hat ihn seine Mutter gefunden.«

»Verdammt.«

»Und du glaubst nicht, dass es Selbstmord war?«

»Der zweite Selbstmord auf dem Semmering innerhalb weniger Stunden?«

»Soll vorkommen. Du musst ja wissen, in welcher Stimmung Lanner war.«

»Ja, das weiß ich«, bestätigte Gottschlich.

»Du willst aber nicht darüber reden.«

»Ich will dich nicht in diese Sache hineinziehen.«

»Wie du meinst. Wobei ich dir versichere, dass ich auf deiner Seite stehe.«

»Danke, Nico. Das weiß ich. Und ich steh auf deiner Seite. Daher meine Zurückhaltung.«

»Die ja auch eine Antwort auf meine Fragen ist. Pass auf dich auf! Da ist etwas im Gange, das gefährlich werden könnte.«

»Ja. Zwei Menschen mussten sterben.«

»Melde dich bei mir, wenn du Hilfe brauchst«, bemerkte der Kriminalrat noch, dann winkte er den Ober heran, um zu bezahlen.

»Das übernehme ich«, sagte Gottschlich.

Von der Telefonzelle vor dem Amerika-Haus rief Gottschlich Friedhelm Fernbachers Witwe an. Diese lud ihn zu Kaffee und Kuchen nach Grinzing ein. »Bei uns zu Hause.«

Gottschlich begab sich in die Niederungen des sogenannten Hanusch-Reindls, der kreisrunden Straßenbahnremise bei der Universität, von der die Straßenbahn Nummer 38 Richtung Grinzing fuhr. Der Name Hanusch leitete sich von dem früheren Wiener Bürgermeister und jetzigen Bundespräsidenten Hilmar Hanusch her.

Gottschlich hatte noch fast zwei Stunden Zeit, wollte diese aber in freier Natur verbringen, um beim Gehen nachzudenken.

Es war zwar nicht besonders schön. Dicker Nebel lag über der Stadt. Doch war es windstill und regnete nicht.

Die alte, rumpelnde Straßenbahn bewältigte die knapp sechs Kilometer in nicht ganz einer halben Stunde, sodass Gottschlich um 10.17 Uhr dem Waggon entstieg und sich Richtung Weinberge entfernte.

Mein Gott, er war völlig außer Form. Die nur leichte Steigung nahm ihm den Atem, doch wurde es besser, je länger er ging. Er musste das öfter machen. Raus aus der Stadt, sich bewegen, sein Leben angenehmer gestalten. Auch wenn das nicht leicht war. Denn weder privat noch beruflich gab es Grund zur Freude. Umso mehr musste er auf sich schauen.

Bernhard Lanner, der mit der Kellnerin in Thallern geflirtet hatte, der voll Leben und Energie gewesen war, sollte sich selbst getötet haben. Unmöglich. Er war hingerichtet worden, weil er sich nicht gefügt hatte, weil er mit ihm, mit Gottschlich, in Kontakt getreten war.

Das alles passte in die zynische Vorgehensweise dieser Leute. Fernbacher hatte auspacken wollen, was diese Schandregierung betraf. Er war tot. Lanner war mit den Ermittlungen seines Chefs nicht zufrieden. Tot.

Man war in Gottschlichs Büro eingedrungen, um herauszufinden, was er wusste. Dessen war er sich nun sicher. Es half nicht, die Augen vor der Realität zu verschließen.

Sie hatten noch nichts gefunden, ließen ihn weiter ermitteln, bis er auf etwas stieß … Und dann würde wohl er an die Reihe kommen. Selbstmord mit einer Überdosis Morphium. Und aus.

Er war beim Bergaufgehen ins Schwitzen geraten, blieb stehen, blickte Richtung Innenstadt, doch konnte er des Nebels wegen nichts erkennen.

An den Weinstöcken neben der hohlen Gasse, durch die er gewandert war, hingen noch Trauben. Entweder hatte man sie vergessen, oder die Winterkälte sollte sie zu Eiswein veredeln. Ja, man konnte auch aus widrigsten Umständen etwas machen.

Gottschlich brach eine der Trauben vom Weinstock und kostete davon. Nicht schlecht. Etwas kalt, aber durchaus bekömmlich und wunderbar gegen den Durst.

Ja, das war es! Er musste jeden Tag ins Freie, auf sich schauen, dann konnte er …

Oh, er musste umdrehen. Die Villa der Fernbachers lag in der Dehmgasse.

Er war gespannt auf Dagmar Fernbacher und stellte sich eine elegante junge Frau vor, die der ehemalige Direktor der Landwirtschaftsbank auf einem Ball kennengelernt hatte. Schön, jung, strahlend.

Gottschlich wurde nicht enttäuscht, als er die Villa betrat. Dagmar Fernbacher war eine wunderschöne, allerdings nicht mehr ganz junge Frau. Er schätzte sie auf Anfang 50. Nur das Schwarz ihrer Kleidung und die dunklen Ringe unter den Augen, die auch das perfekte Make-up nicht verbergen konnte, verrieten die Sorgen, die diese Frau hatte.

Gottschlich stellte sich vor, überlegte einen kurzen Moment lang, ob er einen Handkuss andeuten sollte, entschied sich dagegen, schüttelte die eiskalte Hand der Witwe und folgte ihr in den Salon, wie sie das geräumige, helle Zimmer nannte, in dem eine Haushaltshilfe Kaffee servierte.

»Ich bin froh, dass Sie gekommen sind, Herr Gottschlich. Mein Mann hatte Vertrauen zu Ihnen, also denke ich …«

»Mein Beileid, Frau Fernbacher. Ja, Ihr Mann wollte mit mir zusammenarbeiten, um …«

»Ich weiß. Friedhelm und ich hatten keine Geheimnisse voreinander.«

»Gut. Das ist sehr hilfreich.«

»Ich hätte Sie kontaktiert, sobald mir das zeitlich möglich gewesen wäre.«

»Das trifft sich gut. Ich will herausfinden, was mit Ihrem Mann tatsächlich geschehen ist. Obwohl der Auftrag mit seinem Tod erloschen ist.«

»Er ist erschossen worden, liquidiert, wie seine Bank, ich meine die Bank, die er geleitet hat. Es waren die Schergen Holls«, erklärte Dagmar Fernbacher mit fester Stimme.

»Mein Verdacht zielt in dieselbe Richtung«, pflichtete ihr Gottschlich bei.

»Vielen Dank, Anna. Sie können jetzt gehen«, wandte sich Frau Fernbacher an die ältere Frau, die den Gast mit Kaffee und Kuchen versorgt hatte. Sie selbst nahm nichts. Als sich die Haushaltshilfe entfernt hatte, fuhr sie fort: »Anna gehört gewissermaßen zur Familie. Dennoch möchte ich sie nicht belasten. Es geht uns beiden schlimm genug.«

Gottschlich verzichtete auf Gemeinplätze wie »Sie haben Ihren Mann sehr geliebt« und nickte stumm.

»Und Sie«, setzte Dagmar Fernbacher ihre Rede fort, »machen also weiter, trotz der Gefahr, die damit verbunden ist. Haben Sie keine Angst?«

»Natürlich. Ich habe aber wenig zu verlieren.«

Dagmar Fernbacher blickte ihn forschend an, doch er verzichtete darauf, diese Aussage näher zu erläutern. Es ging nicht um ihn, sondern um Friedhelm Fernbachers Tod.

»Wenn Sie also freiwillig weitermachen wollen, engagiere ich Sie, den Fall zu lösen, die Täter zu entlarven und vor Gericht zu bringen. Wenn Sie einverstanden sind, zahle ich Ihnen einen Vorschuss von 10.000 Schilling. Den Rest, den mein Mann mit Ihnen vereinbart hat, erhalten Sie beim Abschluss der Ermittlungen. Sind Sie damit einverstanden?«

»Der Vorschuss genügt. Das ist eine Menge Geld.«

»Nein, Sie bekommen dieselbe Summe noch einmal, sobald die Täter vor Gericht stehen. Sollen wir das schriftlich festhalten?«

»Ich vertraue Ihrem Wort und bedanke mich.«

»Gut. Den Betrag überweise ich auf Ihr Konto. Wenn Sie mir Ihre Bankdaten verraten. Einen Augenblick, ich hole etwas zum Schreiben.«

Gottschlich sah sich, als sich die Frau entfernt hatte, in dem Raum um, vermutete in dem Tisch und dem Buffetschrank Möbel aus Kirschholz, blickte durch die hohen Fenster in den Garten und dachte daran, als er die nun sonnenbeschienenen kahlen Bäume sah, seine Wanderung in die Weinberge fortzusetzen.

Frau Fernbacher fragte ihn nach ihrer Rückkehr, ob er noch Kaffee wolle. »Anna kann frischen Kaffee bereiten.«

Gottschlich lehnte dankend ab und schrieb seine Kontonummer bei der Sparkasse Wien auf den Zettel, den ihm die Frau gereicht hatte.

»Ich habe einige Fragen an Sie, Frau Fernbacher.«

»Ich bin dazu bereit.«

»Der Polizist, der Sie angerufen hat …«

»Ein sensibler Mensch. Er hat sich sehr bemüht, mich nicht zu sehr zu erschrecken.«

»Er hat Sie gefragt, ob Ihr Mann Rechts- oder Linkshänder war.«

Frau Fernbacher nickte.

»Und Sie haben ihm gesagt, er sei Linkshänder gewesen.«

»Ja, Friedhelm war eindeutig Linkshänder. Und da er als Kind Privatunterricht hatte, wurde er nicht gezwungen, die rechte Hand zu benutzen. Offenbar hat das der Mörder nicht berücksichtigt.«

Gottschlich bestätigte das und setzte die Befragung der Witwe fort: »Ihr Mann wollte mir Material zur Verfügung stellen, das im ›Münchner Merkur‹ erscheinen sollte. Wissen Sie davon?«

»Ich bin jetzt ganz offen, Herr Gottschlich. Auch ich habe nichts mehr zu verlieren. Aber ich weiß nicht, wie weit ich Ihnen vertrauen kann.«

»Ich verstehe.«

»Sie könnten mit den Holl-Leuten gemeinsame Sache machen, meinen Mann in eine Falle gelockt haben, die Beweise, die das Ende dieser Regierung bedeuten könnten, vernichten wollen …«

»Und Ihren Mann ermordet haben.«

»Es tut mir leid, dass ich diese Möglichkeit nicht ausschließen kann.«

»Und zugleich denken oder hoffen Sie, ich könnte es ehrlich meinen.«

Die Frau nickte.

»Dann lassen wir uns Zeit, übereilen wir nichts. Ich nehme Ihren Auftrag an, und Sie überlegen sich, wie viel Sie mir verraten.«

»Es geht um die Akten, die er Ihnen anvertrauen wollte. Es gibt Kopien davon.«

»Ich mache Ihnen einen Vorschlag, ohne Sie zur Übergabe drängen zu wollen: Sie fertigen weitere Kopien an und deponieren diese bei einem Rechtsanwalt Ihres Vertrauens. Sobald Ihnen oder Ihnen nahestehenden Personen etwas zustoßen sollte, gehen die Schriftstücke an den ›Münchner Merkur‹.«

»Das klingt gut. Ich melde mich.«

»Wann findet das Begräbnis statt?«

»Die Verabschiedung ist Freitag in einer Woche. Ich schicke Ihnen eine Parte zu.«

»Ich möchte kommen. Aus persönlichen Gründen, aber auch, um die Gäste zu beobachten.«

»Ich entschuldige mich nochmals für mein Misstrauen.«

»Keine Ursache. Ich halte das für eine vernünftige Haltung.«

»Ich verständige Sie, sobald die Kopien beim Anwalt sind.«

KAPITEL 3

»Ich rufe von einer Telefonzelle an. Nenne nicht meinen Namen!«, meldete sich Nico Achleitner telefonisch.

»Du meinst, mein Telefon könnte abgehört werden?«, zog Hans Gottschlich den richtigen Schluss.

»Ich hab über dich und unser Gespräch nachgedacht«, fuhr der Kriminalrat fort. »Wenn du untertauchen willst, kann ich dir dabei helfen. Du musst mich nur verständigen.«

»Ich möchte diesen Fall lösen.«

»Dennoch könnte es notwendig werden, zu verschwinden. Ich kann dir, wie gesagt, dabei helfen.«

Damit beendete Achleitner das Gespräch, und Gottschlich geriet ins Grübeln.

Nein, untertauchen würde er nicht. Obwohl man in seine Wohnung eingedrungen war, um seine Aufzeichnungen zu kontrollieren. Sollte er auf die schriftliche Dokumentation des Falls verzichten, sich ausschließlich auf sein Gedächtnis verlassen? Nein. Nicht nur. Auch er musste sich absichern und den Rat, den er Friedhelm Fernbachers Witwe gegeben hatte, selbst umsetzen. Er würde seine ermittlerischen Erkenntnisse schriftlich festhalten und bei Dr. Goldmann deponieren. Sobald ihm etwas zustieß, würde das Material wie bei Fernbacher an den »Münchner Merkur« gehen.

Gut. Das war geklärt. Und jetzt würde er … nein,

nicht fernsehen. Er wollte eine Runde im Freien drehen, bis zum Gürtel, zum Westbahnhof, dort auf ein Bier einkehren und den Rückweg über die Mariahilfer Straße antreten. Der Bezirk Neubau war zwar eng verbaut, aber frische Luft gab es auch hier.

Das Publikum in der Bierhalle am Westbahnhof war nicht besonders nobel, aber es gab hier immer etwas zu sehen. Reisende, die sich vor oder nach der Zugfahrt erfrischten, Taxifahrer am Ende ihres Dienstes, einsame Männer – so wie Gottschlich – und Sandler, die durch Betteln versuchten, an die 4 Schilling 70 zu kommen, die eine Halbe kostete.

Gottschlich schüttelte ablehnend den Kopf. Er wollte ungestört sein. Ungestört sein Bier trinken, die Menschen beobachten, Vermutungen über sie anstellen, seine Fantasie beschäftigen.

Oh, jetzt kam Damenbesuch. Drei Prostituierte, so genannte Gürtelrosen, für die der Abend erst begann. Sie versuchten, sich mit Vermouth auf den kalten Abend einzustimmen. Denn kalt und windig war es am Neubaugürtel.

Als ihn jemand am Rücken berührte, wollte er die Hand abschütteln, erkannte dann aber, zu wem sie gehörte und lud den ehemaligen Jugendfreund ein, an seinem Tisch Platz zu nehmen.

Heinz Alber, der Mann seiner Helga, seiner Braut, die Gottschlich nicht heiraten hatte können, weil er in den Krieg musste, eingezogen worden war, wie man das genannt hatte. An die er Tag und Nacht gedacht hatte.

Sie hatte den gemeinsamen Freund geheiratet, weil sie nicht mehr mit seiner Heimkehr gerechnet hatte. Und als er Ende 1948 zurück nach Wien gekommen war, fehlte ihm nicht nur ein Auge, sondern auch seine Helga.

Der Versuch, Verständnis zu zeigen, war misslungen. Er war verletzt, verwundet, zerstört. Bis zum heutigen Tag.

Also sah er den Mann, der ihn an eine Ratte erinnerte, nicht allzu gern. Wer wollte schon mit Ratten Zeit verbringen? Helga offenbar.

Wenigstens hatten die beiden keine Kinder.

»Bist du auch öfter hier?«, fragte Heinz Alber.

»Nein. Ein spontaner Entschluss.«

»Auch bei mir. Ich war bis acht in der Redaktion. Und jetzt brauch ich noch Zeit, um den Kopf frei zu bekommen, bevor ich …«

Bevor er zu Helga fuhr.

Alber rief die Kellnerin herbei und bestellte einen Gespritzten. »Und ein paar Brezeln, bitte.«

Gottschlich wollte noch ein Bier. Das brauchte er, um mit seiner Tischgesellschaft zurechtzukommen.

»Wie geht es dir?«, fragte nun der Mann mit den vorstehenden Rattenzähnen, dem Rattenschnurrbart, den viel zu langen Rattenhaaren. »Wir haben lange nichts von dir gehört. Du hast ja den Beruf gewechselt.«

Gottschlich nickte stumm. Alber nahm seine Antworten vorweg, also brauchte er nichts zu sagen.

»Uns geht es gut«, fuhr Alber fort. »Wir kämpfen uns durch den Alltag. Helga halbtags im Rathaus, ich beim ›Blick‹. Ja, die Zeiten haben sich verändert. Ich bin froh, dass ich beim ›Blick‹ untergekommen bin. Und da ich keine politischen Artikel schreiben muss, passt es einigermaßen.«

Gottschlich griff nach dem Bierkrug, den die Kellnerin schwungvoll auf der Resopalplatte des kleinen Tischs absetzte und nahm einen tiefen Schluck, in der Hoffnung, den Mann an seiner Seite schöntrinken zu können.

»Zieh an!«, sagte Alber und hielt ihm ein Salzbrezel entgegen.

Ein Spiel aus Jugendtagen. Im Gumpoldskirchner Hof hatte es Salz- und Zuckerbrezeln gegeben. Und sie hatten daran gezogen, in der Hoffnung, das größere Stück zu erwischen.

Dieses Mal lehnte Gottschlich ab. Er wollte nicht noch eine Niederlage einstecken, sondern griff nach einem ganzen Brezel, an dem er zu knabbern begann.

»Ich bin für die Verbrechen zuständig«, erklärte Alber mit vollem Mund. »Die Zeitung läuft prächtig. Das richtige Format …«

»Du meinst die Größe des Papiers.«

»Genau. Du bist der Alte geblieben. Bös, geistreich, begabt. Was machst du jetzt?«

»Ich habe ein Detektivbüro.«

»Und wie läuft es?«

»Es kommt allmählich in Schwung.«

»Interessante Fälle?«

»Dienstgeheimnis.«

»Sollte es nämlich nicht so laufen, wärst du bei uns gut aufgehoben. Wir suchen Mitarbeiter.«

»Nein danke. Nicht nach meinem Geschmack.«

»Du tust, als ob die ›Gazette‹ eine Qualitätszeitung gewesen wäre.«

»Nein, war sie natürlich nicht. Aber der ›Blick‹ ist das Allerallerletzte. Gosse, politisch und …« Gottschlich stoppte seinen Ausbruch mit einem Schluck Bier. Er wollte sich nicht auf diese Debatte einlassen. Dass Heinz Alber wie immer den leichten Weg gewählt hatte, war einzig und allein seine Sache. Und er fuhr gut damit. Heinz war zwar nicht schöner geworden, aber er wirkte gesund, hatte sogar etwas zugenommen, seit er ihn das letzte Mal gesehen hatte.

Es sei ihm vergönnt. Er soll es sich gut gehen lassen, dann ging es auch Helga gut.

»Vergiss deinen dummen Stolz!«, versuchte ihn Heinz zu überreden, beim »Österreich-Blick« anzuheuern. »Du bist kein Detektiv, hast keine Ausbildung in diesem Beruf …«

»Oh doch, ansonsten hätte ich nicht damit beginnen können.«

»Aber du hast doch bis Ende 1966 bei der ›Gazette‹ gearbeitet.«

»Ich habe eine Ausbildung«, brummte Gottschlich. »Und dabei lassen wir es jetzt bewenden.«

»Oh ja. Das hab ich ganz vergessen. Dein Onkel Pepi war ja Gendarm.«

»Punkt und Schluss.«

»Du hast ja unsere Nummer. Wenn du es dir anders überlegst, verständigst du uns. Oder soll ich mit Andrics reden? Soll er Kontakt zu dir aufnehmen?«

Lieber würde er Dreck von der Straße fressen, als für

dieses Gesindel zu arbeiten, dachte Gottschlich, entschloss sich dann aber zu einer milderen Antwort.

»Ich bedanke mich für den guten Willen, bin aber nicht interessiert.«

»Alles klar. Es bliebe sozusagen in der Familie.«

Einen kurzen Augenblick überlegte Gottschlich, der Ratte einen Schlag zu versetzen, verzichtete jedoch auch darauf und verabschiedete sich von Alber mit den Worten: »Lass Helga grüßen! Ich muss jetzt gehen.«

Auf dem Rückweg zu seiner Wohnung, der ihn die nun ruhig gewordene Mariahilfer Straße entlang führte, überlegte er, wie hilfreich es wäre, den Verlauf der Ermittlungen mit jemandem besprechen zu können, einen Freund zu haben, mit dem er auch die politische Lage des Landes durchleuchten konnte. Man könnte über die Zukunft Österreichs reden, nachdem man die Verwicklungen der Regierung in Morde aufgedeckt hatte.

Nun. Er hatte keinen Freund, keine Freundin. Außer Helga. Und die ... Sie würde mit ihm reden, aber er wollte sie nicht belasten.

Alber hatte seinen Onkel erwähnt. Onkel Pepi, den ehemaligen Gendarmen. Zu ihm wollte er Kontakt aufnehmen. Gleich morgen. Obwohl er nicht sicher war, ob dieser nicht auch ein Anhänger Holls war.

Kurz nach 8 Uhr am nächsten Morgen wählte er die Nummer des Pepi Gottschlich, stellte sich das kleine Haus am Gumpoldskirchner Rosalienweg vor und hörte die Stimme von Tante Anna.

»Ich bin es, der Hans.«

»Welcher Hans?«

»Dein Neffe Hans. Hans Gottschlich.«

»Mein Gott, der Hansl. Wie geht es dir?«

»Bin zufrieden. Und ihr?«

»Ich kämpfe mich so durch. Man wird nicht jünger.«

»Und Onkel Pepi?«

»Der redet mit den Bienen.«

Jetzt fiel Gottschlich ein, dass der pensionierte Gendarm zeitlebens Imker gewesen war.

»Ich würde auch gern mit ihm reden. Dienstlich sozusagen.«

»Da wird er sich freuen. Du kannst jederzeit kommen. Ruf aber vorher an, damit er sicher zu Hause ist!«

»Er ist viel unterwegs?«

»Fast jeden Tag. Das Geheimnis unserer guten Ehe. Hoffentlich kennt er dich noch.«

»Sicher.«

»Man weiß bei ihm nie. Er hat bessere und schlechtere Tage.«

»Er ist jetzt – warte einen Augenblick – ich bin 44, also muss er um die 75 sein.«

»Er ist 82 und schon ein bisschen durcheinander.«

»Glaubst du, er hat heute für mich Zeit?«

»Sicher. Komm um elf, dann kannst du bei uns essen. Ich sag es ihm.«

Mit Onkel Pepi war nichts zu machen. Er erkannte zwar seinen Neffen, als ihn Anna in das überheizte »gute Zimmer« führte. Sein Blick war aber leer, als ob er blind geworden wäre.

Die äußere Hülle stimmte noch. Der Onkel war sauber gekleidet, rasiert, der Bürstenschnitt seiner vollen weißen Haare wirkte perfekt.

Als Gottschlich bei einer Tasse Kaffee die politische Lage des Landes ansprechen wollte, sagte ihm der Onkel, dass ihn das nicht mehr interessiere. »Meine Zeit ist vorbei, das sind Leute, deren Namen ich mir nicht merke, mit denen ich nichts am Hut habe.«

Enttäuscht schwieg Gottschlich und zwang sich aus Höflichkeit zu bleiben. Und weil die Tante Apfelstrudel machte, der schon köstlich durch die geöffnete Küchentür duftete.

»Kommst du einen Augenblick zu mir, Hans?«, rief sie. »Ich brauche dich.« Als der Neffe neben ihr stand, flüsterte sie: »Ja, mit ihm ist nicht mehr viel anzufangen. Ich bin aber froh, dass er sonst gesund ist. Ich meine körperlich. Warum willst du nicht mit mir reden? Weil ich eine Frau bin? Ich war zwar nicht bei der Gendarmerie, habe aber viel mitbekommen.«

»Ja, weil … weil …« stotterte Gottschlich. »Weil ich …«

»Weil du ein Mann bist, der in einer Zeit aufgewachsen ist, in der man nicht viel von Frauen gehalten hat.«

»Gut. Ich unterhalte mich gerne mit dir.«

»Nach dem Essen.«

»Nach dem Essen. Und Onkel Pepi?«

»Der legt sich nieder. Mittags- und Nachmittagsschlaf.«

Nach dem Essen hätte auch Gottschlich gerne geruht, aber er half der Tante beim Abwaschen des Geschirrs.

»Du hast dich von Gumpoldskirchen ferngehalten«, stellte sie fest.

»Das Grab wird hoffentlich gepflegt. Ich zahle …«

»Du hättest das uns überlassen können. Und ja, der Pfarrhofer betreut das Grab vorbildlich. So schön könnten wir das nicht machen.«

»Dann ist es ja gut.«

»Du willst Helga nicht sehen«, stellte die Frau fest, die begonnen hatte, das feuchte Geschirr zu trocknen.

»Ich würde sie gerne sehen, nicht aber unter den Umständen.«

»Ja, das war tragisch und ich kann dich verstehen … Obwohl …«

»Obwohl? Ihr geht es doch gut?«

»Sie lebt. Heinz ist immer mehr zu einem Widerling geworden, der sich und anderen das Leben zur Hölle macht. Kleinlich, verschlagen, widerlich.«

Gottschlich musste lächeln. Er hörte das nicht ungern, obwohl derart deftige Worte aus dem Mund der alten Tante ihn überraschten.

»Du hättest um sie kämpfen müssen«, sagte sie noch.

»Ich war nicht in der Lage zu kämpfen.«

»Und jetzt?«

»Jetzt ist es zu spät.«

»Ich kann verstehen, dass du gekränkt warst, seinerzeit. Gekränkt, verwundet, gebrochen. Aber jetzt. Die äußeren Wunden sind verheilt. Jetzt geht es weiter. Du wärst nicht der erste Mann, der sich für eine verheiratete Frau interessiert. Auch ich war verheiratet, bevor ich Pepi …«

»Ich weiß. Ich bin nicht wie Onkel Pepi.«

»Gott sei Dank. Ich hätte bei Ferdinand bleiben sollen«, seufzte die Tante.

Eine schöne Frau, trotz ihres hohen Alters. Schlank, intelligente Augen, das Haar schneeweiß, glatt, zu einem Rossschwanz gebunden.

»Lebt er noch?«, erkundigte sich Gottschlich.

»Pepi kaum mehr. Du hast ihn ja erlebt.«

»Ich meine Ferdinand.«

»Nein.«

»Dann wärst du jetzt Witwe.«

»Bei mir wäre er älter geworden. So und jetzt Schluss mit dem Geplänkel. Du bist aus einem bestimmten Grund zu uns gekommen.«

»Ich wollte mit Onkel Pepi einen Kriminalfall besprechen, einen politischen Fall.«

»Versuchen wir es. Trinkst du Kaffee?«

»Ich finde die neue Regierung nicht so schlimm wie du«, erklärte die Tante bei Kaffee und Kuchen, von dem nur sie aß. Gottschlich war mehr als satt. »Aber ich bin eine naive alte Frau. Erklär mir, warum du diese Leute so sehr verabscheust!«

»Das hat doch keinen Sinn«, wehrte Gottschlich ab.

»Siehst du. Du gibst zu früh auf. Viel zu früh. Versuch mich zu überzeugen! Red einfach drauflos! Was ist so schlimm an Holl und seinen Leuten?«

»In wenigen Worten: Es begann 1964, als Franz Olah

mit der Nationalpartei koalierte, gegen den Wunsch seiner eigenen Leute.«

»Olah war Sozialist.«

»Er ist es noch, nur ist er nicht mehr Kanzler, weggeputscht von den Nationalen.«

»Holl hat die Koalition beendet. Das ist nichts Verbotenes«, konterte die Tante.

»Auf so etwas zu verzichten, hat mit Anstand zu tun, mit politischer Verantwortung, mit …«

»Mit dieser Einstellung landet man im Abseits, Wurschtl.«

Mein Gott, die Tante verwendete den Namen der Kindheit, den er so lange nicht gehört hatte, dass er ihn beinahe vergessen hatte.

Er blickte auf und bestätigte die Aussage Anna Gottschlichs: »Ja. Im Abseits. Genau dort befinde ich mich beruflich und privat.«

»Du hast den Beruf gewechselt.«

»Wechseln müssen. Nach dem Koalitionsbruch und den Neuwahlen haben die Nationalen eine Minderheitsregierung gebildet …«

»Die viel vorangebracht hat in Österreich.«

»Sie haben auf verantwortungslose Weise Geld verteilt, um die nächste Wahl zu gewinnen.«

»Sie waren erfolgreich.«

»Ja, aber zu welchem Preis! Österreich ist umgefärbt worden. Die Sozialisten und die Konservativen wurden weggeputscht. Uns hat man die finanzielle Grundlage entzogen.«

»Erzähl!«

»Indem man die Landwirtschaftsbank in einen Spekulationsskandal verwickelt und zerstört hat. Die finanzielle Grundlage unserer Partei.«

»Der Konservativen.«

»Ja, ich bin ein Konservativer, die ›Gazette‹ war eine konservative Zeitung. Sie wurde zerstört.«

»Wie?«

»Nach der Pleite der Landwirtschaftsbank fehlte das Geld.«

»Jetzt wird mir klar, warum du das so negativ siehst ...«

»Sie vernichten alle, die von den schmutzigen Aktionen wissen.«

»Im übertragenen Sinn.«

»Wortwörtlich. Fernbacher, der Direktor der Landwirtschaftsbank, ist erschossen worden, bevor er mir Dokumente übergeben konnte.«

»Das heißt, dass auch du dich in Gefahr befindest«, schloss die Tante.

»Wenn ich dieser Bagage wichtig genug erscheine, geht es auch mir an den Kragen.«

»Und das hättest du mit Pepi besprechen wollen.«

Gottschlich nickte stumm und sagte dann: »Ich bin wegen Pepi Detektiv geworden. Er hat mir viel beigebracht.«

»In besseren Tagen.«

»Als ich ein Bub war.«

»Du hast recht. Pepi wäre ein besserer Gesprächspartner gewesen als ich. Wobei ich jetzt aber betonen muss, dass ... dass ich auf deiner Seite stehe. Keine Konservative, aber … Aber wenn du sagst, dass diese Leute so gefährlich sind, glaub ich dir. Was hast du vor?«

»Ich möchte die zwei Mordfälle klären.«

»Zwei? Sie haben außer diesem Fernbacher noch jemanden getötet?«

»Einen jungen Gendarmen vom Semmering.«

»Du willst trotzdem weitermachen?«

»Unbedingt. Wenn man sie nicht stoppt, zerstören diese Leute unser Land.«

»Du verbindest mit deinen Ermittlungen eine politische Absicht.«

»Ich will dem Land zeigen, von welchem Mordsgesindel es regiert wird. Mit der Chance, dass Österreich nicht wieder in den Abgrund gerät.«

»Wie unter den Nazis, die ich auch für etwas Gutes gehalten habe«, gestand Tante Anna.

»Und noch etwas. Damit du siehst, wie verkommen diese Mannschaft ist: Sie haben Hanusch fertiggemacht.«

»Unseren Bundespräsidenten. Einen Roten.«

»Den letzten Roten in einer wichtigen Position. Sie haben den Verteidigungsminister auf seine junge Frau angesetzt, als Liebhaber. Jetzt sitzt Hanusch allein in der Präsidentenvilla auf der Hohen Warte und säuft sich zu Tode.«

»Der Alte hätte bei seiner Wilma bleiben sollen. Aber so sind sie, die Männer. Wenn sie an die Macht kommen, glauben sie, sie könnten … Nimmst du nicht doch ein Stück Kuchen?«

»Nein danke. Aber du hast mir sehr geholfen.«

»Ich? Wieso?«

»Du hast mir zugehört, Fragen gestellt …«

»Du bist sehr einsam, Wurschtl. Weißt du was, komm am Sonntag zu uns. Ich arrangiere ein Treffen mit Helga.«

»Ich habe keine Lust, Alber zu sehen.«

»Ein Treffen nur mit ihr. Wir laden sie zum Kaffee ein. Er wird gar nicht erfahren, dass du da bist.«

»Das will ich nicht.«

»Das kann ich respektieren. Dann komm einfach zu einem weiteren Plausch«, lud ihn die Tante ein. »Ich bin auch einsam. Mit Pepi ist nichts mehr anzufangen.«

»Was ist mit mir?«, ertönte die Stimme des Onkels von der Tür her.

»Mit dir ist nichts mehr anzufangen.«

»Wieso?«

»Weil du ein alter Krauterer geworden bist.«

Darauf antwortete der Onkel überraschend schlagfertig: »Gut, dass du jung geblieben bist, Anna.«

»Was macht man, um herauszufinden, ob jemand in der Wohnung war? Jemand Fremder?«, unterbrach Gottschlich das Geplänkel der beiden.

»Also ich, oh, das habe ich vergessen. Ich ruf dich an, wenn es mir wieder einfällt«, vertröstete ihn der Onkel.

»Da siehst du es«, fühlte sich die Tante bestätigt.

»Es ist mir schon eingefallen. Man klebt eine Briefmarke über die Tür. Das heißt, zwischen Tür und Rahmen. Und wenn die zerrissen ist … Ich zeig dir, wie man es macht.«

»Das kann sich Wurschtl vorstellen. Er ist ja Detektiv«, erwiderte Anna Gottschlich.

»Wurschtl ist Detektiv. Das ist ja wunderbar«, jubelte der Alte. »Wir könnten zusammenarbeiten.«

»Deshalb bin ich ja gekommen.«

»Komm, ich zeig dir den Trick mit der Briefmarke!«

Und Hans Gottschlich folgte dem Onkel in den ungeheizten Raum im ersten Stock, der früher sein Arbeitszimmer gewesen war.

Mit einer Drei-Schilling-Marke demonstrierte der Onkel, was er meinte, und Gottschlich zeigte sich dankbar.

»Ich geb dir eine Marke mit, damit du gleich damit beginnen kannst.«

Auch dafür bedankte sich Hans.

»Und am Sonntag verrate ich dir noch einige Geheimnisse.«

Gottschlich fühlte so etwas wie Glück, als er zurück nach Wien fuhr. Die Begegnung mit seinen Verwandten hatte ihn aufgemuntert. Es war schön gewesen in Gumpoldskirchen und er hatte dieselbe Luft geatmet wie Helga, die sich nur einige Hundert Meter entfernt von ihm aufgehalten hatte, als Gemeindebedienstete im Rathaus.

Aus dem Postkasten, der rechts neben dem Eingang zu seinem Büro hing, ragte eine Ausgabe des »Blicks«, mit einer Schlagzeile in dicken schwarzen Lettern: *Verbrecherklub im Herzen Wiens*.

Darunter steckte ein verschlossenes Briefkuvert, ohne Marke, das er ebenfalls dem Kasten entnahm.

Dann machte er sich Malzkaffee. Auf Koffein wollte

er verzichten, um einschlafen zu können. Wobei … Es war erst kurz nach vier und vor 23 Uhr würde er nicht zu Bett gehen. Also mischte er Kaffeebohnen mit gerösteten Getreidekörnern und bereitete sich Malzkaffee mit Schuss. Dazu aß er sogenannte Hauskekse, die er beim »Billa« gefunden hatte. Sie schmeckten beinahe so wie die Kekse seiner Kindheit.

Dabei blätterte er im »Österreich-Blick« und sah, dass der Artikel über den sogenannten Verbrecherklub von Heinz Alber stammte. Ein weiterer Schlag gegen die Konservativen.

Jeder von ihnen hatte gewusst, dass sich führende Politiker der Konservativen im ersten Stock des Linhardt, eines Kaffeehauses in der Plankengasse, trafen, dort berieten und feierten. Und nun kriminalisierte man das. Heinz Alber, der damals froh gewesen war, eingeladen zu werden, wurde nun zum Verräter, mit seiner erfundenen Verschwörungsgeschichte. Von Postenschacher und Intrigen war da die Rede, von Partys mit leichten Mädchen und … und Drogenkonsum.

Ein Körnchen Wahrheit mochte wohl darin liegen, wie immer, wenn Menschen regelmäßig zusammenkamen. Aber nun versuchten die Nationalen dem politischen Gegner den Todesstoß zu versetzen. Mit diesem Schmutz und Schund.

Gottschlich schleuderte die Zeitung Richtung Papierkorb, sodass sie sich in Einzelblätter auflöste, und wandte sich dem Kuvert zu.

Eine Nachricht ohne Text, ohne Unterschrift, mit einer Zahl. 57856.

Gottschlich versuchte hinter die darin verborgene Botschaft zu kommen, indem er das Alphabet anwandte.

E für den 5. Buchstaben im Alphabet, G für den siebten, H für den achten …

EGHEF gab keinen Sinn, auch von hinten gelesen.

Könnte es eine Telefonnummer sein?

Gottschlich probierte es.

Es meldete sich die Stimme einer Frau.

»Achleitner«, sagte sie, und Gottschlich fragte, ob sie die Frau von Nico Achleitner wäre.

Sie bejahte, und Gottschlich erkundigte sich nach seinem Freund.

»Sie erreichen ihn in seinem Büro. Soll ich Ihnen die Nummer geben?«

»Nein, danke. Ich versuche es später noch einmal. Wann ist Ihr Mann zu Hause? Ich bin ein Freund von ihm.«

»Gottschlich, sagten Sie. Hinterlassen Sie mir Ihre Nummer. Er ruft Sie zurück. Er müsste gegen 18 Uhr kommen.«

Gut. Auch das war erledigt. Der Kaffee war zwar gut gewesen, seine Wirkung jedoch erwies sich nicht als aufmunternd, eher im Gegenteil. Eine tiefe Müdigkeit hatte Gottschlich befallen, er drehte die Temperatur der Heizung, die nun klaglos funktionierte, nach oben, legte sich auf die Couch und wickelte sich in die Schafwolldecke, die gewaschen werden musste. Sie roch nicht besonders gut.

Das Läuten des Telefons weckte Gottschlich. Es war finster geworden. Er musste zumindest eine halbe Stunde geschlafen haben.

»Detektei Gottschlich«, meldete er sich mit belegter Stimme.

»Komm ins ›Sperl‹«, forderte ihn Kriminalrat Achleitner auf, »und achte darauf, dass dir niemand folgt!«

»Sperl, Sperl«, überlegte Gottschlich.

»Gumpendorfer Straße. Du bist in einer Viertelstunde dort.«

»Und du? Wann hast du Zeit?«

»Ich sitze schon da.«

Gottschlich sprang in der Neubaugasse in einen soeben abfahrenden Bus der Linie 13, den er auf der Mariahilfer Straße verließ, um den Rest des kurzen Weges zu Fuß zu bewältigen.

Die Luft im »Sperl« war zum Schneiden. Sozusagen. Es gehörte zur Atmosphäre eines guten Kaffeehauses, dass darin auch geraucht wurde, und das nicht zu wenig. Ein Laster, dem Gottschlich nie gefrönt hatte, von einigen wenigen Zigaretten in der Pubertät abgesehen.

Auch Achleitner, der allein an einem Tisch saß, rauchte, während er im »Österreich-Blick« las. Der helle Schnurrbart – Nico Achleitner war blond – war direkt unter der Nase vom Nikotin dunkel gefärbt, ein Umstand, der Gottschlich an die Barttracht Adolf Hitlers erinnerte. Wobei Hitler dem Vernehmen nach Nichtraucher gewesen war. Nichtraucher, Vegetarier und unverheiratet. Im deutlichen Gegensatz zu Nico Achleitner, der auch politisch anders tickte. Er war überraschenderweise als Konservativer im ehemals roten Wien zum Kriminalrat aufgestiegen.

»Ich mache mir Sorgen um dich, Johnny«, begrüßte der Mann den Detektiv.

»Ich mir auch«, erwiderte dieser lächelnd.

»Und du mich auch. Setz dich und lass dich beschwatzen! Der Topfenstrudel ist übrigens frisch.«

Gottschlich bestellte warmen Topfenstrudel und einen Verlängerten und ließ Achleitners übliche Scherze geduldig über sich ergehen.

»Zu deinen Sorgen, mich betreffend, Nico«, versuchte er den Mann einzubremsen.

»Es läuft etwas gegen dich. Bei der Staatspolizei gibt es einen Akt ›Gottschlich‹. Hineinschauen konnte ich nicht. Sei vorsichtig, sehr vorsichtig! Überleg dir, ob du nicht doch in meine Badehütte ziehst!«

»Ich muss telefonisch erreichbar sein, außerdem möchte ich Wohnung und Büro im Auge behalten, damit man mir nichts unterschieben kann.«

»Du denkst an Drogen?«

»An Verbotenes im Allgemeinen.«

»Hast du eine Alarmanlage?«, erkundigte sich der Kriminalrat.

Gottschlich verneinte mit einem Kopfschütteln und probierte vom Topfenstrudel. »Nicht schlecht«, sagte er und trank von dem Glas Wasser, das den Verlängerten begleitete.

»Die Menschen befinden sich in einer Situation des Umbruchs«, philosophierte Achleitner. »Wie 1945 und 1938.«

»Sie wissen nicht, wo sie stehen, wohin sie sich wenden sollen.«

»Also richten sie sich nach der Mehrheit.« Zu dieser Aussage Achleitners nickte Gottschlich nur. »Du aber bleibst standhaft«, fügte Achleitner hinzu.

»Du nicht?«, fragte Gottschlich.

»Natürlich. Sonst würde ich mich nicht mehr mit dir abgeben.«

»Fein. Also, was gibt es? Ein Akt der Staatspolizei, das Angebot, in deine Badehütte zu ziehen …«

»Der Hinweis, vorsichtig zu sein, sehr vorsichtig. Wobei sich mir die Frage stellt, welche Strategie du verfolgst. Was willst du erreichen?«

»Ja, das sind wichtige Überlegungen, die ich für mich klären muss.«

»Es ist nicht gut, als Einzelkämpfer durch die Welt zu ziehen. Arbeite mit anderen zusammen!«

»Mit dir versuche ich es soeben.«

»Gut, ich dachte schon, du misstraust mir«, antwortete der Kriminalrat und sah forschend in Gottschlichs Augen. »Es ist das rechte, nicht? Du bist auf dem rechten Auge blind.«

»Das hättest du wohl gerne. Es ist das linke.«

»Oh. Das trifft sich gut. Wäre es umgekehrt, könnte ich dir meinen Tipp nicht geben.« Gottschlich fragte nicht nach. Er wartete, bis Achleitner damit herausrückte. Immerhin hatte er ihn hierhergebeten. »Du bist gar nicht neugierig?«

»Also gut. Es hat mit links und rechts zu tun. Politisch gesprochen.«

»So ist es«, bestätigte Achleitner. »Du bist ja auch ein Konservativer und du solltest dich mit uns beraten.«

»Worauf willst du hinaus?«

»Gut. Geradeheraus gesagt: Wir treffen einander im ersten Stock des Linhardt in der …«

»Plankengasse. Ja, ich weiß. Der ›Blick‹ hat euch aufs Korn genommen.«

»Eine unangenehme Sache, aber wir werden es überleben«, stellte Achleitner fest. »Du bist herzlich eingeladen.«

»Im Moment nicht. Das würde die Aufmerksamkeit meiner Gegner noch stärker auf mich ziehen.«

»Sehr schade«, zeigte sich Achleitner enttäuscht.

»Ich danke dir jedenfalls für deine Vermittlung im Mordfall Fernbacher.«

»Die Kollegen gehen von Selbstmord aus.«

»Ja.«

»Okay, okay. Und ich danke dir, dass du dich herbemüht hast. Ich versichere dir, es ehrlich zu meinen. Überleg es dir noch mal und wende dich an mich, wenn es brenzlig wird!«

Nachdem Gottschlich das Kaffeehaus verlassen hatte, gab Achleitner einem jungen Mann an einem der Nebentische ein Zeichen mit der rechten Hand.

»Folgen Sie dem Mann! Lassen Sie ihn nicht aus den Augen und wechseln Sie sich mit Kollegen ab! Tag und Nacht.«

KAPITEL 4

Gottschlich musste sich geradezu zwingen, seine Freizeit einzuhalten, nicht mit der Dokumentation des Falles zu beginnen. Immerhin war Sonntag und er war fast den ganzen Tag dienstlich unterwegs gewesen. Jetzt wollte er sich erholen, um am Montag wieder voll im Einsatz stehen zu können.

Im Fernsehen lief das Kinderprogramm, also verzichtete er und nahm den Roman »Die Blechtrommel« vom Bücherbord.

Die Zeitungen hatten viel Positives darüber geschrieben, bis die Nationalen an die Macht gekommen waren.

Der »Blick« verdammte das Buch nun als dekadentes Geschreibsel eines menschlichen und politischen Zwerges. Gottfried Bisam, von dem die Rezension stammte, verwechselte bewusst den Autor mit dem Erzähler des Buches, um es verdammen zu können. Bewusst, denn Bisam war ein intelligenter Mensch, aber eben eine Ratte, wie sie alle. Wie Alber, wie …

Bisamratte, dachte Gottschlich und lachte laut auf. Schrecklich, wie manche Menschen alle Prinzipien aufgaben, um ihre Arbeit zu behalten.

Finanziell verständlich. Natürlich. Die meisten von ihnen hatten Schulden, weil sie Häuser gebaut, Eigentumswohnungen und Autos gekauft hatten. Sie hatten Familien.

Gottschlich fuhr seinen kleinen Fiat, der bar bezahlt war. Finanziell war er also unabhängig.

Zum ersten Mal seit Langem haderte er nicht mit seinem Schicksal. Die Freiheit, die er genoss, war durchaus von Bedeutung.

Dann vertiefte er sich in die Lektüre und wachte kurz vor halb acht auf. So gut geschlafen hatte er schon lange nicht mehr! Das Buch hatte nicht nur einen literarischen Wert.

Die »Zeit im Bild« im Fernsehen beschäftigte sich mit den Segnungen, die die neue Regierung dem Land bescherte. Eine Jubelmeldung jagte die andere, wie bei den Kinowochenschauen der Nazis. Nur dass der Nachrichtensprecher etwas unglücklich wirkte und auf jeglichen Jubelton verzichtete.

Kragora hieß er. Herbert Kragora. Nervös, düsteres Gesicht, krächzende Stimme. Ein Ablösekandidat, wie alle, die nicht auf Parteilinie lagen.

Es musste etwas geschehen. So ging es nicht weiter mit diesem Land.

Gottschlich wechselte zum Radiogerät, aus dem Wiener Walzer dudelten.

Die Nachrichten um acht konzentrierten sich auf Ereignisse in Österreich, wie den Plan, die Autobahn von Ost nach West durchgängig zu machen. Von Eisenstadt bis Bregenz, wobei man einen Tunnel durch den Arlberg bauen wollte.

Also auch in diesem Punkt eiferte man dem geheimen Vorbild nach, den Nationalsozialisten.

Wobei nicht alles schlecht … Oh, jetzt hatte es auch

ihn erwischt, stoppte Gottschlich seinen Gedankengang. Jetzt durfte nicht auch er beginnen, einzelne Projekte der Nazis gut zu finden. Das Böse überwog das weniger Negative derart, dass jede Diskussion überflüssig war.

Das Läuten des Telefons riss ihn aus seinen Gedanken.

Die Stimme! Die Stimme! Helga. Gottschlich konnte sich nicht konzentrieren, verstand nur einzelne Worte, hörte den Klang der Stimme, die er liebte.

Oh mein Gott, die wahnsinnigen Kopfschmerzen!

»Was sagst du zu meinem Vorschlag?«, verstand er schließlich.

»Dass wir … entschuldige … es war so ein Rauschen in der Leitung. Was hast du vorgeschlagen?«

»Wenn du wieder nach Gumpolds kommst, verständige mich! Ich möchte dich sehen.«

Gumpolds. Sie verwendete noch immer diese Abkürzung für den Ort der Kindheit, der Jugend. Helga! Ihr schien das Zusammenleben mit der Ratte nicht geschadet zu haben. Vielleicht war Alber gar keine Ratte. Möglicherweise war Gottschlich selbst schuld, dass er den Mann derart negativ sah.

Diese wahnsinnigen Kopfschmerzen!

»Ich komme rüber zu euch. Anna hat gesagt, du willst sie wieder besuchen. Ich möchte dich nicht drängen, aber verständige mich. Du hast meine Nummer?«

»Natürlich. Schön, von dir zu hören. Ich melde mich verlässlich.«

»Was ist … du klingst so …«

»Erstickt?«

»Genau. Das ist das Wort. Warum?«

»Freude, Angst.«

»Angst? Vor mir?«

»Vor mir. Aber darüber reden wir in Gumpolds ... kirchen.«

Dann war das Gespräch beendet, Gottschlich schwitzte so sehr, dass das Hemd an seinem Körper klebte.

Er entledigte sich der Kleidung, suchte frische Wäsche, ging ins Bad und stellte sich in die Wanne.

Ja. Er hatte Angst, gemischt mit Freude. Stärker und ärger als damals, als die Freundschaft mit Helga sich zu Liebe gewandelt hatte.

Damals war auch sie nervös gewesen. Jetzt hatte sie ihn in aller Ruhe angerufen. Ihre Stimme war klar gewesen, im Gegensatz zu seiner, die noch immer heiser klang, wenn er ihren Namen laut aussprach.

Er hatte wieder das Pulver nicht genommen. Das musste er nachholen, nach der kalten Dusche, die ihn abkühlen und beruhigen sollte.

Im Radio lief »Wer ist der Täter?«, ein Kriminalhörspiel mit realem Hintergrund, wie immer wieder betont wurde.

Es ging um den Plan einer linken Gruppe, das Wiener Wasser zu vergiften und damit ein Massensterben auszulösen, um die Regierung zu stürzen.

»Der Kommunismus lebt, wenn wir ihn leben lassen«, hieß es noch, Gottschlich drehte endgültig ab und überließ sich seinen Fantasien, die ihn zurück in den Grinzinger Weingarten führten, zurück ins »Sperl«, zurück nach Gumpolds. Gumpolds. Das klang nach Frische, nach Jugend, nach Helga.

Er musste seine Freizeit planen. Die Zeit nicht zwischen Fernsehen, Radio und Büchern vertrödeln.

Pünktlich um 8 Uhr des nächsten Tages betrat Gottschlich den Büroraum seiner Wohnung und setzte sich an die Schreibmaschine. Er entschied sich für eine Kopie, die er mithilfe eines Blattes Blaupapier herstellte. Mit Dr. Emil Goldmann hatte er einen Termin um halb zwölf für die Übergabe des Materials vereinbart, also musste er bis spätestens halb elf mit der Dokumentation des Falles Fernbacher fertig sein.

Er hatte die Ermittlungen nach dem ersten Opfer benannt, da er im Auftrag und auf Bezahlung von Dagmar Fernbacher ermittelte.

Gegen dreiviertel neun wurde er durch ein Klopfen an der Glastür zur Lindenstraße unterbrochen. Eine Frau im voluminösen Pelzmantel starrte in das Innere.

Er hatte vergessen aufzusperren und eilte mit dem Schlüssel zur Tür.

»Sie sind doch Detektiv?«, begrüßte ihn die über 60-Jährige, von der der Geruch von Parfüm und Mottenkugeln ausging.

Gottschlich bestätigte die Frage.

»Dann habe ich einen Auftrag für Sie.«

Gottschlich griff zu seinem Notizblock, um die Daten aufzunehmen.

»Sie haben keine Sekretärin«, stellte die Frau mit einem kritischen Blick auf die Schreibmaschine fest, wobei sie versuchte, zu erkennen, was Gottschlich geschrieben hatte.

»Worum geht es?«, fragte dieser.

»Mein Mann will mich töten.«

»Und Sie wenden sich an mich und nicht an die Polizei.«

»Ich habe keine Beweise.«

»Aber Sie ahnen es.«

»So ist es. Ich habe ein Gespräch zwischen ihm und seiner Dulcinea belauscht, in dem sie meinen Mord – ich meine, den Mord an mir – geplant haben.«

»Ja, da brauchen Sie professionelle Hilfe«, stellte Gottschlich fest. »Allerdings bin ich derzeit mehr als ausgelastet, kann Ihnen aber meinen Kollegen Hartmann empfehlen. Wenn Sie wollen, rufe ich ihn an und bereite ihn auf Ihren Besuch vor.«

»Oh. Sie sind nicht an meinem Fall interessiert. Sie kennen wohl meinen Mann.«

Gottschlich verneinte knapp und überreichte der Frau ein Blatt seines Blocks, auf das er Name, Adresse und Telefonnummer seines Kollegen geschrieben hatte.

»Dann bin ich also umsonst zu Ihnen gekommen«, sagte sie und starrte auf die Schreibmaschine.

Gottschlich stellte sich zwischen die Frau und seinen Schreibtisch und wartete ab, was sie noch zu sagen hatte.

»Ich glaube, wir hätten nicht harmoniert«, meinte sie dann, und Gottschlich schwieg. »Also dann gehe ich.«

»Ja. Tut mir leid, Ihnen nicht helfen zu können, Frau …«

»Hofrat Rotter.«

»Frau Rotter.«

»Er treibt es mit seiner Sekretärin.«

»Der Hofrat. Das tut mir leid – für Sie.«

»Ihr Männer steckt doch alle unter einer Decke.«

»Wie gesagt, ich kann nichts für Sie tun«, versuchte Gottschlich die ihm unangenehme Begegnung zu beenden.

Er musste sein Büro geschlossen halten, diesen einen Fall zu Ende bringen und dann …

Dann würde er weitersehen. Auf jeden Fall würde er nicht für frustrierte Ehefrauen in muffelnden Pelzmänteln ermitteln.

Als die Frau das Büro verlassen hatte, ließ er die Tür offen stehen, um frische Luft in den Raum zu lassen.

Dann überlegte er, ob die Frau echt oder eine begabte Schauspielerin gewesen war. Jemand, der kontrollieren sollte, wie weit er mit seinen Ermittlungen gekommen war.

Unsinn. Kein Mensch wusste, dass er auf der Schreibmaschine schrieb und …

Und sie hätte nichts erkennen können. Das Papier war nach vorne gefallen, sodass das Geschriebene nicht zu sehen war.

Die Frau hatte tatsächlich ein Anliegen, und er war froh, sie weitergereicht zu haben.

Hofrat Rotter.

Gottschlich griff zum Telefonbuch, suchte nach dem Namen und stieß auf Hofrat Gerhard Rotter in der Geroldgasse in Neustift am Walde.

Nun, der Herr Hofrat existierte. Und eine Sekretärin hatte er sicher auch. Wie auch immer. Gottschlich hatte den Fall abgelehnt, schloss und versperrte die Tür, schrieb auf einen Zettel *GESCHLOSSEN. Vertretung Detektei Hartmann* und deren Telefonnummer darunter. Dann wandte er sich wieder der Schreibmaschine zu.

Um dreiviertel elf brach er Richtung Innenstadt, in die Tuchlauben, auf, wo Emil Goldmann seine Rechtsanwaltskanzlei hatte. Im ersten Stock, neben einem vegetarischen Restaurant, das ein Frauenverein führte.

Goldmann hatte eine Sekretärin, eine sehr attraktive sogar, und diese ließ ihn sofort zum Chef vor.

Während Gottschlich das linke Auge fehlte, war Goldmann ohne linke Hand aus dem Krieg heimgekehrt. Also hing der linke Ärmel seines Sakkos schlaff an seiner linken Seite, während er mit der Rechten Gottschlich an sich zog und ihm einen Kuss auf die linke Wange drückte.

Die beiden Männer kannten einander vom Feldlazarett her, in dem ihre Kriegsverletzungen notdürftig behandelt worden waren. »Wir haben uns lange nicht gesehen. Viel zu lange.«

»Ich komme dienstlich.«

»Ich weiß. Du hast es Irmi gesagt.«

»Deine Sekretärin. Eine schöne Frau.«

»Man gönnt sich ja sonst nichts. Ich soll also ein Dokument verwahren.«

»Dokumente in einem heiklen Fall. Über den ich dir nichts erzählen werde, weil …«

»Weil du mir nicht ganz traust.«

»Oh doch. Auf dich ist Verlass. Weil ich dich nicht hineinziehen will. Ich komme einmal pro Woche vorbei und ergänze das Material. Du verwahrst es. Sobald ich verschwinde oder sterbe, schickst du es an die Redaktion des ›Münchner Merkurs‹.«

»So ernst ist die Sache?«

Gottschlich bestätigte dies mit einem Kopfnicken.

»Und jetzt gehen wir essen«, sagte der Anwalt.

»In den Frauenverein?«

»Sind wir verrückt? Lesbisches Gemüse? Nein, wir gehen gut essen. Griechenbeisl.«

»Tafelspitz?«

»Für mich Schweinsstelze.«

Als Gottschlich den Rechtsanwalt betrachtete, konnte er sich eines Lächelns nicht erwehren. Es gab kaum einen schlankeren Menschen als Goldmann. Wobei man fast nicht mehr von schlank, eher von mager sprechen musste. Goldmann hatte immer schon wie ein Skelett auf ihn gewirkt. Ein unvollständiges Skelett, ohne linken Arm. Ein Skelett, das ständig Appetit hatte und kein Gramm zunahm.

Also gut. Auf eine Schweinsstelze und einen Tafelspitz. Im Taxi. Obwohl man zu Fuß schneller dort gewesen wäre. Ja, Goldmann bewegte sich nicht gerne.

Mein Gott, was war aus ihnen geworden! Was hatte der Krieg und die Zeit danach aus ihnen gemacht!

Goldmann stand wenigstens beruflich gut da. Privat war er so einsam wie Gottschlich.

»Einsam?«, fragte Goldmann am Mittagstisch. »Eigentlich nicht. Ich hab meine Arbeit und … und … Deswegen wollte ich auch mit dir reden.«

»Ja?«

»Zuerst aber noch zu dir. Leidest du unter Einsamkeit?«

»Mir fehlt Helga.«

»Du klingst wie eine hängen gebliebene Schallplatte. Du bist einsam, weil du nie von Helga losgekommen bist.«

»Iss und schweig!«, zeigte sich nun Gottschlich verärgert.

»Entschuldige!«

»Du hast recht. Ich werde sie am Wochenende wiedersehen.«

Nun schwieg Goldmann tatsächlich, nahm die Schweinsstelze in die Hand und begann, daran zu nagen.

Peinlich, der Mensch in seiner Gier, dachte Gottschlich und bedauerte, sich nicht an einen anderen Anwalt gewandt zu haben.

»Ein Mann braucht Freunde«, sagte Goldmann mit vollem Mund. »Ich habe sie in der Plankengasse gefunden.«

»Im Konservativen Klub?«

»Genau dort.«

»Und was sagst du zu der Kampagne gegen euch? Helgas Heinz tut sich da sehr hervor.«

»Was schert es den Baum, wenn die Sau sich an ihm reibt«, brummte Goldmann und versenkte seine Zähne tief in die Stelze. »Es ist nicht aller Tage Abend. Dieses Gesocks wird nicht ewig regieren.«

»Aber lange, allzu lange. Und dann schaut Österreich anders aus.«

»Ich könnte mir vorstellen«, überlegte der Anwalt, »dass das Material, das du bei mir lagerst, mit diesen Leuten zu tun hat.«

»Darüber möchte ich nicht reden. Ich bin einer Klientin verpflichtet.«

»Ah ja.«

»Und ich warne dich, in den Schriften zu stöbern.«

»Das ist doch Ehrensache.«

»Was?«

»Die Geheimhaltung. Der Schutz des Klienten. Du kannst mir wirklich vertrauen.«

»Gut.«

»Hast du heute Abend Zeit?«

»Kommt drauf an, wofür.«

»Ich lade dich ein, zu uns zu kommen, in den Konservativen Klub. Wir halten eine Trauersitzung für Fernbacher ab. Vielleicht willst du doch für uns arbeiten, bei uns Mitglied werden. Ein wunderbares Mittel gegen die Einsamkeit. Und politisch passt es ja auch bei dir.«

»Mein Gott, politisch«, seufzte Gottschlich. »So konservativ bin ich gar nicht.«

»Du hast für die ›Gazette‹ geschrieben.«

»Es hat sich so ergeben.«

»So und jetzt Schluss! Kommst du heute Abend oder nicht?«

»Ich komme.«

Die Plankengasse wirkte an diesem Abend besonders düster. Eine Gruft inmitten der Stadt, viel zu eng verbaut, mit viel zu hohen, dreistöckigen Häusern aus dem

18. Jahrhundert. Ein Stück altes Wien, das Gottschlich gar nicht mochte.

Die Fenster des Cafés Linhardt im Erdgeschoss waren beleuchtet, leuchteten aber keineswegs. Eine Art dunkles Licht ging von ihnen aus, das die Straße weiter verfinsterte. Gottschlich fröstelte, als er die Menschen an den Marmortischen betrachtete, die Zeitung lasen, Schach spielten, rauchten, aßen und tranken. Nur ein Paar Augen blickte durch die hohen Fenster auf die Gasse. Augen, die Gottschlich zu kennen glaubte. Aber das war paranoid. Was sollte Heinz Alber hier machen? Seine Redaktion lag weit entfernt von hier.

Wenn er aber recht hatte, wenn Alber tatsächlich im Linhardt saß, dann wartete er auf etwas oder jemanden.

Den Gedanken, dass er auf ihn wartete, verwarf Gottschlich. Alber konnte nicht wissen, dass er in den Klub eingeladen worden war. Also …

Also sah er den Ablauf des Abends klar vor sich. Goldmann würde ihn die Treppe hoch in den ersten Stock führen, wo er Menschen wiedersehen würde – Männer, die er als Journalist kennengelernt hatte. Nicht besonders sympathische Männer, aber hoch in Ordnung, wenn man sie mit der jetzigen politischen und wirtschaftlichen Führung des Landes verglich. Machthungrige, verzopfte Männer, mit einem Hauch Gewissen, einem Hauch Moral.

Moral. Ein Wort, das ihm lange nicht mehr durch den Kopf gegangen war. Aber das war es, woran es Holl und seiner Mannschaft mangelte. Bei ihnen hielt nichts mehr die Gier im Zaum, mit der sie ihre Ziele erreichen wollten. Mordgier. Im wahrsten Sinne des Wortes.

Dann würden Goldmann und er Platz nehmen, irgendwelchen Reden lauschen, essen, trinken. Goldmann würde maßlos Speisen in sich hineinstopfen, womöglich auch viel trinken. Und dann würden Männer den Saal stürmen. Echte oder falsche Polizisten, Beweismittel gegen den Klub sammeln, solche auch hinterlegen. Und Heinz würde fotografieren und schreiben und …

»Fein, dass du gekommen bist«, hörte er Goldmann sagen, der einem Taxi entstiegen war und ihn zu dem Torbogen führte, der in eine breite Treppe mündete, über die sie in den ersten Stock gelangten.

»Wir sind etwas früh dran, damit du mit dem Kardinal reden kannst«, erklärte Goldmann, als sie einen Marmorsaal betraten. Das Licht aus drei Kandelabern spiegelte sich auf der polierten Oberfläche des grau-weißen Gesteins.

Grau-weiß waren auch die Tischtücher und Servietten, die auf u-förmig aufgestellten Tischen lagen, mit 22 Stühlen.

Also 21 Mitglieder und ein Extrastuhl für ihn, überlegte Gottschlich und drückte einem Herrn mit weißem Vollbart die gepflegte Hand.

»Unser Schatzmeister«, erklärte Goldmann. »Ministerialrat a. D. im Finanzministerium Otto Fritsch. Du hast bestimmt von ihm gehört.«

Gottschlich, dem der Name tatsächlich geläufig war, nickte.

»Abserviert«, sagte der Mann zwischen zusammengepressten Zähnen. »Sie haben mich pensioniert und durch einen absolut letztklassigen Steuerberater aus der Provinz ersetzt.«

»Meinem Freund und Kameraden Johnny ist dasselbe passiert.«

»Unsere Zeitung wurde eingestellt«, brummte Gottschlich, dem das Gespräch unangenehm war. Er wollte nicht immerzu in alten Wunden wühlen.

»Und jetzt ist er Detektiv«, fuhr Goldmann fort.

»Und bei uns herzlich willkommen. Ich geb dem Kardinal Bescheid«, sagte der Schatzmeister und entfernte sich.

Kurz darauf eilte ein junger Mann auf Gottschlich und Goldmann zu. »Der Herr Kardinal bittet euch zu ihm ins Büro.«

»Gut, dann gehen wir. Er wartet nicht gern«, antwortete Goldmann, die drei Männer verließen den Saal und passierten eine schmale Hintertreppe, in der es nach Essen roch. Wahrscheinlich von der Küche des Cafés her. Dann betraten sie einen modern eingerichteten Raum mit ausladendem Schreibtisch und einer Sitzecke, auf der sie auf Vorschlag des jungen Mannes Platz nahmen.

»Sein Sekretär«, flüsterte Goldmann. »Der Sekretär des Kardinals. Des Herrn Kardinal.«

Gottschlich war gespannt, um wen es sich dabei handelte. Über wen die Männer mit so viel Hochachtung sprachen.

Und er war enttäuscht, als ein kleiner, rundlicher Mann den Raum betrat.

Er hatte diesen fröhlich lachenden Menschen nie … oh doch! Er kannte diesen Herrn und war überrascht, ihn hier zu sehen.

Kardinal Schomann, der Erzbischof von Wien.

Der joviale Mann eilte auf Goldmann zu, umarmte ihn und wartete, bis er Gottschlich vorgestellt hatte.

»Sie schauen sich also den Klub an, Gottschlich. Hoffentlich gefällt er Ihnen. Wir können Männer wie Sie gebrauchen, um unser Land wieder aufzubauen. Ich meine nach der politischen Katastrophe, die dieser Olah ausgelöst hat. Sie wissen hoffentlich, dass kein Wort, was hier geschieht, wer uns angehört, nach außen dringen darf. In meinem Fall muss die Verbindung zwischen Kirche und Politik geheim bleiben. Obwohl sich die Konservativen als einzige Partei der christlichen Lehre verbunden fühlen. Christlich-sozial. Eine wunderbare Verbindung, wenn sie tatsächlich gelebt wird. Und darum bemühen wir uns. Unter anderem.«

Gottschlich, der darauf nichts zu sagen wusste, nickte nur.

»Sie wirken bedrückt, Herr Gottschlich«, sagte der Kardinal schließlich, während er das Gesicht des Detektivs mit Blicken zu erforschen suchte.

»Ich bin fremd hier und …«

»Und?«

Als Gottschlich schwieg, bat der Kardinal seinen Sekretär und Goldmann, sich zurückzuziehen.

»Wollen Sie sich mir anvertrauen, Gottschlich?«, fragte Schomann mit besonders sanfter Stimme, die Gottschlich an die Beichtväter seiner Kindheit erinnerte.

Seither hatte er auf dieses Sakrament der katholischen Kirche, der er noch immer angehörte, verzichtet.

»Reden Sie, Gottschlich!«, klang nun die Stimme des Kirchenmannes um ein Quäntchen schärfer.

»Ich hatte, als ich dieses Gebäude betrat, eine Ahnung, die vermutlich auf Paranoia, auf eingebildete Gefahren …«

»Ich weiß, was Paranoia ist. Und das soll uns jetzt nicht kümmern. Reden Sie frei drauf los! Ohne Entschuldigungen und Umschweife.«

»Im Erdgeschoss, im Café, sitzt ein Mann der Nationalen. Ein Journalist, und das gefällt mir nicht. Obwohl natürlich viele Männer der Nationalpartei in Kaffeehäuser gehen.«

»Keine Verniedlichungen, bitte! Fahren Sie fort!«

»Ich habe die Vision, das negative Bild, dass es heute Abend zu einer Razzia kommt, bei der man diesen Klub und seine Mitglieder auslöschen will, durch falsche Anschuldigungen …«

»Dass man kurzum die Gerüchte, die man über uns gestreut hat, nun durch echte und vorgeschobene Fundstücke beweisen will.«

Gottschlich nickte stumm.

»Sie denken an eine Polizeirazzia.«

»Staatspolizei.«

»Sie haben aber keine konkreten Anhaltspunkte außer dem Mann im Café.«

»Ich hätte nicht darüber reden sollen. Entschuldigen Sie, Herr …«

»Ich bin hier der Kardinal.«

»Herr Kardinal.«

»Sie müssen sich nicht entschuldigen. Ich habe Sie um Offenheit gebeten. Und dafür danke ich Ihnen. Ich stelle Ihnen nun frei, ob Sie bleiben oder sich in Sicherheit bringen wollen.«

»Ich bleibe.«

»Damit zeigen Sie Mut.«

»Und Sie?«

»Ich stehe vor der schweren Entscheidung, meine Freunde oder die katholische Kirche im Stich zu lassen. Aber das soll meine Sorge sein. Ich nehme Ihre Warnung ernst. Man spürt bisweilen Ereignisse voraus. Ich werde Anweisung geben, eventuell belastendes Material außer Haus zu bringen, und es jedem freistellen, ob er bleibt oder geht. Ich denke, uns bleibt noch Zeit. Sie werden warten, bis wir alle in der Falle sitzen.«

»Natürlich könnte ich mich auch irren«, wandte Gottschlich ein, der sich in diesem Moment selbst misstraute.

Wäre es möglich, dass er sich als Detektiv wichtigmachen wollte, dass er im Mittelpunkt dieses Abends, dieses Klubs, stehen wollte, weil … weil er Aufmerksamkeit suchte, weil er aus seinem Alleinsein ausbrechen und ein Mensch von Bedeutung sein wollte? Für einen Abend.

Für einen Rückzieher war es zu spät. Er musste da durch. Und er war nach wie vor überzeugt, dass sein Gefühl ihn nicht trog.

Alber hatte von diesem Klub gesprochen, Achleitner ihn darauf hingewiesen. Die Zeitung hatte ihn erwähnt. Da lief etwas.

Wenn nicht, hatte er sich als kindischer Narr, als Wurschtl, disqualifiziert. Punkt und aus. Auch das würde er überleben.

»Interessant wird es zu beobachten, wer heute fernbleibt«, überlegte Gottschlich noch. »Es könnte einen oder mehrere Maulwürfe geben.«

»Ein wichtiger Gedanke, doch das können wir ausschließen. Auf unsere Freunde ist Verlass. Obgleich ich das abgenützte Bild von der Hand im Feuer lieber nicht bemühe.«

Der Kardinal bedankte sich nochmals bei Gottschlich, dann griff er zum Telefon und bat Goldmann, den Gast in Empfang zu nehmen.

Der Anwalt führte Gottschlich zurück in die Marmorhalle, in der sich bereits zwei Gruppen von Männern zu Gesprächskreisen zusammengefunden hatten.

Goldmann stellte den Gast vor. Die Männer, die Gottschlich allesamt von seiner Tätigkeit als Journalist her kannte, unterbrachen ihre Unterhaltung nur kurz, drückten ihm die Hand und ignorierten ihn dann.

Also ließ er sich zu einem Platz am rechten Tischflügel führen und begann, um nicht untätig dazusitzen, Notizen zu machen. Das heißt, er gab vor, Notizen zu machen. In Wahrheit versuchte er sich in einer Karikatur von Kardinal Schomann, indem er zunächst mehrere Kreise zeichnete. Für Kopf, Körper und Wangen. Arme und Beine waren Ellipsen. Bevor er sich auf Einzelheiten konzentrieren konnte, vernahm er eine ihm bekannte Stimme im Rücken.

»Du hier, Hans! Also, das Niveau des Klubs sinkt stündlich!«

Oh Herr, lass diesen Kelch an mir vorübergehen!, dachte Gottschlich und begrüßte den ehemaligen Chef vom Dienst der »Gazette«, Hubert Kelch.

»Was machst du, wie geht es dir? Was führt dich hierher?«, überschüttete ihn der Mann mit Fragen.

»Und du?« entgegnete Gottschlich, worauf der Mann wie üblich von sich zu erzählen begann, ohne auf die Beantwortung seiner eigenen Fragen zu warten.

Hubert Kelch. Der Narziss mit dem Goldmund. Eigentlich ein Mund, wie ihn Babys hatten. Klein, große Lippen, immer an etwas saugend. Im Moment am Stiel einer schwarzen Pfeife.

Also klangen die Worte des Ex-Kollegen etwas verschwommen: »Wenn man schreiben kann, findet man allemal einen Job«, erklärte der Mann. »Ich bin bei der Wiener Kirchenzeitung untergekommen. Der Kardinal hat mich empfohlen. Wäre das nichts für dich?« Bevor Gottschlich etwas sagen konnte, fuhr Kelch fort: »War nicht ganz einfach. Ich bin geschieden. Staatlich und musste das auch kirchlich klären lassen. Sie wollen keine Geschiedenen in der Kirchenzeitung und schon gar keine Wiederverheirateten. Du weißt doch, dass ich diese tolle Frau kennengelernt habe. Stasi. Eigentlich Anastasia. Aber es gibt einen Weg. Ehenichtigkeit. Das Verfahren läuft noch, aber man macht mir Hoffnung. Und wenn nicht, kann ich Stasi nicht heiraten.«

»Dann wünsch ich dir, dass es klappt.«

»Und du? Willst du nicht bei uns anheuern?«

»Ich arbeite jetzt als Detektiv.«

»Das kannst du doch nicht. Mein Gott, Johnny! Was für eine verrückte Idee.«

»Wir werden sehen.«

Pünktlich um 20 Uhr ertönte ein Gong, die Männer erhoben sich von ihren Sitzen, der Kardinal betrat den

Raum, lächelnd und winkend und nahm an der Breitseite der in U-Form aufgestellten Tische Platz.

Auch Gottschlich setzte sich. Unter den Tisch stellte er seinen Aktenkoffer, in dem sich die Pistole und ein Tonbandgerät befanden.

Ihm folgten 19 Männer. Ein Stuhl war leer geblieben.

Als der Kardinal seine Rede begann, spürte Gottschlich eine Unruhe, die wie elektrischer Strom durch seinen Körper floss, wie Muskeln sich verkrampften, sein Kopf sich vom Rest des Körpers zu lösen schien, wie sich die Sicht seines verbliebenen Auges verschlechterte und er nur mehr schwer Luft bekam.

Ein Gefühl wie vor der Schlacht um Smolensk.

Verdammt! Warum hatte er sich darauf eingelassen? Noch war Zeit zu gehen.

Doch das kam nicht infrage. Er musste bleiben, wie er auch im Krieg keine Wahl gehabt hatte.

Um sich abzulenken, konzentrierte er sich intensiv auf Schomanns Rede, der mittlerweile des verstorbenen Klubmitglieds Friedhelm Fernbacher gedachte.

»Die Verabschiedung findet am Freitag, dem 5. Dezember, um 18 Uhr, im Stephansdom statt. Wir nehmen anschließend im ›Rauchfangkehrer‹ ein Mahl ein.«

Um ihr Einverständnis auszudrücken, klopften die Männer mit den Fingerknöcheln auf den Tisch.

Fernbacher hätte wohl mit der Linken geklopft, dachte Gottschlich an den erschossenen Bankdirektor.

»Wir müssen uns heute knapp halten«, fuhr der Kardinal fort, »da wir vermutlich ungebetenen Besuch bekommen. Dazu zähle ich natürlich nicht unseren heutigen

Gast, den Journalisten und Detektiv Hans Gottschlich, den ich hiermit herzlich begrüße. Er soll sich ein Bild von unserer Gemeinschaft machen und überlegen, ob er ihr angehören möchte. Letztlich aber entscheiden die Stimmen aller unserer Freunde. Nikolaus Achleitner hat sich für heute Abend entschuldigt. Er leidet an einer schweren Erkältung.«

Oh, oh, oh. Das war ein weiterer Hinweis, dass er mit seiner Ahnung recht hatte. Nico wusste offenbar von einer Polizeirazzia gegen den Klub.

»Zurück zu einem möglichen unerwünschten Besuch«, setzte Kardinal Schomann seine Ansprache fort. »Wir müssen mit einer Durchsuchung unserer Räumlichkeiten rechnen. Ich nehme nicht an, dass sich etwas Verbotenes hier befindet, ersuche aber jeden von euch, sein Gewissen zu erforschen und sich solcher Gegenstände umgehend zu entledigen.«

Ein Mann, den Gottschlich als Baumeister Lengauer identifizierte, schlug vor, eine Fotodokumentation der Räumlichkeiten zu machen, die letztlich beweisen sollte, dass sich keine diskriminierenden Gegenstände im Klub befanden, denn man müsse befürchten, dass solche von den Gegnern anlässlich einer möglichen Razzia hinterlegt würden. »Werden würden«, verbesserte sich der Mann und erbot sich, die nötigen »fotografischen Aufnahmen« anzufertigen.

»Gut. Legen Sie los!«, sagte der Kardinal. »Und den Überfall, sollte er stattfinden, dokumentieren Sie ebenfalls.«

»Und Sie, Herr Kardinal, verschwinden nun besser«,

rief der Baumeister. »Es fehlte uns noch, dass auch Sie in Schwierigkeiten kommen und uns ein neuer Bischof beschert wird.«

»Ich bleibe«, konstatierte Schomann. »Jeder von uns hat etwas zu verlieren. Und jetzt genießen wir das Essen.«

»Unser letztes Abendmahl«, sagte einer der Männer, und der Kardinal wies ihn zurecht. »Der Vergleich ist unpassend. Wir sind keine Apostel und ein Christus fehlt uns leider auch.«

Vier jüngere Herren erhoben sich und begannen die Speisen und Getränke aufzutragen. Es gab Nierenbraten und Rotwein, dazu frisches Weißbrot.

Als laute Stimmen vom Gang in die Marmorhalle drangen, sagte der Kardinal mit fester Stimme: »Es ist so weit.«

Gottschlich öffnete seinen Aktenkoffer, den er unter dem Tisch deponiert hatte, und schaltete sein Tonbandgerät ein.

KAPITEL 5

Die Mitglieder des Konservativen Klubs blieben, um Ruhe bemüht, auf ihren Plätzen, während eine Gruppe von fünf Männern in olivgrüner Uniform mit gezückten Pistolen in den Raum lief.

»Staatspolizei«, rief der Anführer, der sich bisher im Hintergrund gehalten hatte. »Dies ist eine Aktion im Auftrag des Innenministers.«

Kardinal Schomann erhob sich und bewegte sich langsam auf den Anführer zu. »Dann haben Sie sicher Ausweise bei sich und eine schriftliche Bestätigung Ihres Anliegens.«

»Bleiben Sie, wo Sie sind, sonst …«

»Erledigen Sie Ihren Auftrag, Winklehner, aber drohen Sie nicht!«, wandte sich Schomann an den Mann, dessen schütterer Bart eine Narbe an der linken Wange verdecken sollte.

»Ich nehme keine Anordnungen von Ihnen entgegen, Sie … Sie …«

»Dann lassen Sie es bleiben! Wenn Sie keine Legitimation vorweisen, verständige ich die Polizei.« Nach diesen Worten strebte der Kardinal auf den Ausgang zu.

»Sie bleiben, wo Sie sind!«, rief der Mann.

»Ich bin ein freier Mann in einem noch freien Land und gehe, wohin ich will.«

Rasch erhoben sich die Mitglieder des Konservativen Klubs und schlossen einen Halbkreis um ihren ersten Mann, sodass dieser ungehindert entkam, während Baumeister Lengauer Fotos schoss.

»Ergreift ihn!«, schrie der Staatspolizist und die vier übrigen Männer bewegten sich, ihre Pistolen im Anschlag, auf Lengauer zu, der weiter an seiner Kamera hantierte.

Gottschlich ging in die Knie, entnahm seinem halb geöffneten Aktenkoffer seine Sauer und ließ sie in die rechte Tasche seines Sakkos gleiten, in der Absicht, sie zu gebrauchen, sobald die Männer Gewalt anwenden würden.

»Das ist ein Polizeieinsatz«, tönte es von der Eingangstür her und eine Gruppe von schätzungsweise zehn bis 15 Männern drang in die Halle vor, mit Kriminalrat Nico Achleitner an der Spitze. »Wir haben einen Notruf erhalten. Was geht hier vor?«

»Staatspolizei«, wandte sich der Mann, den der Kardinal mit dem Namen Winklehner angesprochen hatte, an Achleitner.

»Papiere, Einsatzbefehl«, zeigte sich Achleitner streng.

»Ein Geheimauftrag«, konterte Winklehner.

»Papiere und Einsatzbefehl«, wiederholte Achleitner. »Oder sofortiger Rückzug.«

»Wir haben den Auftrag, die fragwürdigen Aktivitäten dieses Klubs zu untersuchen.«

»Fragwürdig ist euer Einsatz. Verzieht euch!«

»Sie werden das büßen, Achleitner« zischte der angebliche Staatspolizist und gab seinen Männern das Zeichen zum Rückzug.

Achleitner und seine Polizisten folgten ihnen, die Waffen weiterhin im Anschlag.

Die Klubmitglieder nahmen, heftig diskutierend, Platz, Gottschlich schaltete sein Tonbandgerät aus, beließ aber zur Sicherheit die Pistole in seiner Sakkotasche.

Jetzt erst wurde ihm bewusst, unter welcher Anspannung er gestanden hatte. Seine Hände waren schweißnass, die Stelle, an der sich sein linkes Auge befunden hatte, brannte.

Beinahe wäre es zu einem Kampf gekommen, zu einer Schlacht. Seiner letzten höchstwahrscheinlich.

Der Kardinal, der zurückgekehrt war, nahm wieder am Tischende Platz und wandte sich an die Klubmitglieder: »Ich danke euch von Herzen, liebe Freunde, dass ihr so ruhig geblieben seid und damit Gewalt verhindert habt. Unser Kamerad, der Kriminalrat, wusste von der Razzia, und er hat Vorkehrungen getroffen. Einen besonderen Dank aber möchte ich unserem heutigen Gast aussprechen. Er hat ein besonders feines Gespür für Gefahr. Auch ihm danke ich, dass er ruhig geblieben ist und nichts unternommen hat, obwohl ihm Angst vor dem Feind nicht vorgeworfen werden kann. Mir ist es besonders wichtig, Gewalt zu vermeiden. Und noch eins, Kameraden! Die Geschehnisse des heutigen Abends bleiben unter uns. Wir beraten in den nächsten Wochen, was wir zur Rettung dieses Landes unternehmen können. Und jetzt bitte den Nachtisch! Es gibt Faschingskrapfen, denn wir befinden uns, wie die Aktion unserer Gegner beweist, im Fasching. Seit dem 11.11., 11.11 Uhr.«

Die vier jüngeren Herren brachten einen Weidenkorb mit den Mehlspeisen in den Raum und baten ihre Kollegen zuzugreifen.

Gottschlich verzichtete darauf. Ihm war nicht nach Essen zumute. Er hatte sich hilflos gefühlt angesichts dieser fünf Männer und überlegte, was er gegen das Gefühl der Ohnmacht unternehmen könnte.

»Außerdem haben wir uns einen kräftigen Schluck verdient«, meldete sich der Kardinal erneut zu Wort. »Wofür denn haben wir unseren besonderen Vorrat, den Dalmore aus dem Jahr 1950, dem Gründungsjahr unserer Gemeinschaft? Nicht nur um zu feiern, sondern auch, um uns zu beruhigen.«

Die Männer spendeten wieder Applaus, indem sie auf die Tischplatte klopften.

Auch Gottschlich nahm das Glas mit dem bernsteinfarbenen Whisky entgegen, roch daran und nahm einen vorsichtigen Schluck, der sogleich seine Kehle erwärmte und sein Inneres in Schwingungen versetzte. In positive Schwingungen. Also wagte er einen weiteren Versuch und leerte schließlich das Glas. Als man ihm nachschenken wollte, lehnte er allerdings ab. Er wollte einen klaren Kopf bewahren, um die Ereignisse dieses Abends reflektieren zu können und Schlüsse für die Zukunft zu ziehen. Zu viele Fragen beschäftigten ihn.

Sollte er die Mitgliedschaft in diesem Klub anstreben, für den Klub ermitteln? Was war von Achleitners Eingreifen zu halten? War er Retter oder Verräter? War Heinz Alber tatsächlich in das Geschehen verwickelt? Was würden die Männer um jenen Mann, den der Kardinal Winklehner genannt hatte, nun tun? Was würden sie ihrem Auftraggeber berichten? Warum hatte man ihn gerade zu diesem Abend eingeladen? War alles eine Inszenierung gewesen, deren Hintergrund er nicht begriff, oder verhielten sich die Dinge so, wie sie sich an diesem Abend dargestellt hatten?

Bevor er das nicht einigermaßen geklärt hatte, würde er dem Klub fernbleiben. Er hatte einen Auftrag, und zwar … Ja, vor allem musste er morgen überprüfen, ob er den Auftrag tatsächlich hatte, ob das versprochene Honorar von Fernbachers Witwe auf seinem Konto eingelangt war. Dann würde er ihr Bericht erstatten und sie vielleicht bewegen, ihm Einblick in die geheimen Aufzeichnungen ihres Mannes zu gewähren.

Die Tonbandaufzeichnung des Geschehens im Klub würde er … oh nein, er musste sich einen anderen Anwalt oder Notar suchen, bei dem er seine Recherchen hinterlegen konnte. Emil Goldmann war zu sehr in die Angelegenheit verstrickt.

Als Gottschlich am Ende des Klubabends den noch immer hell beleuchteten Marmorsaal verlassen wollte, hielt ihn einer der jungen Männer, die Speisen und Getränke serviert hatten, höflich, aber bestimmt, zurück, indem er ihm eine Hand auf die linke Schulter legte.

»Der Herr Kardinal möchte Sie sprechen.«

Gottschlich folgte dem jungen Herrn in das Klubbüro, in dem Kardinal Schomann bei einer Tasse Mokka saß und seinen Gast bat, ihm noch einige Minuten Gesellschaft zu leisten.

Kaffee lehnte Gottschlich dankend ab und erhielt ein Glas Tonic-Wasser.

»Ein ereignisreicher Abend«, begann Schomann das Gespräch. »Und Sie haben eine exzellente Figur gemacht.«

Gottschlich bedankte sich und wartete, worauf der stets freundlich lächelnde Mann hinauswollte.

»Warum habe ich Sie zu dieser nächtlichen Nachlese gebeten?«, lieferte der Kardinal sogleich eine Antwort auf Gottschlichs unausgesprochene Frage. »Weil ich das Geschehen mit jemandem reflektieren will. Sie hatten die richtigen Schlüsse gezogen, so unglaublich diese am Beginn unserer Zusammenkunft auch schienen. Und Sie haben den Mut gehabt, diese laut auszusprechen, mit dem Risiko, sich zu blamieren. Alle Achtung und meinen Dank dafür! Dass wir Sie gerne in unsere Gemeinschaft aufnähmen, wissen Sie schon. Wo liegen Ihre Zweifel, Herr Gottschlich?«

»Sie haben mit mir selbst zu tun, sind privater Natur.«

»Erzählen Sie! Ich bin ein geübter Beichtvater«, ermunterte ihn der Kardinal und faltete – wohl aus Gewohnheit – die Hände.

»Ich weiß nicht, ob Sie das interessiert …«

»Dann beginne ich«, sagte der Kardinal. »Mein Problem mit anderen Menschen ist der Wunsch, alles unter Kontrolle zu halten. Daher habe ich – berufsbedingt – kaum mit weiblichen Wesen zu tun. Bei denen fällt mir das besonders schwer …«

Nun musste Gottschlich lachen und blickte dem Mann forschend in die freundlich wirkenden hellgrauen Augen.

»Ich meine es ernst«, sagte der Kardinal. »Am besten wäre es wohl, ich würde Papst. Aber das hängt nicht von mir ab. Und ich werde in dieser Auseinandersetzung mit unserer Staatsführung Schaden nehmen. Unter ihnen befinden sich auch Katholiken, aber solche, die Nazigedanken mit Glaubensgrundsätzen verwechseln. Und die mich, der ich das anders sehe, wie den Teufel hassen. Punkt. So viel über mich.«

»Bei mir haben die Vorbehalte, Gemeinschaften anzugehören, Gründe, die in die Kindheit reichen. Schon damals ödeten mich die Spiele anderer Kinder an. Ich wollte mit jemandem etwas machen, Spaß haben, aber keinen Regeln folgen.«

»Und dabei sind sie oft allein geblieben.«

»Es gab auch andere Kinder, die das wollten.«

»Ein schwieriger, unbequemer Weg, dem ich aber etwas abgewinnen kann. Wir haben zu strikte Regeln hier. Und Sie empfinden das als Spiel, an dem Sie nicht teilnehmen wollen.«

»Ein allererster Eindruck.«

»Der nicht trügt. Ich kann Sie jetzt verstehen. Es geht also darum, nicht mit dem Strom zu schwimmen, beziehungsweise überhaupt nicht ins Wasser zu steigen, um nicht nass zu werden.«

»So in etwa.«

»Aber ins Wasser gestiegen und nass geworden sind Sie, indem Sie einerseits hierhergekommen und uns auch noch gewarnt haben. Ein wichtiger Schritt, denn ich denke, es ist legitim, nicht mit dem Strom schwimmen zu wollen. Nicht nass werden zu wollen, jedoch, ist eine Illusion, die unglücklich, einsam, verbittert werden lässt.«

»Auch dagegen bin ich nicht gefeit.«

»Ich auch nicht. Aber wir sind gewarnt. Ich zum Beispiel gehöre diesem Klub an, der sich ›konservativ‹ nennt. Bewahrend, nicht erstickend. Ich sehe meine Aufgabe weniger darin, mit allen Kräften an Altem festzuhalten, sondern vorsichtig in die Zukunft zu gehen. An der Spitze meiner Freunde, die in wichtigen Bereichen der Gesellschaft unseres Landes tätig sind. Wobei auch Kampf nicht zu vermeiden ist. Das Hauptgewicht jedoch lege ich auf sanfte Weiterentwicklung, und dazu zählt auch das Gespräch mit vernünftigen Mitgliedern der regierenden Partei. Ja, es gibt nicht nur korrupte Rechte.«

»Ohne Zweifel« sagte Gottschlich und musste sich räuspern, als ihm seine eigene Stimme fremd vorkam.

»Warten Sie! Am Freitag tragen wir Fernbacher zu Grabe. Haben Sie am Samstag Zeit, sich mit einem der vernünftigeren Nationalen zu treffen?«

»Am Wochenende geht es schwer. Da bin ich in einer wichtigen persönlichen Angelegenheit unterwegs«, verneinte Gottschlich, der an ein mögliches Treffen mit Helga dachte.

»Dann schon am Donnerstagabend. Ich sage Ihnen noch, wann und wo.« Gottschlich, der sich überrumpelt fühlte, räusperte sich erneut, verzichtete dann jedoch auf einen Protest, als der Kardinal in seiner Rede fortfuhr: »Sie versuchen, den Mord an unserem Freund Friedhelm Fernbacher zu klären. Es liegt nahe, dass er vom politischen Gegner kaltgestellt werden sollte, weil er zu viel über ihn wusste. Ich habe ihm abgeraten, zum jetzigen Zeitpunkt damit an die Öffentlichkeit zu gehen. Die Zeit ist noch nicht reif dafür. Ein Gespräch mit einem weniger fanatischen Mitglied der Nationalen kann also Ihre Ermittlungen im Auftrag der Witwe voranbringen.«

»Sie wissen viel über mich.«

Der Kardinal nickte.

»Und dafür ist die Zeit reif?«, fragte Gottschlich.

»Für die Ermittlungen ja, in meinen Augen. Was man mit dem Ergebnis macht, ist eine andere Sache. Ihre Sache. Und jetzt …«

»Jetzt gehen Sie hin, sündigen nicht mehr und beten drei Vaterunser und fünf Gegrüßet-Seist-Du-Maria«, scherzte Gottschlich.

Nun lachte der Kardinal. »Oh ja, so kennen Sie uns Pfaffen. Könnten wir nicht einen weniger konventionellen Abschluss finden? Was sagen Sie zu einem weiteren Glas Dalmore?« Gottschlich stimmte zu, der Kardinal entnahm seinem Schreibtisch eine halb volle Flasche, befüllte zwei Gläser und fuhr fort: »Wussten Sie, dass unsere Reblaus Schuld war am Siegeszug des Whiskys?«

Gottschlich, der sich von dem etwa gleichaltrigen Mann bevormundet fühlte, verzichtete auf eine Antwort.

»Also, das war so«, erklärte Schomann. »Die feinen Leute zur Jahrhundertwende tranken Cognac. Als die Reblaus über die Weingärten herfiel, gab es keinen Wein mehr, also musste man auf ein Destillat aus Getreide ausweichen, den Whisky.«

»Ich stamme aus einer Familie von Weinbauern«, stellte Gottschlich fest.

»Dann wissen Sie ja davon.«

»Gerüchteweise. Das liegt weit zurück.«

»Und noch etwas«, beendete der Kardinal sein Gespräch mit Gottschlich. »Wir müssen uns hüten, die Erfahrungen eines kurzen Lebens für der Weisheit letzten Schluss zu halten. Ich meine im Vergleich zur Ewigkeit Gottes. Halten wir unsere Augen und Ohren offen, um Neues aufzunehmen, neue Erfahrungen zu machen! Bemühen wir uns, auch das mögliche Elend der Gegenwart nicht für ewig zu halten!«

»Wobei wir«, fügte Gottschlich lächelnd hinzu, »nicht so weise wie Gott sein müssen. Diese Last nimmt er uns ab. Wir können auch hin und wieder irren.«

»Für diese wichtige Überlegung danke ich Ihnen, Gottschlich. Unsere Begegnung hat mich bereichert.«

Als Gottschlich gegen halb elf die Tür zu seinem Büro aufschloss, sah er, dass die Briefmarke, die er zwischen Tür und Angel geklebt hatte, gerissen war. Jemand war in seine Wohnung eingedrungen. Dieses Mal handelte es sich um keine Täuschung, wobei natürlich Kinder an der Tür gespielt haben könnten.

In Anbetracht der Geschehnisse dieses Abends jedoch zweifelte Gottschlich nicht mehr am Interesse des Gegners an seinen Ermittlungen. Man wollte auf dem Laufenden bleiben und ihn vermutlich so lange verschonen, bis Gefahr bestand, dass er mit seinem Wissen an die Öffentlichkeit ging. Dann würde es eng werden. Wenn nicht zuvor. Aber er würde es dem Gegner nicht leicht machen und schon morgen einen neuen Anwalt suchen, bei dem er seine Aufzeichnungen hinterlegen konnte.

Er ging zum Telefon, neben dem das Wiener Telefonbuch lag, und suchte das Verzeichnis der Rechtsanwälte. Dann schloss er das Auge und bewegte seinen rechten Zeigefinger über die Seite. Als er hinschaute, erkannte er, dass sein Finger auf dem Namen Goldmann lag.

Das plötzliche Läuten des Telefons erschreckte ihn. Der Anruf kam vom Kardinal persönlich.

»Herbig hat schon morgen Abend Zeit. Kommen Sie unbedingt! 18.30 Uhr Deutsch-Wagram, die Heimat der Glocks.«

»Glocken«, korrigierte Gottschlich automatisch.

»Glocks«, beharrte Schomann. »Die Waffenfabrik. Sie treffen ihn im Marchfelderhof.«

»Und Sie?« Gottschlich überlegte, ob er seinen Gesprächspartner Schomann oder Kardinal nennen sollte, beließ es aber bei der kurzen Frage ohne Anrede.

»Herbig weiß, worum es geht. Ich bin dabei nicht vonnöten.«

»Und wie erkenne ich diesen Herbig?«

»Sie sind der Detektiv. Finden Sie es heraus! Raimund Herbig, der bekannte Internist. Kandidat bei der letzten Wahl zum Bundespräsidenten.«

»Oh, der!«

Obwohl Deutsch-Wagram an der Nordbahn lag, nahm Gottschlich seinen Wagen, und das schon drei Stunden vor dem vereinbarten Treffen. Er wollte die Gegend, die er lange nicht aufgesucht hatte, erkunden.

Der kalte Wind, der über die winterleeren Felder pfiff, jagte ihn zurück ins Auto, von wo aus er sich um einen Blick auf die Landschaft bemühte, über die sich langsam die Dämmerung legte. Was für eine Schnapsidee, hier zu dieser Tageszeit wandern zu wollen!

Also ließ Gottschlich den Motor laufen, um sich warm zu halten, und setzte seine schriftlichen Aufzeichnungen über den gestrigen Abend fort.

Als er das beendet hatte, verließ er doch seinen Fiat und schaute den Krähen zu, die in dichten Schwärmen von Wien her Richtung Donau zogen.

Hasen hoppelten über die abgeernteten Gemüsefelder, auf der Suche nach vergessenen Kohlköpfen. Auch Rehe, die sich im Schutz von Hecken bewegten, konnte er in der Ferne entdecken. Hecken gegen diesen schrecklichen Wind, der von der Tschechoslowakei her wehte.

Der Gemüsegarten Wiens. Die Vorhölle. Eher wollte er sterben, als hier zu wohnen.

Gottschlich schaute auf seine Uhr. Er wollte sich zwingen, sich mindestens eine halbe Stunde im Freien zu bewegen, bevor er Richtung Gasthaus aufbrach, in dem er auf Doktor Herbig warten wollte. Bei wärmendem Glühwein und … Nein, mit dem Essen würde er auf den Arzt warten.

Ein Internist, der 1963 für die Nationalen bei der Bundespräsidentenwahl gegen Adolf Schärf von den Sozialisten und Julius Raab von den Konservativen angetreten war und so wie Raab gegen Schärf verloren hatte.

Bereits 1965 hatte wegen Schärfs Tod erneut gewählt werden müssen. Seither war der Rote Hilmar Hanusch österreichischer Bundespräsident. Die Nationalen hatten keinen eigenen Kandidaten aufgestellt.

»Raimund Herbig, der Arzt für unser Vaterland«, hatte einer der Slogans gelautet, und Gottschlich stellte sich den Mann vor, wie er von den Wahlplakaten gelächelt hatte. Ein etwas in die Breite gegangenes Gesicht, blondes Haar, blaue Augen, ein Kindermund, aus dem viel zu ebenmäßige, viel zu weiße Zähne leuchteten. Die Fotos, auf denen der Mann offensichtlich geschminkt gewesen war, hatten gewirkt, als hätte ihm jemand einen Damenstrumpf über den Kopf gezogen. Völlig unpersönlich, lächerlich. Widerlich.

Und mit diesem Menschen sollte er sich treffen!

Außerdem hatte er den Verdacht, gelenkt, manipuliert zu werden. Die Einladung zum Klub, das Weiterreichen an Herbig. Versuchte man auf diese Weise, seine Ermittlungen zu sabotieren? Auf gewaltlose Weise. Egal. Diesen Termin würde er noch einhalten, danach musste er sich freispielen.

Eine Viertelstunde war verstrichen. Zeit, zum Wagen zurückzukehren, der in der fortgeschrittenen Dämmerung nur mehr als Schatten zu sehen war. Allerdings hatte der Wind nachgelassen, Gottschlich war wärmer geworden und die Gegend kam ihm nicht mehr so unangenehm vor. Sie strahlte Ruhe und potenzielle Fruchtbarkeit aus. Nach dem Winter, der bisher relativ sanft gewesen war.

Gottschlich dachte kurz an Weihnachten in knapp

einem Monat und wieder fröstelte ihn. Kein Fest, auf das er sich freute.

Helga fiel ihm ein, die er am Wochenende sehen würde, und dann dachte er daran, dass er seit den Ereignissen im Konservativen Klub kein Morphium mehr eingenommen hatte, dass er sich ohne die Droge weder besser noch schlechter fühlte und dann … dann hatte er einen Verdacht. Wäre es möglich, dass ihn sein Arzt ohne sein Wissen entwöhnte, dem Pulver immer mehr andere Substanzen beigemischt hatte, bis es wirkungslos geworden und er von seiner Sucht befreit worden war?

Gottschlich atmete tief durch und ballte die Fäuste. Wenn das zutraf, konnte er sich seine Anspannung, die Schmerzen, seine Unruhe der letzten Wochen erklären.

Er fragte sich, ob er das gut finden oder die ursprüngliche Behandlung fortsetzen sollte. Schließlich hatte er das Morphium nicht ohne Grund erhalten.

Das Gastzimmer im Marchfelder Hof war überladen, wirkte wie eine Film- oder Theaterkulisse, Raimund Herbigs Gesicht hingegen hatte sich verändert, seitdem er es auf Wahlplakaten gesehen hatte. Der Mann war hager geworden, das Alter und vielleicht Sorgen hatten Spuren hinterlassen. Jedenfalls fand Gottschlich sein Gegenüber beim ersten Händedruck durchaus sympathisch. Ein Eindruck, der durch die sichtliche Nervosität des über 70-Jährigen verstärkt wurde.

»Ich habe mich da auf etwas eingelassen, das ich nicht ganz überblicke«, sagte Herbig und versuchte ein Lächeln.

»Mir geht es ebenso«, gestand Gottschlich.

»Also schlage ich vor, wir gehen es langsam und vorsichtig an«, erwiderte Raimund Herbig und fragte den Detektiv, was er sich von dem Treffen verspreche.

»Schomann hat mich dazu gedrängt und mir die Begegnung mit einem positiven Nationalen in Aussicht gestellt.«

»Der Fuchs.«

»Und Sie?«

»Er hat mir erzählt, dass Sie journalistisch tätig waren und nun als Detektiv arbeiten.«

»Das stimmt.«

»Und was nun?«

»Ich schlage vor, wir machen das Beste aus diesem Treffen«, ergriff Gottschlich die Initiative und öffnete die Speisekarte.

Der Politiker tat es ihm gleich und fragte Gottschlich, welcher Partei seine Sympathie gehöre.

»Ich war und bin in meiner Einstellung ein Konservativer, aber kein Parteimitglied.«

»Und wie geht es Ihnen mit uns, den Nationalen?«

»Schlecht, sehr schlecht«, entschied sich Gottschlich für Offenheit.

»Und warum?«

»Weil der Regierungswechsel eine Truppe ungezähmter Raubtiere an die Macht gebracht hat, die das fortsetzen will, was unser Land in den Abgrund gezogen hat.«

»Sie meinen die Politik der Nationalsozialisten.«

Gottschlich bestätigte das, und der Arzt nickte. »Ich verstehe.«

»Machen wir weiter oder beenden wir hiermit unser Treffen?«

»Ich sehe keinen Grund, auseinanderzugehen«, sagte Herbig mit unsicherer Stimme, winkte den Wirt herbei und bestellte Mineralwasser und Wildschweinbraten für sich. »Die Schweine sind doch aus der Gegend?«, erkundigte er sich.

»Von unseren Jägern, aus unseren Gemüsefeldern«, bestätigte der Mann und nahm Gottschlichs Bestellung auf, der sich mit einem Schweinsschnitzel mit Bratkartoffeln begnügte und einem Glas Grünen Veltliner vom Wagram.

»Sie sind ein Freund des Kardinals?«, erkundigte sich Gottschlich.

»Freund ist zu viel gesagt. Wir kennen einander von … Aber das ist egal. Wie hat er Sie dazu gebracht, sich mit mir zu treffen?«

»Indem er festgestellt hat, dass nicht alle Nationalen karrieregeile, äh …«

»Ehemalige Nazis sind.«

Als der Wirt die Getränke brachte, fragte Gottschlich den Arzt, warum er keinen Alkohol trinke.

»Weil ich auch in diesem Punkt kein typischer Nationaler bin. Ich gehöre keiner schlagenden Verbindung an, ich trinke kein Bier und war kein Parteimitglied der Nationalsozialisten.«

»Was bleibt da noch?«

»Ein Nationaler.«

»Und das heißt?«

»Prost! Ich proste auch mit Wasser.«

»Prost.«

»Was bleibt? Jemand, der die deutsche Sprache liebt und alles, was damit verbunden ist. Deutsche Kultur, Kunst, Malerei, Musik. Und der das in einem Verbund deutscher Staaten abgesichert haben will.«

»Die Wiedererrichtung des deutschen Reiches.«

»Nein, ich sehe die Zukunft in einem Verband deutschsprachiger Staaten und Gebiete. Und das sehen die Vernünftigen unserer Gruppierung ähnlich.«

»Davon hört man aber nichts. Man hört nur, wie korrupt und unfähig die bisher regierenden Parteien waren.«

»Die Konservativen.«

»Und Olah, der die Nationalen an die Macht gebracht hat.«

»Weil er den Rückhalt seiner Partei verloren hat«, erwiderte der Arzt.

»Das heißt …«

»Ich will damit sagen, dass auch die anderen Parteien in unserem Land nicht ideal sind und waren, möchte aber nichts beschönigen. Holl und die Truppe um ihn sind skrupellos, haben alle unsere Prinzipien verraten und steuern sich selbst und Österreich in den Abgrund.«

»So sehe ich das auch.«

»Gut. Damit kennen wir den Grund, warum uns der Kardinal zusammengeführt hat. Aber was tun wir mit dem Wissen?«

»Das ist tatsächlich die Frage.«

»So, die Herren. Das gebratene und das gebackene Schwein«, unterbrach der Wirt das Gespräch. »Beides heiß. Also Vorsicht. Das eine wild, das andere gezähmt.«

»Bei uns ist es umgekehrt«, bemerkte der Arzt nach dem Abgang des Wirtes. »Der Wilde von uns beiden sind Sie. Ich bin mehr als gezähmt. Aus Altersgründen, weil ich meinen Beruf nicht mehr ausübe und als Politiker gescheitert bin. Sie, Herr Gottschlich, stehen noch mitten im Leben.«

»Leben ja, aber am Rande. Beruflich und ... Beruflich vor allem.«

»Sie sind jetzt Detektiv.«

»Weil ich als konservativer Journalist nicht mehr arbeiten kann.«

»Das tut mir leid.«

»Wirklich?«

»Wirklich. Und jetzt wünsche ich guten Appetit. Mein Schwein ist sehr zart.«

»Und meines knusprig-würzig.«

»Die Köchin verwendet Butterschmalz.«

»Sie sind öfter hier?«

»Ja. Ich wohne in Gänserndorf.«

Herbig stürzte sich auf den Braten wie ein Raubvogel auf die Beute, hörte aber nach wenigen Bissen zu essen auf, trank Wasser, aß ein winziges Stück Semmelknödel und schob den Teller von sich.

»Ist etwas mit dem Wildschwein nicht in Ordnung?«, fragte Gottschlich.

»Es ist sehr gut. Das Problem ist mein körperlicher Zustand. Krebs. Magenkrebs.«

»Das tut mir leid«, bedauerte Gottschlich und meinte, was er sagte. Das also war der Grund, warum Herbig so hager geworden war.

»Ich habe also nichts mehr zu verlieren«, fügte der Mann lächelnd hinzu. »Ich kann sehr offen sein, was den Zustand Österreichs betrifft. Aber jetzt lasse ich Sie in Ruhe Ihr Schnitzel verzehren. Reden wir nachher weiter.«

»Mit dem Nachtisch warten wir noch«, erklärte Raimund Herbig dem Wirt, der die Teller entfernte. »Bringen Sie mir ein Glas Traubensaft!«

Gottschlich bestellte ein weiteres Glas Weißwein und Mineralwasser.

»Ist es sehr unverschämt, wenn ich Sie bitte, mir die politische Lage Österreichs aus Ihrer Sicht zu schildern?«, wandte sich der ehemalige Arzt nun an Gottschlich. »Ich könnte dann überlegen, in welchen Punkten wir einer Meinung sind, wo wir differieren. Oder soll ich anfangen?«

»Das wäre mir lieber.«

»Gut. In Stichworten. Österreich 1945. Einmarsch der Siegermächte, nachdem sie – besonders die Amerikaner – Wien zerbombt haben. Die Oper, sogar den Stephansdom haben sie nicht verschont. Bildung einer ersten Regierung, der die Sozialisten, die Konservativen und die Kommunisten angehörten. Im November 1945 die erste Nationalratswahl, bei der die Kommunisten abrutschen und die Konservativen die meisten Stimmen bekommen. Österreich ist in vier Besatzungszonen aufgeteilt und wird 1955 frei. Nach der Unterzeichnung des Staatsvertrags verlassen die Russen, die Amerikaner, die Franzosen und die Engländer das Land, und es kommt zur Gründung unserer Partei, der Nationalen, des Dritten Lagers, einer legitimen, demokratischen Partei.«

»Die ihre Vergangenheit hatte. Reinthaller, ihr erster Obmann, war in der Zeit des Nationalsozialismus SS-Brigadeführer gewesen.«

»Ja, die Vergangenheit, mit der wir alle zu kämpfen haben«, bestätigte Herbig und verzog sein Gesicht zu einer Grimasse.

»Sie haben Schmerzen?«

»Ich nehme Morphium.« Nach einer kurzen Pause fuhr Herbig fort: »Zurück zur Vergangenheit: Die Konservativen und die Sozialdemokraten waren 1934 in einen Bürgerkrieg verwickelt, der Österreich so stark geschwächt und entzweit hatte, dass die Nazis leichtes Spiel hatten. Diese zwei Parteien, die ab 1945 wieder an der Macht waren, als ob nichts geschehen wäre, haben unser Land untereinander aufgeteilt. Und so war es wichtig, dass wir kamen. Natürlich gibt es bei den Nationalen Entwicklungen, mit denen ich nicht einverstanden bin. Ich habe deswegen für das Amt des Bundespräsidenten kandidiert, um Einfluss nehmen zu können.«

»Was nicht gelungen ist.«

»Was nicht gelungen ist«, bestätigte Herbig.

»Und die Herkunft der Nationalen?«

»Die reicht bis ins 19. Jahrhundert. Und Nazis waren und sind in allen Parteien.«

»Bei den Sozialisten und Konservativen aber nicht in der Führung«, wandte Gottschlich ein.

»Wohl aber in der zweiten und dritten Reihe und bei einer Mehrzahl der Wähler und Mitglieder. Und hat nicht auch die katholische Kirche eine unrühmliche Vergangenheit? Holl übrigens war zwar bei der Hitlerjugend, aber nicht bei der Partei. Er war damals noch zu jung.«

Gottschlich überlegte, ob er auf die Einzigartigkeit der Gräueltaten der Nationalsozialisten hinweisen sollte, die die gesamte Welt in den größten Krieg aller Zeiten verwickelt hatten, beschloss dann aber zu schweigen. Er war nicht hierhergekommen, um politische Reden zu schwingen, sondern um in seinen Ermittlungen voranzukommen. Also fragte er, was Herbig von der jetzigen politischen Führung in Österreich halte, doch dieser antwortete mit einer Gegenfrage: »Ich habe gehört, dass Sie in einem Mordfall ermitteln und interessiere mich für das Ergebnis. Haben Sie Hinweise, dass Holl und seine Umgebung in den Tod Fernbachers verwickelt sind?«

Gottschlich atmete tief durch, überrascht durch diese Frage, und wurde durch einen Knall und das Splittern von Glas aus seinen Überlegungen gerissen.

Er stürzte sich auf Herbig und riss ihn mit sich zu Boden. Ihm war klar, dass jemand von draußen auf Herbig geschossen hatte. Oder auf ihn. Schließlich hatte er dem Mann gegenübergesessen.

KAPITEL 6

Auf der Rückfahrt nach Wien überlegte Gottschlich, wie weit Gespräch und Attentat echt oder Inszenierung gewesen waren. Hatte Herbig herausfinden wollen, was er wusste, hatte er dann ein Zeichen gegeben, dass man auf sie schießen solle, damit Gottschlich eine Warnung erhielt? Eine letzte Warnung? Denn warum hatte der Attentäter danebengeschossen? Warum hatte Herbig darauf bestanden, den Schaden am Fenster zu begleichen und nicht die Polizei zu rufen? Warum war der Wirt damit einverstanden? Hatte ihn Herbig schon vorher eingeweiht?

Gottschlich beschloss, als er seine Wohnung betrat, sein Wissen in diesem Fall mit niemandem mehr zu teilen als mit Fernbachers Witwe, der er die zweite Kopie seiner Berichte übermitteln wollte, während er die erste Kopie gleich morgen bei einem neuen Anwalt hinterlegen würde.

Die Briefmarke an seiner Tür war diesen Abend übrigens unversehrt gewesen.

Gottschlich betrat sein Badezimmer, entnahm dem Medikamentenkasten, der rechts neben dem Spiegel an der Wand hing, die restlichen Tüten mit dem weißen Pulver, das er für Morphium gehalten hatte, warf den Inhalt in die Klomuschel und spülte ihn hinunter.

In diesem Punkt wenigstens hatte er einen Fortschritt erzielt.

Friedhelm Fernbachers Verabschiedung fand im Stephansdom statt, bei einem von Kardinal Schomann zelebrierten Gottesdienst. Von der Kauffmann-Orgel her sangen die Wiener Sängerknaben. Die Witwe saß allein in der ersten Bankreihe vor dem Altar, hinter ihr hatten hauptsächlich Männer Platz genommen. Männer, mit denen Friedhelm Fernbacher als Direktor der Landwirtschaftsbank zu tun gehabt hatte.

In ihrer Mitte befand sich eine einzige Frau, die Gottschlich bekannt vorkam. Oh ja, das war Clara Holl, die Frau des Parteiführers der Nationalen. Aber das konnte nicht sein. Warum sollte sie zu diesem Begräbnis kommen? Immerhin war ihr Mann schuld am Zusammenbruch der Landwirtschaftsbank und …

Doch. Es handelte sich eindeutig um Clara Holl, die nun von Heinz Alber fotografiert wurde, der wie eine Ratte zwischen den Bankreihen hin und her huschte.

Eine Ratte, die denen, die ihr zu nahe kamen, Pest und Verderben brachte.

Gottschlich versuchte, von diesen negativen, weder zum Anlass noch zum Ort passenden Gedanken loszukommen. Es ging hier um die Verabschiedung eines Mannes, der ihm etwas Wichtiges hatte mitteilen wollen und deswegen zu Tode gekommen, deswegen ermordet worden war.

Jetzt erst dachte Gottschlich wieder an den jungen Gendarmen, der ebenfalls sein Leben verloren hatte, dem die Kellnerin in Thallern so gut gefallen hatte, der …

Nun war Gottschlich zu Tränen gerührt und schnäuzte sich.

Von der Kanzel hielt der Kardinal eine Rede, von der Kanzel mit dem Fenstergucker, der in Stein gehauenen Darstellung des Baumeisters und Bildhauers Anton Pilgram.

Schomann wies darauf hin, dass die katholische Lehre Selbstmord verurteile, weil es nicht in der Macht der Menschen stünde, Leben zu beenden. »Mit welchem Recht«, fuhr er mit kräftiger Stimme fort, die ohne Unterstützung von Mikrofon und Lautsprecher deutlich zu vernehmen war, »jedoch maßen wir uns an, über unseren Verstorbenen zu urteilen? Auch diese Aufgabe steht einzig und allein Gott zu. Und Gottes Ratschluss ist unerforschlich.«

Gottschlich schüttelte den Kopf. Das war eindeutig ein Zitat, das auch Adolf Hitler verwendet hatte. Er konnte sich an eine derartige Rede erinnern, der sie über den Volksempfänger gelauscht hatten.

Da der rundliche Kardinal jedoch keineswegs dem ehemaligen Führer des 3. Reichs ähnlich sah, vermied Gottschlich es, ihn weiter mit Hitler zu vergleichen.

Stattdessen blätterte er in dem Totenheftchen, das vor ihm auf der Kirchenbank lag und eine Biografie Fernbachers sowie die Texte zu den Liedern enthielt, die die Sängerknaben vortrugen.

Auf der letzten Seite fand er eine Einladung zum Traueressen im »Gasthaus zum Weißen Rauchfangkehrer«.

Obwohl Gottschlich grundsätzlich Totenfeiern hasste, die in vom Alkohol beflügelter Stimmung oftmals ausgelassen-verzweifelt endeten, wollte er an diesem Essen unbedingt teilnehmen, um wieder mit der Witwe ins Gespräch zu kommen, der er einen Bericht seiner Ermittlungen hatte zukommen lassen. Außerdem wollte er wissen, in welcher Beziehung Clara Holl zum Verstorbenen gestanden hatte.

Im Salon des »Weißen Rauchfangkehrers« hatten sich an die 50 Gäste eingefunden, darunter die Witwe und der Kardinal. Clara Holl jedoch fehlte.

Gottschlich saß zwischen zwei Männern, die er nicht kannte und die sich immer wieder über seinen Kopf hinweg und hinter seinem Rücken unterhielten. Also ermöglichte er es ihnen, zusammenzurücken, während nun zu seiner Rechten eine etwa 30-Jährige saß. Sie gab sich ihm, als er sich vorstellte, als Bettina Ehrlich zu erkennen, die als eine der Sekretärinnen des Bankchefs in dessen Vorzimmer gesessen war.

»Ein furchtbar trauriger Anlass«, sagte sie und trank von dem Weißwein, den die Kellner serviert hatten.

Zu essen gab es Rindsuppe, Kalbsschnitzel und Apfelstrudel.

Gottschlich trank dazu ein kleines Bier und pflichtete, seiner Sitznachbarin zuprostend, bei, dass der Anlass sehr traurig sei.

Wie bei allen Begräbnissen, dachte er.

»Die Witwe«, fuhr Frau Ehrlich fort – nein, es handelte sich um Fräulein Ehrlich, sie trug keinen Ehering –, »hat sich tapfer gehalten. Dabei weiß jeder von uns, wie sehr sie ihren Mann geliebt hat. So etwas sieht man selten.« Im selben Atemzug schwärmte sie: »Was für eine würdige Verabschiedung! Der Herr Kardinal persönlich …«

»Ja, der Herr Kardinal persönlich«, unterbrach Gottschlich die Frau. »Ich kannte Herrn Fernbacher beruflich. Ich war Journalist.«

»Ich weiß. Ich habe Sie bei uns gesehen.«

»Oh. Was machen Sie jetzt, nachdem die Bank …«

»Ich bin im Parteisekretariat untergekommen.«

»Bei den Konservativen?«

»Nein, bei Herrn Doktor Holl.«

»Wie das?«

»Durch Vermittlung von Frau Holl.«

»Jetzt kenn ich mich überhaupt nicht mehr aus«, stöhnte Gottschlich. »Holl, der hinter der Zerschlagung der Landwirtschaftsbank steckt, hilft einer Angestellten der Bank?«

»Er hätte auch dem Chef – ich meine Herrn Direktor Fernbacher – geholfen. Aber der hat sich geweigert. Ein Botschafterposten in Manila. Stellen Sie sich das vor!«

»Manila?«, überlegte Gottschlich, der in Geografie immer schwach gewesen war.

»Philippinen. Immer mollig warm und wunderschön. Aber nein. Er wollte nicht.«

»Ah ja«, zeigte sich Gottschlich weiterhin verwirrt.

»Was verstehen Sie nicht?«

»Warum Holl sich um Sie und Fernbacher Sorgen gemacht hat und Ihnen zu einem neuen Job verhelfen wollte.«

»Verhalf«, korrigierte ihn die Sekretärin. »Sehen Sie, das ist ganz einfach«, erklärte die Frau und nahm einen

Löffel voll dampfender Rindsuppe, die der Kellner in ihren Teller gefüllt hatte, zu sich. »Frau Holl ist Friedhelm Fernbachers Schwester. Ihr war das Schicksal ihres Bruders nicht egal.«

»Deshalb war sie beim Begräbnis. Aber hier sehe ich sie nicht.«

»Sie musste nach Hause. Ihr Vater leidet an Demenz und sie kümmert sich um ihn.«

»Jetzt verstehe ich. Oh ja, jetzt werden mir die Zusammenhänge klar. Und wie ist Ihr neuer Job?«

»Ich kann hier nicht frei reden«, flüsterte die Frau nach einem Blick auf Gottschlichs linken Sitznachbarn. »Wenn Sie Lust haben, könnten wir uns nach dem Dienst – nach meinem Dienst – treffen. Ich bin ein Leckermaul.«

Gottschlich betrachtete die Frau nun prüfend. Wollte sie ihn aushorchen, oder war sie interessiert an ihm? War er interessiert an ihr?

Eine schlanke Blondine, die sich knabenhaft gab, mit ihrem dunkelgrauen Hosenanzug und dem kurz geschnittenen Haar. Er schätzte sie auf Anfang 30 und konnte sich ein weiteres Treffen mit Bettina Ehrlich gut vorstellen. Nicht nur, um mehr über Holl und seine Mannschaft zu erfahren.

»Schleckermaul«, nahm er die Botschaft der Frau von vorhin auf. »Ihr Arbeitsplatz ist also das Bundeskanzleramt. Welche Konditoreien oder Cafés gibt es in der Nähe?«

»Das ›Landtmann‹ natürlich.«

»Ja, natürlich.«

»Die köstlichen Kardinalsschnitten.«

Gottschlich dachte an Kardinal Schomann und musste lächeln.

»Was ist so komisch an Kardinalsschnitten?«, fragte die Sekretärin Holls leicht verunsichert.

»Meine Gedanken führen mich auf Abwege«, erklärte Gottschlich und schüttelte den Kopf. »Ich bin verwundert, dass eine so schlanke Person wie Sie von so kalorienreichen Torten schwärmt.«

»Das ist es ja. Ich gönne sie mir nicht und suche nach Gelegenheiten, undiszipliniert sein zu können.«

»Und das wollen Sie mit mir?«

»Warum nicht?«

»Gut. Wann haben Sie Zeit?«

»Morgen früh.«

»Aber müssen Sie da nicht ins Büro?«

»Morgen ist Samstag. Halb zehn?«

»Halb zehn.«

»Oder am Nachmittag.«

»Nein, der Vormittag passt für mich besser. Am Nachmittag fahr ich nach Gumpoldskirchen, zu Verwandten.«

Nach dem Schnitzel und dem Dessert erhob sich die Witwe von ihrem Tisch und suchte das Gespräch mit ausgewählten Gästen. Also bestellte Gottschlich noch einen Mokka, um seinen Aufbruch hinauszuzögern. Er wollte von Dagmar Fernbacher erfahren, was sie von seinem ersten Ermittlungsbericht hielt, den er ihr per Post übermittelt hatte. Und er hoffte darauf, das Material zu bekommen, das ihr Mann über Holl und die Nationalen gesammelt hatte.

Als die Frau schließlich bei ihm angekommen war, drückte er ihr sein Beileid aus und fragte, wie es ihr gehe.

»Etwas abgehoben. Ich hätte die Tabletten nicht nehmen sollen«, sagte sie und versuchte ein Lächeln. »Ansonsten komme ich zurecht.«

»Ich weiß nicht, ob Sie über meinen Brief reden wollen …«

»Nicht hier. Ja, ich habe ihn bekommen und bedanke mich. Halten Sie mich weiterhin auf dem Laufenden! Was die Aufzeichnungen meines Mannes betrifft, bin ich noch am Überlegen. Sie hören von mir.«

Dann ging sie weiter zum nächsten Tisch, und Fräulein Ehrlich fragte, ob er für Frau Fernbacher arbeite.

Gottschlich bejahte vorsichtig und machte seine Sitznachbarin darauf aufmerksam, dass etwas Schlagobers auf ihrer Nasenspitze klebe.

Die Sekretärin zog einen kleinen Spiegel aus ihrer Tasche und betupfte die Nase mit einem Papiertaschentuch.

Am Abend bei sich zu Hause trank Gottschlich Bier. Obwohl er im Fall Fernbacher nicht wesentlich vorangekommen war, war er optimistisch. Eine nicht unattraktive Frau interessierte sich für ihn, er hatte, ohne dass er das so richtig mitbekommen hatte, seine Morphiumsucht überwunden, die Schmerzen am linken Auge waren erträglich, und es bestand die Aussicht, dass er am Nachmittag des folgenden Tages seine Helga wiedersehen könnte.

Er schaltete das TV-Gerät ein und fand, dass sich auch das Fernsehen mit der politischen Wende verändert hatte.

Sie zeigten, was Gottschlich gar nicht so schlecht fand, mehr Filme und mehr Unterhaltungsshows. Die »Zeit im Bild« jedoch, die tägliche Nachrichtensendung, die ab halb acht ausgestrahlt wurde, hatte sich zu ihrem Nachteil verändert.

Die vertrauten alten Sprecher, abgesehen von Herbert Kragora, den man kaum mehr sah, waren gegen neue ausgetauscht worden, an deren schneidigen Ton er sich noch nicht gewöhnt hatte. Sie erinnerten ihn an die Sprecher, was heißt Sprecher, an die Schreier in den Kinowochenschauen, die nicht berichteten, sondern verkündeten. Verkündeten, welche Segnungen die ruhmreiche neue Regierung nun wieder für das Land vorbereitet habe.

Die Wettervorhersage für den Samstag jedoch klang pessimistischer. Schneeregen, Windgeschwindigkeiten bis 70 Kilometer pro Stunde und Temperaturen um die fünf Grad. Im Flachland.

Dann die Werbung und um viertel nach acht »Quax der Bruchpilot«, ein Unterhaltungsfilm mit Heinz Rühmann, der in der Nazizeit gedreht worden war.

Sie zeigten nun viele Filme aus jenen Jahren. Aber womöglich interpretierte er zu viel in all das hinein. Außerdem war der Film nicht schlecht.

Als Gottschlich wieder erwachte, lief ein anderer Film, ein alter amerikanischer Krimi mit Orson Welles.

Er schaltete das Gerät aus und ging schlafen.

Am nächsten Morgen schien überraschenderweise die Sonne und Gottschlich verzichtete auf die Straßenbahn. So brauchte er ein halbe Stunde für seinen Weg, der ihn vorbei am Parlamentsgebäude zum Burgtheater führte, neben dem das ›Café Landtmann‹ lag.

Pünktlich um halb zehn betrat er das Lokal, das halb

leer war. Die Kunden aus den Parteisekretariaten fehlten, dafür sah er Adrienne Gessner, eine Schauspielerin des Burgtheaters, im Gespräch mit einer anderen alten Frau. Das heißt, so alt war sie gar nicht mit ihren 71 Jahren. In 27 Jahren war er auch 71 und die Gessner wäre 98. Beides möglich, obwohl er sich selbst nicht als älteren Mann vorstellen konnte.

Er blätterte in der Samstagausgabe des »Österreich-Blicks«, um das Boulevardblatt sogleich beiseitezulegen. Das war Gossenjournalismus. Nackte Weiber und Hetze gegen alles außer die Nationalen. Und natürlich ein Artikel von Heinz Alber, den er nicht lesen wollte.

Fräulein Ehrlich hatte die Kardinalsschnitte gelobt, also bestellte er eine solche zu seinem Großen Braunen und wartete.

Als Holls Sekretärin auch um 10 Uhr nicht erschienen war, bezahlte er und machte sich auf den Heimweg. Die Frau, die er ganz attraktiv gefunden hatte, hatte ihn versetzt. Ein schlechtes Omen für den Nachmittag in Gumpoldskirchen, an dem er auf Helga treffen würde.

Wenige Minuten nach zwei hielt Gottschlich vor Onkel Pepis Haus am Rosalienweg. Obwohl die Haustür einladend offen stand, betätigte er die Klingel, und Tante Annas Stimme, die aus der Küche klang, bat ihn, einzutreten.

»Ich muss etwas vom Herd nehmen, dann bin ich bei dir.«

Auf der Couch im Wohnzimmer lag Onkel Pepi, schlafend, in mehrere Decken gehüllt, obwohl es sehr warm, beinahe heiß war. Im Dauerbrandofen loderte ein munteres Feuer, wie Gottschlich durch das kleine Glasfenster in der Ofentür erkennen konnte.

»Helga kommt um halb vier«, begrüßte die Tante den Neffen. »Bis dahin sind die Krapfen fertig. Hast du schon gegessen?«

Obwohl er hungrig war, bejahte Gottschlich. Er wollte die alte Frau nicht zu sehr belasten, doch die Tante durchschaute ihn und meinte, das klinge nicht besonders überzeugend.

»Du brauchst eine gute Grundlage für dein Rendezvous«, sagte sie und machte sich am Küchenherd zu schaffen.

»Wir hatten heute gefüllte Kalbsbrust«, ließ sich Onkel Pepi von der Couch her vernehmen. »Die ist schnell warm gemacht.«

Nach der Korrektur der Tante, dass es sich um Schweinsbrust handle, begrüßten die beiden Männer einander.

»Wie kommst du bei den Ermittlungen voran, Wurschtl?«, erkundigte sich der pensionierte Gendarm, und Gottschlich wunderte sich über den geistig wachen Zustand des alten Mannes. »Du musst in ein Wespennest gestochen haben, wenn rund um dich die Menschen sterben.«

»Das sagst du als Bienenzüchter. Und bisher wurden zwei Männer ermordet.«

»Pass auf dich auf, Wurschtl! Du musst Dornröschen vor dem Drachen retten.«

»Red nicht so einen Blödsinn, Pepi! In Dornröschen kommt kein Drache vor. Er meint, du sollst Helga von ihrem Mann befreien. Und nenn ihn nicht Wurschtl! Das hat er nie gemocht.«

Gottschlich musste lachen. Lange hatte ihn niemand mit dem Spitznamen der Kinderzeit angesprochen. Wurschtl, die wienerische Form von Kasperl, weil er gerne den Clown gespielt hatte.

»Misch dich nicht in ein Männergespräch!«, protestierte Pepi Gottschlich, wälzte sich unter Ächzen und Stöhnen von der Couch und schloss die Tür zur Küche.

»Was hast du herausgefunden?«, fragte er dann.

»Die Nationalen haben Angst vor dem Material, das Friedhelm Fernbacher über sie gesammelt hat. Daher haben sie ihn und den jungen Gendarmen vom Semmering getötet.«

»Kennst du das Material?«

»Noch nicht. Die Witwe überlegt, ob sie es mir aushändigt.«

»Dann sei froh! Sonst erwischt es dich auch. Die Witwe spielt mit ihrem Leben.«

»Du rätst mir also ab, den Fall weiter zu verfolgen?«

»Du musst vorsichtig sein, dich gut absichern und dann erst ermitteln.«

»Das habe ich vor.«

»Du hast dich noch nicht abgesichert, Wurschtl?«

»Nein.«

»Dann setz dich hin, schreib alles auf! Wir werden es unter Verschluss halten.«

»Du meinst …«

»Gleich nach dem Essen.«

Schweinsbrust und G'spritzter waren köstlich, sodass sich Gottschlich so wohl und so entspannt fühlte, dass er gerne ein kurzes Erfrischungsschläfchen eingeschoben hätte, vor Helgas Eintreffen. Doch Onkel Pepi zeigte sich unerbittlich. Er führte seinen Neffen in ein Mansardenzimmer im ersten Stock des kleinen Siedlungshauses, das er sein Büro nannte, und schaltete einen Elektrostrahler ein.

»Es wird gleich warm werden. Papier, Schreibmaschine oder Kugelschreiber sind vorhanden. Wenn du willst, füll ich dir die Feder …«

»Ich nehm die Schreibmaschine.«

»Gut. Dann stör ich dich nicht mehr. Steck das Material in ein Kuvert und verschließ es! Der Inhalt geht uns nichts an. Wir verwahren es. Und überleg dir, was du erreichen willst!«

Überleg dir, was du erreichen willst! Diese Worte des alten Onkels beschäftigten Gottschlich, als er die wesentlichen Fakten des Falls Fernbacher niederschrieb.

Was wollte er erreichen? Er arbeitete im Auftrag der Witwe, die ihm noch nicht ganz vertraute, die mit den Aufzeichnungen ihres Mannes den Schlüssel zur Lösung des Falls in Händen hielt.

Das Warum des Mordes an Friedhelm Fernbacher war also klar. Das Wer auch einigermaßen. Auftraggeber für diesen Mord und den des jungen Gendarmen waren bei den Leuten um Holl zu suchen. Wenn er nicht selbst der Hauptverantwortliche war.

Gottschlichs Aufgabe bestand also darin, diese Frage zu klären und die Täter beim Namen zu nennen, eindeutige Beweise zu sammeln, die Mörder vor Gericht und damit die Nationalen zu Fall zu bringen, Österreich vor dieser Bande zu retten. Wobei nicht alle von ihnen schlecht waren, wie das Gespräch mit Herbig gezeigt hatte.

Diese Überlegungen, der immer wärmer werdende Raum und die Nachwirkungen des üppigen Mahls hatten Gottschlich so müde werden lassen, dass er gerade noch so viel Kraft aufbringen konnte, die drei Seiten Schreibmaschinenpapier in ein oranges Kuvert zu stecken und dieses zu verschließen, bevor er sich auf die Couch legte und einschlief.

»Aufwachen! Du bist wie Pepi. Mein Gott, wenn die Männer alt werden, verschlafen sie ihr ganzes Leben«, hörte er die Tante zetern. »Helga ist da. Und jetzt frisier dich und richte dein Gewand! Du willst doch einen guten Eindruck machen.«

Noch etwas unsicher auf den Beinen, suchte Gottschlich das Badezimmer auf, in das ihn die Tante führte. Dort kontrollierte er den Sitz seines Haars und wollte sein Gesicht mit kaltem Wasser erfrischen, als ein derart heftiger Strahl aus der Leitung und über das Waschbecken hinaus schoss, dass seine Hose vorne völlig durchnässt war.

Na servas, dachte er. Jetzt schau ich aus, als ob ich mich angemacht hätte.

Er öffnete die Tür und rief nach der Tante. Diese lachte ungeniert und versprach ihrem Neffen, ihm eine von Pepis Hosen zu leihen.

»Und eine Unterhose. Meine ist nass und kalt.«

Nun war Onkel Pepi kleiner und rundlicher als sein Neffe, dementsprechend seltsam wirkte Gottschlich, als er mit der viel zu kurzen, viel zu weiten Hose das Wohnzimmer betrat.

Auch Helga musste lachen, als sie ihn sah, bevor sie auf ihn zuging und ihn umarmte.

»Mein Gott, Wurschtl«, sagte sie. »Wie habe ich dich vermisst!«

Dann drückte sie ihn an sich, er erwiderte die Umarmung und verlor dabei die Hose.

»Da hast du meinen Gürtel«, unterbrach Onkel Pepi die Begrüßung. »Mein Gott, die Weiber! Wenn man nicht alles selbst macht.«

»Du bist jetzt ganz ruhig und kommst einen Augenblick in die Küche! Ich muss dich etwas fragen«, sagte die Tante.

»Mich etwas fragen? Warum kann das … Ah, ich verstehe.«

Als Gottschlich und Helga allein im Wohnzimmer standen, betrachteten sie einander stumm.

Er sah Falten in ihrem Gesicht, einen schmerzhaften Zug um den geliebten Mund. Nicht nur er hatte gelitten, auch Helga. Er wollte sie trösten, ihr sagen, dass …

»Wie geht es dir?«, fragte sie ihn und drückte ihm einen Kuss auf die linke Wange.

»Gut und schlecht. Gemischt. Und dir?«

»Mein Gott, ich. Wer fragt schon danach?«

»Ich.«

»Ich weiß es nicht. Aber ich freu mich sehr, dich zu

sehen. So und jetzt helfe ich dir, den Hosengürtel zu befestigen.«

»Das mach ich allein. Danke.«

»Wie du meinst.«

»Ich komm mir vor wie Stan Laurel und Oliver Hardy in einer Person«, klagte Gottschlich.

»Du bist der Wurschtl geblieben. Trotz allem«, beruhigte ihn Helga und fügte hinzu: »Auch ich weiß, was ich nicht bin. Ich bin weder unglücklich noch glücklich, weder Fisch noch Fleisch. Ein Leben, das sich irgendwie ergeben hat, ohne dass ich viel entschieden habe.«

»Und jetzt?«

»Jetzt geht es besser. Ich hab die Entscheidung getroffen, dich hier zu treffen. Auf Vorschlag deiner Tante.«

»Ich auch.«

»Siehst du«, sagte Helga. »Und jetzt lassen wir uns von ihr betütteln. Mit Kaffee und Mehlspeise.«

»Gut. Obwohl ich noch vom Mittagessen ziemlich satt bin.«

»Du musst in diese Hose hineinwachsen.«

Helga begab sich in die Küche, in der Anna Gottschlich Krapfen im heißen Butterschmalz schwimmen ließ.

»Das riecht köstlich«, zeigte sich Helga begeistert. »Ihr könnt kommen. Wir haben alles Wesentliche besprochen.«

»Das ist aber schnell gegangen«, meinte Tante Anna.

»Die beiden haben sich immer verstanden«, meldete sich Onkel Pepi zu Wort. »Schade, dass sie nicht zusammengefunden haben.«

»Mein Gott, was du wieder für einen Blödsinn redest!«, schimpfte Tante Anna. »Nehmt ihn nicht ernst! Er ist manches Mal ziemlich verloren.«

»Er hat schon recht«, verteidigte Gottschlich den Onkel. »Ich zumindest finde es sehr schade.«

»So, die Krapfen sind fertig. Ich muss sie nur mehr … äh, wie sagt man?«

»Bestäuben. Mit Staubzucker bestäuben«, ergänzte Onkel Pepi.

»Das weiß er als Imker«, scherzte Tante Anna. »Selbst hat er mit dem Bestäuben schon Schwierigkeiten.«

»Oh, das würde ich nicht sagen«, protestierte der Onkel. »Mir fehlen die frischen Blüten.«

»Aha. Jetzt hast du es dir aber mit mir verscherzt, mein Lieber«, zürnte die Tante. »Du bekommst keinen Krapfen.«

»Gut. Dann geh ich zu den Bienen«, sagte der Onkel und verließ die Küche.

Aus Spaß war Ernst geworden und Gottschlich wollte dem Onkel nacheilen.

»Er kommt schon wieder«, beruhigte ihn die Tante. »Bisher ist er immer wiedergekommen.«

»Ihr streitet öfter?«

»Natürlich. Immer schon. Und ihr? Ich meine Helga und dich.«

»Wir haben auch gestritten. In der Jugend«, sagte Helga und lächelte Hans Gottschlich an.

»Ich kann mich nicht erinnern«, sagte dieser.

»Ich schon. Es ging um den Hochzeitstermin. Ich wollte ihn im Mai haben und du …«

»Ich wusste, dass ich in den Krieg musste und wollte nicht so lange warten.«

»Ich hatte unrecht«, sagte Helga und begann zu weinen.

»Ach, Kinder«, zeigte sich Tante Anna von ihrer mütterlichen Seite. »Kein Mensch konnte damals in die Zukunft schauen.«

»Ah, du hast Krapfen gemacht«, ertönte Onkel Pepis Stimme von der Küchentür her. »Warum hast du mich nicht gerufen? Und wir haben Gäste. Ist das nicht die Helga?«

»Ja, das sind die Helga und der Wurschtl.«

»Der Wurschtl. Den habe ich lange nicht gesehen.«

»Seine Vergesslichkeit«, wandte sich nun die Tante an Helga und Gottschlich, »hat Vorteile. So kommen wir viel besser miteinander aus. Ihr solltet auch vergessen und euch auf Gegenwart und Zukunft konzentrieren.«

Gegen halb fünf ertönte die Türglocke vom Vorhaus her, und Tante Anna ging öffnen.

Von draußen hörte Gottschlich Stimmen. Die unsichere Stimme eines Mannes und das Schimpfen der Tante.

»Du hast getrunken, Heinz«, sagte sie.

»Ich will sie trotzdem sprechen.«

»Du bleibst hier! Ich frage sie.«

»Es ist dein Mann, Helga. Er hat wieder getrunken.«

»Wenn es dir nichts ausmacht, Anna, dann lass ihn herein. Er soll sehen, dass nichts Verbotenes geschieht.«

»Gut. Auf deine Verantwortung. Und was sagst du dazu, Wurschtl?«, wandte sich nun die Tante an Gottschlich.

»Ich muss dann sowieso heimfahren. Ist meine Hose schon trocken?«

Bevor die Tante antworten konnte, stürmte der Journalist in das Zimmer, auf seine Frau zu und schrie: »Das wirst du mir büßen, bitter büßen. Dich mit deinem Geliebten treffen, während ich arbeite.«

KAPITEL 7

»Mach dich nicht lächerlich, Heinz!«, fuhr Anna Gottschlich dazwischen. »Helga ist ein freier Mensch. Außerdem findet das Treffen in unserem Haus statt und wenn du dich nicht benehmen kannst, werfe ich dich hinaus.«

»Und büßen werde ich überhaupt nichts. Damit das klar ist. Du hast wieder getrunken!«, sagte nun Helga in drohendem Ton. Ihr Gesicht war vor Scham und Wut rot geworden.

Gottschlich selbst überlegte, was er zu dem Streitgespräch beitragen könnte, und wollte schon den Mund öffnen, als er Onkel Pepis rechte Hand an seiner Schulter spürte. Der Onkel tätschelte ihn begütigend, also schwieg er.

»Bevor wir zu streiten beginnen«, wandte sich nun der Onkel an Heinz Alber, »trinken wir ein Achterl zur Beruhigung. Ich hol den Wein. Kümmere du dich um die Gläser, Annerl!«

»Annerl, Annerl. Ich bin nicht deine Dienstmagd«, brummte die Tante, ging aber zum Glasschrank und entnahm ihm die mit grünen Ranken verzierten Weißweingläser.

Als ihr Mann mit einer Flasche Rotwein wiederkehrte, protestierte sie. »Ich trinke keinen Rotwein, das weißt du ja.«

»So, das ist mir neu«, zeigte sich Onkel Pepi überrascht, und die Tante nickte Gottschlich zu. »Siehst du. Er vergisst alles«, sagte sie noch, als Onkel Pepi Richtung Keller verschwand.

Heinz Alber hatte inzwischen am Esstisch Platz genommen und steckte ein übrig gebliebenes Stück Krapfen in den Mund, dann sagte er: »Ja. Ich habe getrunken, weil mir alles zu viel wird. Die Arbeit ist unerträglich geworden und jetzt noch das. Helga, mein einziger Halt, trifft sich hinter meinem Rücken mit … mit …«

»Mit mir«, ergänzte Gottschlich.

»Ein Muskateller«, meldete sich Onkel Pepi schnaufend zurück. »Frisch aus dem Keller. Den magst du doch, Annerl?«

»Den mag das Annerl«, zeigte sich die Tante versöhnlich und brachte eine Karaffe mit frischem Wasser aus der Küche.

Dazu servierte sie einen Teller Weinbeißer, würzigsüße Lebkuchenstangerln, die mit weißem Zuckerguss überzogen waren.

»Auf einen friedlichen Samstagnachmittag«, sagte die Tante dann, hob ihr Glas und trank.

Gottschlich fand den Wein hervorragend und erkundigte sich, ob es ein Gumpoldskirchner wäre.

»Vom Berger. Roter Muskateller«, bestätigte er Onkel.

»Ist aber nicht rot«, wandte Helga ein.

»Nein. Nur die Trauben. Ein bisschen«, erklärte Pepi Gottschlich. »Ganz etwas Seltenes.«

Heinz Alber hatte sein Glas mit einem Schluck geleert

und hielt es der Tante entgegen, die zu Helga schaute und nachschenkte, als diese nickte.

Nach dem dritten Glas erhob sich Alber, entschuldigte sich für sein Eindringen und verschwand so rasch, wie er gekommen war.

»Er steht unter großem Druck«, versuchte ihn Helga zu entschuldigen. »Und das Zeug, das er schluckt, tut ihm nicht gut.«

»Welches Zeug?«, erkundigte sich Tante Anna.

»Provitin oder so.«

»Pervitin«, korrigierte sie Onkel Pepi.

»Die Panzerschokolade«, sagte Gottschlich.

Auch er hatte diese Droge eingenommen. Im Krieg, um wach zu bleiben.

»Es ist schwer mit ihm im Augenblick«, klagte Helga. »Manches Mal ist er der Alte, wie wir ihn kennen«, wandte sie sich an Gottschlich. »Die meiste Zeit allerdings wirkt er wie aufgezogen. Wie eines der Spielzeuge, die wir … Aber was rede ich nur von mir. Wie geht es dir, Hans?«

»Wurschtl. Bleib bei Wurschtl!«

»Wie geht es dir?«, wiederholte Helga ihre Frage.

»Bleiben wir noch bei dir. Du machst dir Sorgen wegen Heinz.«

»Wenn ihr das allein besprechen wollt?«, fragte Tante Anna und erhob sich.

»Bleib sitzen! Es sind keine Geheimnisse«, sagte Helga. »Finanziell geht es uns sehr gut. Besser denn je. Aber zu einem hohen Preis. Besonders stabil war Heinz nie.«

»Kein Wunder. Er kommt aus dem Hyrtl'schen Waisenhaus«, meldete sich Onkel Pepi zu Wort.

»Bei dir weiß man wirklich nicht, wie man dran ist«, wunderte sich die Tante. »Du weißt Sachen, die ich längst vergessen habe.«

»Vergessen wir Heinz!«, sagte Helga. »Wie geht es dir, Wurschtl?«

»Gut, weil ich dich sehe und dich unverändert sehe.«

»Und sonst?«, insistierte Helga. »Wie geht es dir sonst?«

»Die berufliche Veränderung hat mich voll gefordert, mich aber auch aufgerüttelt. Gesundheitlich geht es voran.«

»Er versucht, politische Morde zu klären«, ließ sich Onkel Pepi vernehmen.

»Das sind … das ist doch … Mein Gott«, stöhnte Tante Anna. »Das ist doch ein berufliches Geheimnis.«

»Nicht für seine Braut«, widersprach der Onkel. »Also, wenn er vor Helga Geheimnisse haben muss …«

»Du hast aber schon begriffen, dass Helga mit einem anderen verheiratet ist?«, erkundigte sich die Tante in strengem Ton.

»Wieso? Helga? Was hast du getan?«

»Ja, das frage ich mich auch«, sagte die Angesprochene und versuchte zu lächeln. »Aber es freut mich, dass du einigermaßen gut lebst, Hans.«

Hans Gottschlich nickte stumm und musste gegen Tränen ankämpfen. Er hätte Helga gerne gesagt, dass er einsam, sehr einsam war und dass … dass er sie noch immer liebte. Aber er schwieg.

Hans wollte sich nicht zum Wurschtl machen.

Es war schon dunkel, als Gottschlich in seinen Wagen stieg. Er war nach diesem ereignisreichen Nachmittag so in Gedanken versunken, dass er nicht bemerkte, dass er nicht allein war, dass sich eine Gestalt auf der hinteren Sitzbank zusammengekauert hatte.

Gottschlich nahm die Straße über die Weinberge, die an Thallern und dem Richardhof vorbei nach Mödling führte.

Er blickte, während er langsam fuhr, auf die zerbombte Gegend zwischen Mödling und Laxenburg, eine Wildnis, wo einst die Rüstungsbetriebe des sogenannten Dritten Reichs gestanden hatten.

Erste Kräne verrieten, dass man auch hier mit Bauarbeiten begonnen hatte.

»Erschreck dich nicht! Ich möchte mit dir reden«, erklang die Stimme Heinz Albers aus dem Fond des Fahrzeuges.

Gottschlich holte tief Luft, bremste scharf ab und fuhr an den Straßenrand.

»Der Wagen war verschlossen. Du bist eingedrungen«, stellte er fest.

»Ich kann es nicht leugnen«, sagte Alber.

»Dann rede!«, forderte ihn Gottschlich auf. »Ich bringe dich zurück.

»Hast du Lust auf einen Schluck Wein im Richardhof? Ich lade dich ein.«

»Nein.«

»Dann also hier.«

»Ja.«

»Mir tut es leid, dass das Treffen heute so verlaufen

ist. Aber du musst mich verstehen. Helga ist mir sehr wichtig.«

»Ich muss dich also verstehen«, sagte Gottschlich.

»Versuch es!«

»Nicht ich habe deine Nähe gesucht. Du tauchst immer wieder auf. Beim Westbahnhof, beim Konservativen Klub.«

»Das ist mein Job. Ich bin Journalist.«

»Was hat dein Job mit mir zu tun?«

»Du bist einer Sache auf der Spur, die interessant ist. Und ...«

»Und?«

»Und du bist mir wichtig. Ein Freund seit Kindertagen.«

»Lass das!«, sagte Gottschlich, als Alber die rechte Hand von hinten auf seinen Kopf legte und über das Haar strich.

»Tut mir leid«, sagte der Mann. »Tut mir leid.«

»Du hast gesagt, dass ich dich verstehen muss. Versuch es doch einmal, mich zu verstehen! Betrachte die Ereignisse seit dem Krieg durch meine ... durch mein Auge!«

»Ich hab damals nicht gewusst, dass du noch lebst.«

»Ja, das wird wohl stimmen«, gab sich Gottschlich resigniert.

»Du musst mir Helga lassen. Du kannst sie nicht haben«, sagte der Mann und fügte leise hinzu: »Aber du kannst mich haben.« Wieder berührte Alber Gottschlichs Hinterkopf.

»Ich bring dich jetzt zurück nach Gumpoldskirchen«, sagte Gottschlich.

»Und mein Angebot?«

»Nehme ich nicht an. Ich wüsste nicht …«

»Was du mit mir anfangen sollst.«

»So ist es.«

»Lass mich aussteigen! Ich gehe zu Fuß. Ich brauche Zeit, all das zu verdauen.«

Zu Hause versuchte Gottschlich, die Begegnung mit Heinz Alber zu vergessen und sich auf Helga zu konzentrieren, die sich … die sich äußerlich kaum verändert hatte. Sie war schön und … und liebenswert geblieben. Auch an der Seite dieses unmöglichen Menschen, dieses Opportunisten, der wohl für Geld alles tun würde.

Ein Waisenjunge, der die Orientierung verloren hatte.

Aber das war, wie gesagt, nicht Gottschlichs Sache. Er hatte mit sich und … und … und seinem Fall genug zu tun.

Den morgigen Tag, den Sonntag, würde er ausspannen und am Montag voll durchstarten. Mit einem Besuch der Sparkasse, um zu sehen, ob Frau Fernbacher das Honorar überwiesen hatte.

War es ein Fehler, die Dokumentation des Falls beim Onkel und der Tante zu hinterlegen? Brachte er die beiden dadurch in Gefahr? Das musste er sich noch genau überlegen.

Und jetzt … jetzt dachte er an Helga – und gegen seinen Willen an Alber.

Was Heinz versucht hatte, war in den Quartieren eine Möglichkeit gewesen, eine Illusion von Glück zu schaffen, im großen Unglück des Kriegs. Kameraden waren im dunklen Schlafsaal aneinandergerückt. Andere versuchten es mit Schnaps, andere mit Pervitin, das er auch genommen hatte.

Er hatte damals an Helga gedacht, seine Hände waren zu ihren geworden. Dabei hatte er ein schlechtes Gewissen gehabt. Er hatte gedacht, er würde sie beschmutzen, wenn er sich in Gedanken an sie selbst berührte.

Er saß beim Frühstück, als aus dem Radio Heinz Conrads' Stimme tönte. Wie jeden Sonntag, in der Sendung »Was gibt es Neues«.

Gottschlich war sich nicht sicher, ob er den Mann und seine Sendung mochte. Vieles an beiden war zu süßlich, zu freundlich, andererseits hatte Conrads Charme. Wiener Charme. Und sein Vortragsstil, wenn er sang, war unaufdringlich, ja, angenehm.

Und heute sang er das Lied vom Wurschtl. Obwohl, wie Conrads betonte, der Prater im Winterschlaf lag, obwohl das Kasperltheater im Prater kalt und einsam dalag, unter einer kühlen Schicht Schnee.

Schnee? Ja, es hatte tatsächlich etwas geschneit, erkannte Gottschlich beim Blick in die Lindengasse. Er musste den Gehsteig vor seinem Büro räumen.

Aber zuerst trank er noch Kaffee und lauschte den Worten des Sängers.

Heute ging ich in den Prater,
sucht' mir wieder's Kasperltheater,
doch zerschlagen und verbrannt
war mein Kindermärchenland.

Als der Abend, mondbeschienen,
sank auf Trümmer und Ruinen
und die Uhr schlug Mitternacht,
ist der Prater aufgewacht.
Wieder hört man Lärm und Lachen,
durch die Grotte fährt der Drachen,
Riesenrad und Ringelspiel,
alles draht sich im Gewühl.
Calafati, majestätisch,
kommt und grüßt ganz gravitätisch,
und es fängt zu geistern an,
wirklich auf der Geisterbahn.
Da flüstert der Wurschtl: »Ich bin noch nicht hin,
ich bin ewig, so ewig wie mein ewiges Wien.«

In diesem Moment entschloss sich Gottschlich, in den Prater zu fahren. Trotz Winterruhe. Wenn er doch nicht so allein wäre! Wenn er jemanden hätte, der ihn begleitete!

Er parkte den Wagen am Riesenrad, das auch nicht in Betrieb war. Platz war genug, dann marschierte er durch die Gassen und Gässchen zwischen den Buden und den Attraktionen, zu denen Grottenbahnen, Autodrom, Kettenkarussells und Geisterbahnen zählten.

Der in der Nacht frisch gefallene Schnee wies noch keine Spuren auf.

Er kam vorbei an den Überresten von Präuschers Panoptikum, das allerlei Seltsames aus der Welt zeigte, wie Schrumpfköpfe und missgebildete Embryos.

Onkel Pepi hatte ihn hierhergeführt, vor dem Krieg, und ihn darauf hingewiesen, dass die Dame ohne Unterleib, die nur am Wochenende zu sehen war, während der Woche als Kartenabreißerin im Mödlinger Kino arbeitete. Mit Unterleib. Ein Spiegeltrick im Panoptikum befreite sie von diesem.

Auch das Schweizerhaus, das Restaurant mit den herrlichen Stelzen und dem Pilsener Bier, war im Krieg zerstört und nun wieder aufgebaut worden. Ja, der Prater war arg in Mitleidenschaft gezogen worden. Und man sah ihm das an, jetzt, da er menschenleer war.

»Wurstelprater« hatte man den großen Vergnügungspark genannt, durch den die Liliputbahn fuhr. Wurstel. Nach dem Hanswurst, dem Kasperl, jener Handpuppe mit der roten Zipfelmütze, dem ständig grinsenden Gesicht, der langen Nase. Als Waffe trug er eine sogenannte Klatsche, mit der er auf seine Feinde einschlug, zu denen das Krokodil, die Hexe, der Polizist und der Teufel gehörten.

Seine Frau Gretel spielte eine eher zweitrangige Rolle, ein Dummerl ohne Bedeutung. Ah ja und er verliebte sich zuweilen in die Königstochter, die er retten musste, um einen Kuss zu erhaschen.

Gottschlich erinnerte sich an die dunkle Stimme des Kasperls, dessen Sprecher und Führer offenbar ein heftiger Raucher gewesen war, der immer wieder das Spiel unterbrach, weil er husten musste.

Auch das Kasperltheater lag im Winterschlaf, wobei aus dem Schornstein des Häuschens, das hinter der Schaubude stand, Rauch stieg. Die Besitzer wohnten offenbar hier.

Und er? Wie war er zum Spitznamen Wurschtl gekommen? Wer hatte ihn als Erster so genannt?

Er war ein fröhlicher, übermütiger Bub gewesen, dem ständig Neues eingefallen war. Und dazu zählten die Aufführungen von Stücken mit seinem Kasperltheater im Garten von Onkel Pepi und Tante Anna, bei denen er die Nachmittage verbrachte. Zu Hause bei seiner Mutter war es nicht so interessant. Erstens musste sie arbeiten, denn Vater gab es keinen, und zweitens ... Zweitens waren in der Bahnsiedlung, wie die Häuser jenseits der Südbahnstrecke hießen, jede Menge Kinder. Als Spielgefährten und Publikum.

Ja, die kleineren Kinder, die seine Aufführungen besuchten, hatten ihn Wurschtl genannt. Weil er am Ende der Kasperlstücke seinen Kopf zeigte, um den Applaus entgegenzunehmen. Das war ihm wichtig gewesen, wie die Tricks, mit denen er die Kinder überraschte. Die Spritzpistole, mit denen sein Wurschtl die Kinder nass spritzte, oder die Wunderkerze, die Feuer sprühte.

Du wirst einmal ein guter Vater, hatte Tante Anna gesagt.

Aber nur für Buben, wandte Onkel Pepi ein. Für Mädchen ist er zu wild.

Nun, er war kein Vater geworden und seine Freundin Helga keine Mutter.

Der Krieg hatte das verhindert. Der Krieg, den er und der Wurstelprater überlebt hatten, mit Wunden, die noch sichtbar waren.

Der Anstrich des Holzzauns, hinter dem die Freiluftbühne stand, blätterte ab. Aber im Frühling würde alles in neuem Glanz erstrahlen.

Bis zum Frühling allerdings war es noch lang, und

jetzt wurde ihm kalt. Dennoch entschloss er sich, weiterzumarschieren, rascher zu gehen, ein Stückchen weit zu laufen. Hinaus aus dem Vergnügungspark auf die Hauptallee.

Und tatsächlich. Allmählich wurde ihm wärmer, und als er das sogenannte Lusthaus am Ende der Kastanienallee erreichte, schwitzte er leicht, kehrte nicht in dem Café ein, sondern trat ohne Pause den Rückweg an.

Er folgte seinen eigenen Spuren im Schnee, verlor sich in Gedanken und staunte, als ab dem Kasperltheater eine zweite Spur neben seiner zu erkennen war. Eine zweite und dritte Spur. Denn der Mensch, der die Schuhabdrücke hinterlassen hatte, war beim Kasperltheater umgekehrt.

Die Schuhe waren etwas größer als seine. Gottschlich hatte Schuhnummer 42 bis 43. Diese hier waren ein bis zwei Nummern größer.

Hatte ihn jemand verfolgt, in der Meinung, dass sein Ausflug in den Prater Sinn und Absicht hatte, und dann aufgegeben, als er erkannte, dass es sich um die einsame Wanderung eines einsamen Mannes handelte?

Der Schnee und das sonntägliche Geläute der Glocken von der Stadt her erinnerten ihn daran, dass in vier Wochen Weihnachten war, und er dachte kurz daran, eine Kirche aufzusuchen, entschied sich dann aber für das Lustspielkino am Eingang zum Prater, das auch im Winter in Betrieb war.

Sie spielten einen Film mit Stan Laurel und Oliver Hardy. Dick und Doof als Wüstensöhne. Zwei Wurschtln, die ohne einander nicht sein konnten und miteinander Chaos stifteten.

Gottschlich, dessen Gedanken am Anfang noch mit den Spuren im Schnee beschäftigt waren, konzentrierte sich schließlich ganz auf das Geschehen auf der Leinwand, in dem die beiden Komiker Mitglieder einer Art Freimaurerloge, den Wüstenbrüdern, waren und ohne Wissen ihrer Frauen an einem Treffen teilnahmen.

Als er das Kino verließ, hatte er Hunger und suchte nach einem Gasthaus. Auf dem Weg dorthin musste er in etwas sehr, sehr Übelriechendes getreten sein. Jedenfalls stank es so stark nach Fäkalien, dass Gottschlich der Appetit verging. Er versuchte seinen rechten Schuh im Schnee zu reinigen, doch es half nicht.

Erst der Weg zurück zu seinem Auto brachte Abhilfe, obwohl, ganz verschwunden war der Gestank auch nicht in seinem Auto. Beim Starten fiel ihm etwas ein, das in der Propaganda der Nationalen noch fehlte: der äußere Feind, der Sündenbock, auf den man alles schieben konnte, was nicht klappte, was nicht gelang.

Und er? Gottschlich selbst war keinen Deut besser. Er schob alles, was ihn an seinem Leben störte, auf Alber.

Oh Gott! Es stank noch immer. Gottschlich entledigte sich seines rechten Schuhs und humpelte zurück zum Kofferraum, wo er ihn verstaute. Ihm wäre sonst übel geworden.

Als Gottschlich den Wohnungsschlüssel aus seiner linken Manteltasche ziehen wollte, griff er auf Papier, das ihm fremd vorkam, das er nicht eingesteckt hatte. Er öffnete das mehrfach gefaltete Blatt und erkannte, dass ihm offenbar jemand im Kino eine Nachricht zugesteckt hatte.

KÜMMERE DICH UM DEIN EIGENES LEBEN!, stand da in Blockbuchstaben, mit einem Rufzeichen versehen.

Eine Aufforderung, seine Ermittlungen einzustellen? Eine Drohung?

Wer war im Kino neben ihm gesessen? Gottschlich, der den Saal während der »Wochenschau«, als es schon dunkel war, betreten hatte, hatte nicht auf Sitznachbarn geachtet. Links von ihm war der Gang gewesen und rechts? Ein Mann? Eine Frau? Keine Ahnung.

Hätte man es mit der Drohung ernst gemeint, hätte man ihn im Kino töten können. Mit einem Messerstich, mit einer Injektion.

Hauptsache, er lebte noch und konnte jetzt endlich seine Schuhe waschen. Vielleicht war es doch der linke?

Links, rechts, links, rechts, hinterm Wurschtl stinkt's recht. Dieser Spottvers aus Kindertagen fiel ihm ein, als er die Debreziner-Würstel ins kochende Wasser warf. Dazu Kremser Senf und eine zähe Semmel.

Nein, zäh musste nicht sein. Er konnte die Semmel im Rohr aufbacken.

Kein Festmahl, aber etwas gegen den Hunger. Würstel für Wurschtl, dachte er, wunderte sich über seine gute Laune und setzte den Plattenspieler in Gang, indem er eine Langspielplatte mit Friedrich Guldas Beethoven-Interpretationen auflegte.

Seine Stimmung wurde, der Musik entsprechend, ernster. Er ging zum Kühlschrank und wollte nach einer Flasche Bier greifen, fand das aber angesichts der musikalischen Meisterschaft Guldas und Beethovens unpassend. Stattdessen trank er Weißwein.

Dann legte er sich auf die Couch, zog die karierte Decke bis zum Hals und erwachte entspannt in der Abenddämmerung. Auf einen Marsch zum Westbahnhof verzichtete er. Aus Bequemlichkeit und weil er fürchtete, wieder auf Alber zu stoßen.

Also schaltete er den Fernseher an und sah einen weiteren Film mit Dick und Doof, der im Kinderprogramm lief.

Dieses Mal war er so entspannt, dass er nicht lachen konnte. Er folgte dem turbulenten Geschehen auf dem Bildschirm, das sich als Schatten an den Wänden seines unbeleuchteten Wohnzimmers fortsetzte, schweigend und völlig ungerührt. Bis das Telefon läutete.

Eine männliche Stimme, die ihm irgendwie bekannt vorkam, lud ihn zu einem Gespräch in den Heurigen beim Messegelände ein.

»Wir könnten über einen Job beim ›Blick‹ reden«, fügte der Anrufer hinzu.

Gottschlich fragte nicht einmal, mit wem er sprach. Er lehnte ab und legte auf, dann schaltete er den Fernseher aus und las in der »Blechtrommel«.

Am Montagvormittag ging Gottschlich die Neubaugasse entlang zur Sparkasse in der Mariahilfer Straße, um sein Konto zu überprüfen. Er wollte wissen, ob Dagmar Fernbacher das Honorar bezahlt hatte.

Zu seiner Überraschung sah er, dass die Frau ihm das Doppelte des Vereinbarten überwiesen hatte. Ein Grund, mit ihr in Verbindung zu treten.

Er rief sie von einer Telefonzelle aus an.

Ja, die Erhöhung des Honorars war Absicht, erfuhr er. Das Geld sollte als Anreiz dienen, im Fall voranzukommen.

Schlechtes Gewissen, dachte Gottschlich, weil sie ihm weiter die Aufzeichnungen ihres Mannes vorenthielt.

Er überlegte, sich von dem Geld neu einzukleiden, und ging zu Feller-Hosen, einem Laden in der Mariahilfer Straße, in dessen Schaufenster ihm neben den modisch geschnittenen Hosen karierte Sakkos aufgefallen waren, die ihm gefielen.

Als er vor der Auslage stand, sah er in der Spiegelung seine gierig geweiteten Augen. Ja, beide Augen, auch das Glasauge hatte er aufgerissen und starrte auf die bunt gemusterten Sakkos, die, wenn man ehrlich war, eher zu einem Zirkusclown passten als zu einem seriösen Detektiv.

Wurschtl. Er kam nicht davon los.

Aber, wenn der Fall abgeschlossen wäre und er überlebte und noch Geld hatte, würde er sich mit einem dieser herrlich bunten Kleidungsstücke belohnen.

Und jetzt würde er die Hälfte des Honorars sinnvoll anlegen und dabei die Zusammenarbeit mit seinem Kollegen Hartmann suchen. Victor Hartmann.

Gottschlich ging zurück zur Telefonzelle und rief den Detektiv an. Die beiden Männer verabredeten sich für halb elf in dessen Büro, das in der Kärntner Straße im ersten Bezirk lag.

Eine gute Adresse, fand Gottschlich, als er die Treppe in den ersten Stock hochging. Das Haus hatte einen Lift, auf dessen Benützung er verzichtete.

Im Vorzimmer Hartmanns saß eine attraktive Sekretärin. Um die 20, blond, mit Pferdeschwanz und eng anliegendem, hellblauem Angorapulli.

Sie telefonierte und wandte sich dann mit einem Lächeln an Gottschlich.

»Was kann ich für Sie tun?«, fragte sie.

»Mich zu Ihrem Chef vorlassen«, antwortete Gottschlich mit einem nicht minder freundlichen Lächeln. »Mein Name ist Hans Gottschlich, ich bin …«

»Ich weiß«, sagte die Blonde und verständigte ihren Chef telefonisch.

Dieser erschien gleich darauf in der Tür zu seinem geräumigen Zimmer, dessen Fenster auf die belebte Kärntner Straße blickten. Jetzt erst bemerkte Gottschlich, dass die Sonne schien.

»Dir scheint es gut zu gehen«, stellte er fest, als er dem Kollegen die rechte Hand reichte.

»Alles Theater«, brummte dieser. »In der Hoffnung, dass sich reiche Kundschaft einfindet. Ich bedanke mich übrigens für die Vermittlung von Kunden.«

»Schlecht kann es dir nicht gehen«, meinte Gottschlich nach einem Blick auf den edlen Nadelstreifanzug und die silberne Krawatte seines Gegenübers.

»Kostümierung. Nicht mehr.«

»Und die Sekretärin …«

»Meine Tochter.«

»Oh. Du musst eine schöne Frau haben.«

»Hatte. Helga hat mich verlassen.«

»Ja, die Helgas haben es in sich«, seufzte Gottschlich. »Kaffee?«

»Ich sag nicht Nein.«

Victor Hartmann erhob sich, füllte einen Wasserkocher, löffelte Kaffeepulver in einen Filteraufsatz, dann griff er zum Telefonhörer und fragte seine Tochter, ob sie auch eine Tasse wolle.

Lächelnd erschien die Sekretärin, die übrigens auch Helga hieß, und öffnete eine Schachtel mit Julius Meinls Mignon-Schnitten, die sie auf einen Teller zur Entnahme legte.

»Wir wurschteln uns so durch. Helga und ich«, sagte der Detektiv und griff nach einer Schnitte.

Gottschlich musste lachen. Durchwurschteln. Dabei kannte Hartmann seinen Spitznamen gar nicht. Die beiden Männer hatten einander bei der Ausbildung zum Detektiv kennengelernt. Das heißt, Gottschlich war der Schüler gewesen und Hartmann einer der Lehrer, der die meist jungen Männer immer wieder vor dem Beruf gewarnt hatte.

Bei uns in Österreich passieren keine interessanten Verbrechen. Da müssen Sie in die USA auswandern oder verhungern, hatte er gesagt.

Wie auch immer. Drei von den 21 Anwärtern waren bis zum Schluss geblieben und hatten die Prüfung bestanden.

»Dir geht es also so gut, dass du Kunden abgeben kannst«, stellte Hartmann fest.

»Abgeben muss. Ich arbeite an einem wichtigen Fall. Und deswegen bin ich gekommen. Mir wächst die Arbeit allein über den Kopf und ich wollte dich fragen …«

»Ja, frag! Oh, dir schmeckt der Kaffee nicht«, unterbrach sich der Detektiv selbst, als er sah, wie Gottschlich die Tasse nach einem Schluck von sich schob.

»Das kann ich mir vorstellen«, meldete sich die Tochter zu Wort. »Papa salzt ihn. Ich mach frischen.«

»Gerade das Salz intensiviert den Geschmack«, widersprach Hartmann.

»Kein Problem«, sagte Gottschlich, »ich …«

Doch da war Helga schon verschwunden und brachte aus dem Vorzimmer eine ungeöffnete Packung Kaffeepulver.

Und tatsächlich. Dieser Kaffee schmeckte. Im Gegensatz zu den Mignons, die von einer grauen Schicht überzogen waren.

»Also, sprich, lieber Kollege!«, wandte sich der Detektiv an seinen Besucher. »Ich bin gespannt.«

Und Gottschlich erklärte seinem Kollegen den Fall Fernbacher Schritt für Schritt, während Helga Hartmann das Gesagte mit stenografischen Kürzeln auf einem Block festhielt.

Hartmann lauschte Gottschlichs Worten schweigend, nickte einige Male und leerte dabei die halb volle Packung Mignon-Schnitten.

Als Gottschlich seine Ausführungen beendete, fragte ihn der Kollege, was er konkret zu den Ermittlungen beitragen könne.

»Ich will wissen, wer in Holls Haus aus und ein geht«, lautete die knappe Antwort Gottschlichs.

»Eine heikle Sache beim Bundeskanzler«, fand Hartmann.

Gottschlich stimmte zu und nannte ein Honorar von 20.000 Schilling.

»Das machen wir natürlich, Papa«, sagte Helga Hartmann.

»Ich bin noch am Überlegen«, versuchte Hartmann sie einzubremsen.

»Wo liegt das Problem?«, erkundigte sich Gottschlich.

»Ich halte diese Leute für extrem gefährlich und fürchte … nicht für mich. Ich denke an Helga.«

»Ich kann selbst auf mich aufpassen«, widersprach die Tochter.

»Aber kein Wort zu irgendjemandem«, warnte Hartmann.

»Alles klar. Ich zahle in bar«, sagte Gottschlich und zog ein dickes Kuvert aus seiner Aktentasche.

KAPITEL 8

»Sie kommen doch am Donnerstag zu uns?«

Gottschlich dachte kurz nach, was er von der Einladung des Kardinals in den Konservativen Klub halten sollte. Er ermittelte für Dagmar Fernbacher und war dieser verpflichtet, sonst niemandem. Andererseits hatte er durch Schomann für den Fall wichtige Menschen kennengelernt.

Also sagte er zu und beschloss, Dagmar Fernbacher in Grinzing aufzusuchen, sich für das großzügige Honorar zu bedanken und ihr Bericht zu erstatten.

Kaum jedoch hatte er den Hörer zurück auf die Gabel gelegt, läutete das Telefon erneut.

»Der Herr Doktor möchte Sie sprechen, Herr Gottschlich. Ich verbinde.«

Und dann drang die aufgeregt klingende Stimme seines Hausarztes aus dem Hörer.

»Bei uns ist eingebrochen worden«, sagte der Mann, und Gottschlich erwartete, dass ihn Dr. Fellinger bitten werde, die Ermittlungen zu übernehmen. »Das heißt«, verbesserte sich der Arzt, »Inge hatte einen Verdacht, als die Tür zur Ordination nur einmal zugesperrt war. Sie müssen wissen, sie klemmt ein bisschen, und da braucht man etwas Kraft, sie zweimal zu verschließen.«

Ah ja, und Frau Inge hatte offenbar diese Kraft, dachte Gottschlich und wollte seinen Arzt an Hartmann weitervermitteln, als er erfuhr, dass einzig und allein seine Krankenakte fehlte, wie Frau Inge, die alles überprüft hatte, herausgefunden hatte.

»Jemand war an Ihrer Behandlung interessiert«, sagte der Arzt noch.

Gottschlich bedankte sich für die Warnung, fügte aber hinzu, dass er nichts zu verbergen habe, und dann fragte er den Arzt, warum er ihn vom Morphium entwöhnt habe.

Dr. Fellinger war kurz sprachlos, dann lobte er Gottschlich: »Sie sind wirklich ein großartiger Detektiv. Das hätte unbemerkt laufen sollen. Sie hätten glauben sollen, Sie nehmen das Zeug weiterhin und …«

»Ich komme gut ohne zurecht und bedanke mich für Ihre Initiative.«

»Es geht Ihnen also gut.«

»Einigermaßen. Die Arbeit lenkt mich ab.«

Ja, die Arbeit lenkte ihn ab, dachte Gottschlich, als er das Gespräch beendet und die Mokkamaschine auf den Küchenherd gestellt hatte.

Ah ja, er musste Frau Fernbacher anrufen, bevor wieder etwas dazwischenkam.

Da läutete das Telefon erneut. Tante Anna war am Apparat.

»Hab ich dich geweckt?«, fragte sie.

»Klinge ich so verschlafen?«, lautete Gottschlichs Gegenfrage.

»Irgendwie schon. Ich wollte dir sagen, dass dein Besuch Pepi gutgetan hat. Er ist nicht mehr so verloren und hat deine Unterlagen studiert.«

»Das hätte er nicht tun sollen. Das Kuvert war verschlossen.«

»Schimpf selbst mit ihm! Er steht neben mir.«

»Dann gib ihn mir!«

»Gleich. Helga will dich wiedersehen. Komm wieder am Sonntag. Was wünschst du dir?«

»Du meinst zum Essen?«

»Ja.«

»Was sagst du dazu, wenn ich euch nach Thallern auf Backhendln einlade?«

»Also Backhendln. Die gibt es bei uns. Sonntag um zwölf. Ich geb dir Pepi.«

»Da hast du dich auf etwas eingelassen, Bub!«, erklang die Stimme des Onkels. »Pass auf dich auf! Das ist eine widerliche Mörderbande, die vor nichts zurückschreckt.«

»Wir besprechen das am Sonntag. Ich freue mich auf deine Tipps.«

»Du machst dich lustig über mich?«

»Keineswegs. Es ist, wie ich es sage.«

»Gut. Dann ernenn mich zu deinem Hilfssheriff!«

»Wird gemacht. Aber jetzt muss ich aufhören. Vor dem Haus ist etwas los.«

»Pass auf dich auf, Wurschtl!«

Gottschlich hatte tatsächlich ein Geräusch gehört, das von der Straße her in sein Büro gedrungen war. Als ob jemand den Mistkübel umgeworfen hätte, der in einer Nische des Hauses stand. Oder waren es schon die Müllmänner, die sonst viel später kamen?

Nein. Eine alte Frau in viel zu bunter Kleidung hatte einen Teil des Inhalts der Mülltonne auf die Straße gekippt und … Oh Gott, das war wirklich unappetitlich! Sie hatte eine Milchpackung aufgerissen und leckte den zurückgebliebenen Rahm von der Pappe.

Gottschlich entnahm seinem Kühlschrank eine noch ungeöffnete Milchpackung, eilte auf die Straße und übergab sie der Frau, dann räumte er den Müll in die Tonne, unterstützt von der Alten, die bei näherer Betrachtung gar nicht so alt war. Sein Alter ungefähr.

Sie sprach mit ungarischem Akzent, als sie sich entschuldigte und bedankte.

»Wird nicht mehr vorkommen. So hungrig.«

Gottschlich gab ihr einen 50-Schilling-Schein und fragte, ob sie eine Unterkunft habe.

»In der Hasenleiten«, erklärte die Frau. »Mit Mann.«

»Wenn Sie etwas brauchen, läuten Sie bei mir.«

»Nichts brauchen. Wollen nicht lästig sein«, lautete die Antwort der Frau, die sich dankend davonmachte.

Hoffentlich kaufte sie sich mit dem Geld etwas zu essen, dachte Gottschlich. Nach Alkohol hatte sie nicht gerochen. Ihre Augen waren klar gewesen.

»Ein Besuch kommt mir heute nicht gelegen«, lehnte Dagmar Fernbacher Gottschlichs Wunsch nach einem Gespräch ab. »Wir können das telefonisch erledigen.«

Gottschlich fand das sehr schade und bedankte sich für das großzügige Honorar. »Das hilft mir sehr, voranzukommen.«

»Die Voraussetzungen haben sich verändert«, entgegnete die Frau zu seiner Überraschung, und Gottschlich wartete, was sie ihm mitzuteilen hatte.

»Das Honorar … Es dient als Abschlagszahlung.«

»Wie meinen Sie das?«

»Ich habe überreagiert, so kurz nach dem Tod meines Mannes. Der Schrecken. Das Nicht-Glauben-Können, dass er … dass er …«

»Sie meinen, er habe tatsächlich Selbstmord begangen?«

»Ja, davon bin ich jetzt überzeugt.«

»Und seine geheimen Aufzeichnungen?«

»Ich hätte das Material prüfen sollen, bevor ich davon erzählt habe. Es ist nichts von Bedeutung.«

»Ich verstehe.«

»Ich will nicht, dass Sie weiter ermitteln.«

»Alles klar.«

»Sie sind so leicht zu überzeugen«, zeigte sich die Frau überrascht und ein kleines bisschen enttäuscht, wie Gottschlich aus dem Klang ihrer Stimme schloss.

»Ja, ich bin leicht zu überzeugen«, bestätigte er und versicherte der Frau, dass sie ihn jederzeit verständigen könne, wenn sich etwas Neues ergabe. »Ich bin Ihnen finanziell verpflichtet«, fügte er hinzu.

Gottschlich verzichtete darauf, jemanden überzeugen, für sich und seine Sache gewinnen zu wollen, seit er aus dem Krieg heimgekommen war. Es hatte keinen Sinn.

Es war Ende 1948 gewesen, als die Russen ihn entlassen hatten, mit einer schwarzen Binde über dem toten Auge und eitrigem Ausschlag auf seinem Oberkörper. Er war von seinem Aufenthalt im Feldlazarett der Wehrmacht direkt in die russische Kriegsgefangenschaft geraten.

Gottschlich wollte Helga nicht erschrecken, also suchte er zunächst Tante Anna und Onkel Pepi auf, die vor Überraschung und Schreck sprachlos waren, ihn dann aber freudig aufnahmen und auffütterten, wie sie das nannten. Sie versorgten ihn mit ausreichend Essen, obwohl sie selbst nicht allzu viel hatten, und rieten ihm, zu ihrem Arzt Kontakt aufzunehmen, um sich ein Glasauge einsetzen zu lassen.

Er bemerkte, dass sie ihm etwas verschwiegen, und fragte, was los sei.

Es war die Tante, die ihm verriet, dass Helga geheiratet habe, weil sie glaubte, er sei im Krieg gefallen.

Am selben Tag verließ Gottschlich Gumpoldskirchen und kam bei seinem Regimentskameraden Achleitner unter.

Das war es gewesen. Er hatte darauf verzichtet, Helga aufzusuchen. Sie war zu ihm gepilgert und hatte ihm tränenreich versichert, dass sie so glücklich sei, dass er noch lebe, und ihn gefragt, ob er nicht ihr Freund sein wolle, wie in Kindertagen.

Er hatte geantwortet, dass er sie immer lieben werde. Er brauche aber Abstand, sonst breche ihm das Herz.

Ja, er hatte tatsächlich diese lächerliche Phrase vom gebrochenen Herzen verwendet, sich in Selbstmitleid gesuhlt, bis ihn der Überlebenskampf auf andere Gedanken brachte.

Auch jetzt musste er auf andere Gedanken kommen. Was war los? Warum überwies ihm Dagmar Fernbacher so viel Geld, für das sie mit einem Mal keine Gegenleistung wollte?

Der Grund dafür ließ sich in wenigen Sätzen festhalten: Jemand musste die Frau massiv bedroht haben. Vermutlich hatte man angedeutet, dass jemand, der ihr wichtig war, zu Schaden kommen würde.

Auch Gottschlich hatte man gewarnt, ohne ihm etwas anzutun. Weil? Aus welchem Grund ließen sie ihn weiter ermitteln?

Um zu sehen, wie weit er kam? Ihn als Spürhund für Schwachstellen im mörderischen Plan zu verwenden? Oder gab es einen anderen Grund?

Egal. Er würde sich nicht davon abhalten lassen, weiter zu ermitteln, auch wenn es gefährlich war. Er war auch im Krieg nicht feig, aber vorsichtig gewesen. Und so hatte er ein Auge verloren, nicht aber sein Leben.

Den Wurschtl, mein Lieber, den kann kaner derschlag'n.

Dieser Vers aus dem Conrads-Lied hatte bisher gestimmt. Aber verlassen wollte er sich nicht darauf. Er musste vorsichtig sein.

Also setzte er sich an die Schreibmaschine, um mit der Dokumentation des Falls fortzufahren, unterbrach diese Tätigkeit jedoch, als ihm einfiel, dass sein Wurschtl, die Kasperlfigur seiner Kindheit, irgendwo im Keller verkümmerte.

Gottschlich ging über das Stiegenhaus in den Keller des Mietshauses, in dem außer ihm noch acht weitere Parteien wohnten.

Parteien. Eine merkwürdige Bezeichnung für Menschen, dachte er, bevor er die Tür zu seinem Kellerabteil aufsperrte, in dem noch Holz und Kohlen lagerten, mit denen er vor der Anschaffung der Gastherme geheizt hatte.

In einem der mit Schimmel überzogenen Koffer musste der Kasperl sein. Er wollte schon umdrehen, sich nicht schmutzig machen, als er das Gesicht seines Kasperls vom Schlafzimmerschrank mit den Altkleidern grinsen sah. Nein, nicht grinsen. Der Kasperl lachte ihm entgegen. Verstaubt, aber noch vorhanden.

Vorsichtig hob er ihn herunter und wischte zärtlich über das lackierte Gesicht.

Das war die Figur, mit der er den Kindern in Gumpoldskirchen Kasperlstücke vorgeführt hatte. Mit Helgas Unterstützung, die den Seppl, Kasperls Freund und alle weiblichen Figuren gespielt und gesprochen hatte.

In der Wohnung säuberte er den Kopf mit Papiertaschentüchern, dann schlüpfte er mit der rechten Hand in die Figur. Es war eng geworden unter dem roten Kittel des Kasperls, der für Kinderhände gemacht worden war.

Gottschlich schob den Wurschtl über den Tischrand, bewegte den Kopf und versuchte, in die damalige Stimmlage zu finden, einen frischen, jugendlichen Ton, der ihm jetzt so schwerfiel, dass er husten musste.

Das Gesicht des Wurschtls war jung geblieben, der Puppenspieler nicht. Gottschlich drückte den Kopf des Kasperls an seine rechte Wange, dann gab er ihm einen Kuss auf die Stirn.

Er hatte eine schöne Kindheit gehabt, trotz des Todes seiner Mutter, als er in der vierten Klasse Volksschule war. Oder vielleicht deshalb? Jedenfalls hatte er es bei Tante Anna und Onkel Pepi gut gehabt.

Die Mutter hatte sich vor die Südbahn geworfen, weil sie mit ihren zahlreichen Affären nicht mehr zurechtgekommen war. So zumindest hatte er sich eine Erklärung fabriziert. Es wäre interessant herauszufinden, was wirklich der Grund für ihren Selbstmord gewesen war. Doch die Erforschung der Familiengeschichte musste warten. Zunächst war der Fall Fernbacher zu lösen.

Ein Puppenspieler. Es musste jemanden geben, der das Geschehen lenkte, der Pläne ausheckte und Befehle erteilte, diese umzusetzen.

Es war naheliegend, dass es sich dabei um den Parteiführer der Nationalen handelte, dass Guido Holl der Mann war, der die Figuren lenkte.

Zeit also, bei Victor Hartmann nachzufragen, was seine Überwachung von Holls Haus ergeben hatte.

Am Telefon war Helga Hartmann, die sich erbot, Gottschlich zu besuchen.

»Das lässt sich besser im direkten Gespräch klären. Vater und ich wechseln einander ab. Im Moment ist er in Döbling.«

Gottschlich lüftete und räumte auf. Einige Minuten nach 10 Uhr war es so weit.

Helga Hartmann klopfte gegen die Fensterscheibe des Büros, Gottschlich öffnete ihr und war verwirrt. Er wusste einen kurzen Moment lang nicht, ob er der Frau die Hand schütteln oder sie umarmen sollte. Sie wirkte auf ihn wie eine jüngere Version seiner Helga. Helga, wie er sie gekannt hatte, als noch alles in Ordnung gewesen war zwischen ihnen.

Helga Hartmann bemerkte seine Unsicherheit und fragte, ob sie störe.

»Im Gegenteil«, sagte Gottschlich und versuchte möglichst flach zu atmen, um seine innere Unruhe zu verbergen. »Sie haben also die Holls überwacht.«

»Ja«, sagte die junge Frau noch im Stehen, und Gottschlich lud sie ein, ihm in sein Wohnzimmer zu folgen, auf der Sitzgarnitur Platz zu nehmen, und fragte sie, ob sie Kaffee wolle. Kaffee und Toast. Etwas anderes war leider nicht im Haus.

»Kaffee ja, Toast nein danke«, antwortete Helga.

»Auch nicht mit Butter und Orangenmarmelade?«

»Doch. Das klingt gut.«

»Ich bin gleich wieder da«, sagte Gottschlich und verschwand in der Küche.

»Ich komme mit«, meinte die Frau und nahm am Küchentisch Platz, während Gottschlich Toast ins Backrohr legte und Kaffee aufsetzte. »Ich fange gleich mit dem Bericht an«, sagte sie und zog einen Notizblock aus ihrer Handtasche. »In der Zeit unserer Beobachtung konnten wir folgende Besucher im Haus Holl identifizieren, neben dem Personal, das aus einer Pflegerin für Holls Schwiegervater und einer Haushaltshilfe besteht. Da wären als Mitglieder der Nationalen Vizekanzler Ferdinand Kandutsch mit Gattin Martina, Robert Andrics vom ›Blick‹ mit seinem Bruder Vincent, dem Berater …«

»Ich weiß«, unterbrach Gottschlich die junge Frau. »Ich kenne das Gesindel.«

»Soll ich weitermachen?«, fragte Helga Hartmann.

»Entschuldigen Sie! Mein Unmut gilt nicht Ihnen, sondern diesen Männern. Ich war Journalist und habe die Machenschaften mit den Zeitungen hautnah miterlebt. Zuerst hat Olah versucht, den ›Blick‹ zu kaufen. Ich meine, politisch zu kaufen, mit Gewerkschaftsgeldern, jetzt sind die Nationalen dran.«

»Für welche Zeitung haben Sie gearbeitet, Herr Gottschlich?«

»Die ›Gazette‹. Der haben sie den Geldhahn abgedreht. In unserem Land gibt es noch keine demokratische Tradition. Da herrscht blanke Machtgier.«

Das weiterführende Wort »Mordgier« wollte Gottschlich nicht in den Mund nehmen, sondern widmete sich dem aufgebackenen Weißbrot, das er mit Butter und Marmelade servierte.

Zum Kaffee konnte er keine Milch reichen, denn sie war sauer geworden, wie er im letzten Moment feststellte.

»Kein Problem, ich trinke ihn gerne schwarz«, beruhigte ihn die Frau und lobte die Qualität des Kaffees.

Als er ihr den Zucker reichte, streifte er ihre Hand und ließ die Dose beinahe fallen, so heftig reagierte er auf diesen Kontakt.

Er war dabei, einen Narren aus sich zu machen, mit einer jungen Frau, die seine Tochter sein könnte. Ihr Vater war etwa im gleichen Alter wie er.

Trotzdem wirkte Helga auf ihn wie … wie Pervitin. Dieses Mittel zum Aufputschen, das er einige Male probiert und dabei sein Auge verloren hatte, weil er … weil er unvorsichtig geworden war.

Gottschlich räusperte sich und bat Helga Hartmann, fortzufahren. Als er Notizen machen wollte, meinte die Frau, das sei nicht nötig. Sie werde das Material bei ihm lassen. Mit den Fotos.

»Oh, Sie haben auch Fotos gemacht.«

»Papa und ich«, bestätigte sie und entnahm der Handtasche ein dickes Paket, in dem sich offenbar die Aufnahmen befanden. »Wir konnten nicht alle Besucher identifizieren«, erklärte sie. »Vielleicht gelingt es Ihnen. Aber jetzt weiter mit denen, die wir erkannt haben. Frau Fernbacher, die Witwe des Bankdirektors, kam zweimal.«

»Sie ist Clara Holls Schwester«, erklärte Gottschlich und überlegte laut, dass es wichtig wäre, Frau Holl persönlich kennenzulernen.

»Sie wirkt sympathisch«, sagte Helga Hartmann.

»Der einzige Mensch in dieser Ansammlung von Gangstern«, ergänzte Gottschlich.

»Sie verbringt die meiste Zeit im Haus.«

»Wegen ihres dementen Vaters«, überlegte Gottschlich, während er eine Eingebung hatte, der er in Ruhe nachgehen wollte. Dennoch fragte er: »Sie sagten, die Frau wäre *meistens* zu Hause?«

Helga Hartmann bestätigte das.

»Und wann ist sie außer Haus?«

»Sie geht am Donnerstagabend turnen.«

»Allgemeiner Turnverein?«

»Wo sonst? Der ehemalige Deutsche Turnverein Liesing.«

»Politisch liegt sie also auf Linie.«

»Das kann ich nicht sagen. Wenn Sie wollen, gehen wir dem nach.«

Gottschlich bedankte sich und wehrte ab: »Das ist nicht nötig. Mir genügt es, wenn Sie das Haus weiter beobachten.«

»Sie planen einen Einbruch?«, fragte Helga Hartmann plötzlich.

»Ich? Wieso?«, stotterte Gottschlich, der sich durchschaut fühlte.

»Ich bin eine genaue Beobachterin. Das braucht man in unserem Beruf.«

»Das Durchschauen fällt mir nicht so leicht mit meinem Glasauge.«

»Oh! Welches? Das blaue oder das … das sehr dunkle?«

»Das blaue. Der Arzt damals hatte nur ein blaues Auge vorrätig, und ich lasse mich nicht noch einmal operieren.«

»Es macht Sie interessant«, sagte die junge Frau und berührte mit ihrer rechten Handfläche Gottschlichs linke Hand.

Dieser schloss kurz die Augen und gestand: »Sie wirken stark auf mich.«

»Ich habe es zu meiner Freude bemerkt.«

Dann schwiegen beide.

»Und was machen wir mit dieser Erkenntnis?«, fragte schließlich Helga Hartmann.

»Mir würde ein Kuss genügen«, sagte Gottschlich und biss sich auf die Lippen. Er war wohl zu weit gegangen, in seiner Verblendung, die junge Helga vor sich zu haben.

»Das lässt sich machen«, meinte Helga Hartmann und blieb ruhig sitzen.

Für Gottschlich bedeutete es unendliche Mühe, aufzustehen, den Schritt zu der jungen Frau zu tun, über ihr Haar zu streichen und ihr einen Kuss auf den Mund zu drücken. Als ob sich sein Körpergewicht verdoppelt hätte.

»So schwer fällt es Ihnen?«, fragte Helga, bevor sie an seinen Lippen zu knabbern begann.

Gottschlich erwiderte den Kuss, dann sagte er: »Ich bin aus der Übung.«

»Dann will ich Sie nicht überfordern. Wir machen da weiter, wo wir begonnen haben, wenn ich das nächste Mal Bericht erstatte. Einverstanden?«

»Einverstanden«, sagte Gottschlich und kam sich dabei ziemlich dumm vor.

Die Geschlechterrollen waren umgedreht. Er befand sich in der lächerlichen Position einer schüchternen Frau. Aber was konnte er dagegen tun? Es war, wie es war.

Als er wieder allein war, studierte Gottschlich das Material, das ihm Helga Hartmann gebracht hatte.

Am wichtigsten erschien es ihm, dass Frau Holl Donnerstagabend außer Haus war. Ja, er würde eindringen, um zu sehen, wie diese Leute lebten, auch wenn ihr dementer Vater im Haus war. Dieser Plan erschien ihm wesentlich weniger gefährlich als die Aussicht, Hartmanns Tochter wieder zu treffen. Er hätte sie auf Distanz halten müssen.

Ja, Wurschtl und die Frauen. Außer Helga, seiner Helga, hatte es keine für ihn gegeben. Er war auch nie mit seinen Wehrmachtskollegen ins Bordell gegangen.

Und das rächte sich jetzt. Er war … Ach, was. Die junge Frau hatte mit ihm gespielt, und er würde wohl noch damit fertigwerden. Lächerlich das Ganze. Punkt.

Als Gottschlich die Fotos durchging, die Besucher der Döblinger Villa zeigten, ließ er eine der Aufnahmen fallen, als ob er sich daran die Finger verbrannt hätte.

Wenn er doch nur zwei Augen hätte! Dann würde er erkennen, dass es sich um eine Täuschung handelte. Dass das Foto nicht seine Helga und ihren unseligen Mann am Eingang zu Holls Villa zeigte.

Doch. Eindeutig. Ja, Helga und Heinz Alber zählten zu den Besuchern der Holls.

Helga umarmte Clara Holl, Heinz grinste wie ein Idiot.

Was war da los?

Er würde es herausfinden. Am Wochenende in Gumpoldskirchen.

Und jetzt, jetzt würde er sich mit sich selbst beschäftigen, mit dem Wurschtl, dessen menschliche Entwicklung im Krieg zum Stillstand gekommen war, als ihn die Granate traf.

Er betrachtete noch einmal die Kasperlfigur aus seiner Jugend und überlegte, wie er sie verändern könnte, damit sie wieder zu ihm passte. So, wie er jetzt war.

Natürlich müsste er die Augen umfärben. Das heißt, das rechte. Die Figur hatte zwei blaue Augen. Und das Lachen musste er ihm aus dem Gesicht nehmen, die Lippen verändern. Sie waren zu voll für einen Menschen, der jahrzehntelang niemanden geküsst hatte. Und die Kleidung. So bunt ging nicht. Er fiel damit viel zu sehr auf. Er brauchte Tarnkleidung.

Onkel Pepi und Tante Anna hatten die Figuren aus Papiermaschee hergestellt, und Gottschlich versuchte sich zu erinnern, wie sie das gemacht hatten.

Als ihm das nicht vollständig gelang, verließ er sein Büro, ging in die Buchhandlung in der Neubaugasse und wurde mithilfe eines bemühten Verkäufers tatsächlich fündig.

In einem Bastelbuch fand er eine Anleitung zur Herstellung von Handpuppen, die er gleich im Laden studierte, um die nötigen Zutaten besorgen zu können.

Er brauchte dazu Zeitungen, Kleister, Wasserfarben und Klarlack.

In seiner Küche zerkleinerte er die Zeitungen und befeuchtete die Schnipsel mit warmem Wasser. Das war es schon. Der nächste Schritt, die Beigabe des Kleisters, sollte erst einen Tag danach geschehen.

Hatte er die Geduld dazu? Natürlich. Es blieb ihm nichts anderes übrig.

Also nahm er einen Bleistift zur Hand und fertigte eine Skizze des künftigen Kasperlkopfes an, wobei er sich selbst im Spiegel betrachtete.

Die Haare waren egal. Er musste dem messerscharf durch das fast schwarze Haar gezogenen Scheitel auf seiner linken Kopfseite nur wenig Aufmerksamkeit schenken, da ihn die rote Zipfelmütze verdecken würde.

Mein Gott, er schaute aus wie ein ausgewachsener Chorknabe! Viel zu brav.

Ja, wie wollte er denn aussehen?

Sein Haar wuchs kräftig. Warum bändigte er es dermaßen gnadenlos? Warum rasierte er seinen ebenso heftig sprießenden Bart?

Versuchsweise malte er sich längeres Haar, das teilweise die hohe, gerunzelte Stirn bedeckte.

Und dann noch Bart. Jetzt sah er aus wie ein Räuber. Wie Räuber Baldrian. So hatte der Räuber im Puppenspiel der Kindheit geheißen. Also weg mit dem Bart. Der Radiergummi erledigte die Rasur. Wurschtl musste Wurschtl bleiben, wenngleich etwas erwachsener.

Seine und Wurschtls Nase waren lang, und dazu gab es dumme Sprüche, die ein bisschen stimmten, fand Gottschlich.

Die Wangen waren nicht mehr so voll wie bei der Kasperlfigur, also glich er die Zeichnung an seinen tatsächlichen Zustand an. Auch die Lippen, die gar nicht so schmal waren, wenn man sie näher betrachtete.

Gottschlich zeichnete und korrigierte, bis er tatsächlich sein eigenes Gesicht, seinen Kopf, in der Zeichnung erkannte.

Nur die Haare. Einen Versuch war es wert, nicht mehr zum Friseur zu gehen.

Bevor die Nationalen zugeschlagen hatten, hatten sich die jungen Männer die Haare länger wachsen lassen, nach deutschem Vorbild, denn Deutschland war ein freieres Land geworden nach dem Krieg. Und war es immer noch.

Schuld daran … was heißt schuld … die Ursache dafür lag in der Musik, die von den USA nach Europa kam, und ihren Sängern.

Junge Männer, die keine Scheu hatten, nicht mehr dem

Klischee eines Soldaten zu entsprechen, auch wenn sie wieder in den Krieg geschickt wurden, dieses Mal nach Vietnam.

Das Treffen des Konservativen Klubs fand in Emil Goldmanns Kanzlei in den Tuchlauben statt. Anwesend war eine kleine Gruppe Auserwählter, nämlich Goldmann selbst, der Kardinal, Kriminalrat Achleitner und überraschenderweise Raimund Herbig von den Nationalen. Ihm schienen die Herren zu vertrauen.

Gottschlich nahm sich vor, mit Äußerungen vorsichtig zu sein, vor allem wollte er nicht verraten, dass er nicht mehr im Auftrag von Dagmar Fernbacher ermittelte, dass sie ihn seiner Aufgabe entbunden hatte, dass er … und das wurde ihm erst in diesem Augenblick bewusst … dass er nur mehr in seinem eigenen Namen in diesem Fall tätig war.

Das hieß aber auch, dass er auf niemanden außer sich selbst Rücksicht nehmen musste.

Der Kardinal begrüßte in seiner Auftaktrede die ausgewählten Mitglieder des Klubs und die beiden Gäste und bedankte sich bei Goldmann für die Gastfreundschaft.

»Der Zweck dieser Zusammenkunft soll es sein, erste wichtige Schritte zu besprechen, die zu einer Veränderung der unhaltbaren Situation führen können. Dazu mehr nach dem Mahl, zu dem uns unser Freund Emil Goldmann eingeladen hat.«

Der Anwalt entschuldigte sich, dass er nur kalte Speisen anbieten könne, des Personals wegen. »Wir wollen und müssen ungestört bleiben, müssen uns also selbst bedienen.«

Während des Essens unterhielten sich die Männer über Belanglosigkeiten wie das Wetter und Urlaubspläne über Weihnachten.

Der Kardinal bedauerte, dass er gerade zu Weihnachten am meisten zu tun habe, im Stephansdom, dass er aber Ende des Jahres nach Rom reisen werde, um den Neujahrssegen des Papstes zu empfangen. Urbi et orbi. Der Stadt und der Welt.

Paul VI. Ein konservativer Papst. Das Establishment hatte nach dem Aufbruch des Konzils die Reihen geschlossen, fand Gottschlich, behielt diesen Gedanken aber für sich. Immerhin befand er sich im Kreise von Mitgliedern des Konservativen Klubs.

Nach dem Essen wandte sich der Kardinal erneut an die Anwesenden und erklärte den Sinn des Treffens. »Es soll heute darum gehen, die weitere Vorgehensweise zu besprechen. Wie wollen wir im Klub vorankommen, wie verlaufen die Ermittlungen im Mordfall Fernbacher, wie geht es weiter mit den Nationalen? Wichtige Fragen, auf die wir vielleicht Antworten erhalten. Daher unsere beiden Gäste. Aber zunächst einige Gedanken meinerseits. Wir und unser Land befinden uns in der derzeitigen misslichen Lage nicht nur, weil die Nationalen eine unangenehme Truppe sind, sondern auch wegen des Versagens der anderen Parteien, insbesondere der Konservativen und der Sozialisten. Eine Gesundung unseres Landes und das Verhindern einer weiteren Ausbreitung dieser Seuche sind möglich, indem wir den Nationalen Grenzen setzen, ihre Verbrechen aufzeigen und ahnden. Einerseits. Andererseits müssen sich die besiegten politischen Gruppen um Wiederaufbau und klare Ziele bemühen. Die Menschen in unserem Land, die Wähler, sollen erkennen, dass es Alternativen gibt. Blicken wir zurück auf die letzten Jahre, wird klar, warum die Menschen in unserem Land sich von den Sozialisten und den Konservativen abwandten. Es war der Sozialist Olah, der die Nationalen finanziell groß machte, mit einer Finanzspritze der Gewerkschaft, um mithilfe der Nationalen Bundeskanzler zu werden. Die Konservativen haben dem wie gelähmt zugesehen, unfähig, auch nur darauf aufmerksam zu machen. Die konservative Presse hat dazu geschwiegen.«

»Weil die Konservativen selbst mit den Nationalen koalieren wollten«, warf Raimund Herbig ein. »Und der rote Bundespräsident ist ein absoluter Fehlgriff.«

»Genau darum geht es. Wir müssen uns bemühen, Alternativen aufzubauen, auf der politisch verbrannten Erde. Noch wird demokratisch gewählt«, erklärte der Kardinal. »Daher habe ich dich eingeladen, Raimund, weil ich weiß, dass es bei den Nationalen nicht nur alte und neue Nazis gibt, sondern …«

»Die nationale Bewegung«, erklärte nun der Angesprochene in feierlichem Ton, »gründet auf Traditionen des 19. Jahrhunderts, auf fortschrittlichen Kräften unter den Studenten, die staatstragend waren seit der Gründung des Deutschen Reiches. Und das hat nichts mit den Nazis zu tun. Wie sollte es auch. Ein einheitlicher deutscher Staat wurde gegründet, wie es unzählige andere Staaten auf dieser Erde gibt.«

»Was uns trennt, ist der Umstand, dass wir Österreicher sind und keine Mitglieder oder Untertanen eines deutschen Reichs«, warf Nico Achleitner ein.

»Auch das trennt uns nicht. Wir akzeptieren das, wollen aber eng mit den anderen deutschsprachigen Gebieten zusammenarbeiten.«

»Alles klar. Jeder auf seine Weise«, schloss der Kardinal den ersten Teil der Diskussion. »Wir müssen uns überlegen, was wir konkret unternehmen können, und dazu möchte ich Vorschläge machen. Zunächst geht es um die Aufklärung des Mordes an unserem Freund Fernbacher. Ich ersuche daher Kriminalrat Achleitner und Hans Gottschlich um Berichte.«

»Wir beschäftigen uns inoffiziell damit«, meldete sich Achleitner zu Wort. »Inoffiziell deswegen, weil es sich offiziell um Selbstmord handelt.«

»Mit welchem Ergebnis?«

»Wir können ausschließen, dass wir von der Polizei in die Sache verwickelt sind. Ich meine als Täter.«

»Das ist nicht viel.«

»Bedauerlicherweise.«

»Und Sie? Wie schaut es bei Ihnen aus?«, wandte sich Kardinal Schomann an Gottschlich.

»Ich ermittle weiter.«

»Obwohl Ihnen die Witwe den Auftrag entzogen hat?«

»Sie wissen davon?«, zeigte sich Gottschlich überrascht.

»Ja, ich weiß davon. Dagmar Fernbacher ist bedroht worden, das heißt, ihre Tochter. Man hat ihr dringend geraten, von weiteren Untersuchungen Abstand zu nehmen, sonst könne man für das Wohlergehen ihrer Tochter nicht garantieren.«

KAPITEL 9

»Ich kann mir nicht vorstellen, dass meine Partei Morddrohungen verschickt«, wandte Raimund Herbig ein, dessen ohnehin schon mageres Gesicht an diesem Abend regelrecht ausgezehrt wirkte.

Ausgeronnen, dachte Gottschlich. Dem krebskranken Mann schien es schlecht zu gehen, und doch interessierte er sich für den Fall Fernbacher.

»Morddrohungen und Morde«, korrigierte ihn der Kardinal. »Wir sind uns doch einigermaßen sicher, dass Fernbacher ermordet wurde.«

Sie alle dachten nur an Fernbacher und nicht an den jungen Polizisten, der sein Leben lassen musste, dachte Gottschlich, schwieg aber.

»Und hat man nicht auch auf Sie geschossen, Herbig?«, meldete sich Achleitner zu Wort.

»Auf mich oder auf unseren Freund, den Detektiv«, bestätigte Herbig. »Es muss sich aber um eine Warnung gehandelt haben. Hätte man uns töten wollen, wäre das gelungen. Wenn nicht im Gasthaus, so bei einer anderen Gelegenheit. Jeder einigermaßen geübte Schütze könnte uns von einem der gegenüberliegenden Häuser abknallen, sobald wir die Straße betreten. Hier und anderswo.«

»Das klingt ziemlich beunruhigend«, meinte Goldmann. »Ich dachte, diese Zeiten wären vorüber.

»Wir werden weiter marschieren,
Wenn alles in Scherben fällt;
Die Freiheit stand auf in Deutschland
Und morgen gehört ihr die Welt«, zitierte Goldmann.

»Hör auf, Emil!«, bat der Kardinal. »Ich kann das nicht hören.«

»Gerade Sie als Jude …«, begann Herbig.

»Emil ist kein Jude«, korrigierte ihn Gottschlich. »Er war im Krieg und hat …«

»Schluss!«, befahl Schomann. »Das bringt uns keinen Schritt weiter.«

»Er hat im Krieg den linken Arm verloren«, ließ sich Gottschlich nicht beirren. »Und die Frage, ob jemand Jude ist oder nicht, spielt absolut keine Rolle.«

»Beschimpfen Sie mich nicht als Antisemit!«, brauste Herbig auf. »Ich selbst habe jüdische Vorfahren. Und ich bin nicht der einzige in unserer Partei.«

»So? Erzähl!«, forderte ihn Goldmann auf.

»Schluss damit!«, befahl der Kardinal und wandte sich an Gottschlich mit der Frage, wie weit er in seinen Ermittlungen gekommen sei.

»Ich bin auf eine Gruppe von Verdächtigen gestoßen und beobachte sie, beziehungsweise lasse sie beobachten, in der Hoffnung, eindeutige Beweise zu finden.«

»Das klingt sehr abstrakt«, zeigte sich der Kriminalrat enttäuscht.

»Das muss es«, konterte Gottschlich. »Ansonsten werde ich noch wegen Belästigung von Bürgern verhaftet.«

»Wenn Sie finanzielle Mittel benötigen, Herr Gottschlich, stellen wir diese sehr gerne zur Verfügung«, schlug der Kardinal vor.

»Im Moment nicht. Frau Fernbachers Honorar reicht aus.«

»Sie hat dich bezahlt?«, zeigte sich der Kriminalrat erstaunt.

»Ja, damit ich aufhöre zu ermitteln«, verriet nun Gottschlich doch.

»Aber das tust du nicht.«

»Nein. Ich bin ein freier Mensch und folge meiner eigenen Nase.«

Als Gottschlich am folgenden Morgen zum »Billa« in der Kirchengasse einkaufen ging, fiel ihm das merkwürdige Verhalten einiger Passanten auf, die er vom Sehen her kannte. Sie starrten ihm so auffällig ins Gesicht, dass er mit der rechten Hand kontrollierte, ob er noch Reste des Frühstücks an Nase oder Mund kleben hatte.

In der Spiegelung einer Schaufensterscheibe stellte er schließlich fest, dass alles in Ordnung war. Er schien sich das nur einzubilden.

An der Kassa des Lebensmittelladens jedoch erfuhr er, was es mit der Aufmerksamkeit der Menschen auf sich hatte. Die dicke Kassierin, die ihn sonst ignorierte, fragte, während sie die Preise der Waren eintippte, ob er der Herr Gottschlich wäre. Hans Gottschlich.

Als er das bestätigte, fragte ihn die Frau, ob er denn noch keine Zeitung gelesen habe.

»Nein, wieso?«, erkundigte sich der Detektiv.

»Sie sind tot«, sagte die Frau, starrte ihm in die Augen und korrigierte sich. »Sie müssten eigentlich tot sein.«

Darauf wusste nun Gottschlich keine Antwort, und er fuhr fort, seine Waren in den gelben Plastiksack zu stopfen.

»In der Zeitung steht, dass Sie tot sind«, zeigte sich die Kassiererin unbeeindruckt.

»Im ›Blick‹?«, fragte Gottschlich.

»Ja. Andere Zeitungen führen wir nicht«, bestätigte die Frau und rief lautstark nach einer Mitarbeiterin namens Christl.

»Christl, bringen Sie einen ›Blick‹ an die Kassa! Herr Gottschlich glaubt nicht, dass er tot ist.«

Inzwischen hatte sich die Aufmerksamkeit sämtlicher Kunden auf Hans Gottschlich konzentriert, der bedauernd mit den Achseln zuckte.

Die Dicke an der Kassa, die Manuela hieß, wie Gottschlich dem Gespräch der beiden Frauen entnahm, schlug die Zeitung auf und tippte mit dem Zeigefinger der rechten Hand vorwurfsvoll auf eine Seite, auf der sich ein Foto Gottschlichs fand, mit der Überschrift: *Selbstmord eines Detektivs*.

Gottschlich atmete tief durch und bat, die Zeitung ebenfalls auf die Rechnung zu setzen.

»Haben Sie einen Zwillingsbruder?«, fragte die Kassierin.

Gottschlich verneinte und fügte hinzu, man solle nicht alles glauben, was in der Zeitung stehe.

»Aber merkwürdig ist das schon«, fand die Kassierin noch, als sie ihm den Kassenbon aushändigte.

Auch auf dem Rückweg zu seinem Büro starrten ihn Vorbeigehende an. Gottschlich lächelte freundlich, denn nun wusste er, was es mit dem Interesse der Leute auf sich hatte.

Ob Alber dahintersteckte? Oder die Leute um Holl, die ihn auf diese Weise noch einmal warnen wollten?

Zu Hause las er den Artikel und musste sich so über diese journalistische Schmiererei ärgern, dass er die Lektüre mehrere Male unterbrach und entweder Kaffee machte oder sich einen Gang zum Friseur überlegte. Er befand sich in einem Krieg und als Soldat konnte er doch nicht wie ein Hippie aussehen.

Als sich Gottschlich im Badezimmerspiegel betrachtete, sah er jedoch keinen Unterschied zu den Tagen vorher. Er kehrte zu der Zeitung in seinem Büro zurück, in der sich sogar ein Foto von ihm fand.

Der drogensüchtige Ex-Journalist Hans Gottschlich, stand darunter.

Der Artikel nahm Bezug auf seinen Morphiumkonsum, ohne die schwere Kriegsverletzung zu erwähnen. Das also war das Ergebnis des Einbruchs bei seinem Arzt. Sie hatten das Wissen aus seinen Krankenakten.

Selbstmord also durch eine Überdosis Morphium. Warum? Auch das wusste der Verfasser dieses Artikels.

In Erwartung eines Prozesses wegen haltloser Anschuldigungen gegen Mitglieder unserer Regierung nahm Hans Gottschlich den Notausgang. Er beendete sein Leben in seiner vermüllten Wohnung im 7. Bezirk.

Gottschlich legte die Zeitung beiseite, leerte seine

Kaffeetasse, stärkte sich mit einer Käsesemmel und beschloss, den Fehdehandschuh aufzunehmen, die Zeitung zu einem Widerruf dieser Behauptung zu zwingen, und rief Dr. Goldmann an.

»Natürlich könnte ich das tun«, zeigte sich dieser wenig begeistert. »Aber welchen Sinn hätte es? Unsere Gegner haben sich mit diesem Artikel selbst ins Knie geschossen.«

»Du hast ihn also gelesen.«

»Natürlich. Du kannst untertauchen, dich in Sicherheit bringen und unter Tarnung operieren, dein Aussehen verändern.«

»Und das ist deine Idee?«

»Wir haben miteinander konferiert.«

»Wer?«

»Achleitner und ich.«

»Ich denke darüber nach.«

»Achleitners Vorschlag, in seiner Badehütte zu wohnen, steht noch.«

»Ich denke darüber nach«, wiederholte Gottschlich und beendete das Gespräch.

Einen Teufel würde er! Jetzt erst recht nicht.

Dem Telefonbuch entnahm er die Nummer der Rechtsanwaltskanzlei eines Doktor Wendler.

Dann verließ er das Haus und begab sich zu der Telefonzelle in der Lindengasse. Er konnte nicht ausschließen, dass sein eigenes Telefon abgehört wurde.

Die Männerstimme, die seinen Anruf beantwortete, überraschte ihn. Er hatte eine Sekretärin erwartet. Ohne seinen Namen zu nennen, beschrieb Gottschlich sein

Anliegen und erkundigte sich, ob der Mann bereit wäre, den Fall zu übernehmen.

»Klingt interessant«, fand dieser und bat Gottschlich, zu ihm zu kommen. »Argentinierstraße, in der Nähe des Radiogebäudes«, erklärte er noch.

»Wann passt es für Sie?«

»11 Uhr?«

»11 Uhr«, bestätigte Gottschlich, hängte den Hörer auf die Gabel und überlegte, ob er nicht auch Kopien seiner Dokumentation des Falles in der Kanzlei Wendler hinterlegen sollte.

Erst auf dem Rückweg zu seiner Wohnung bemerkte er, dass er einen viel zu leichten Mantel angesichts der winterlichen Kälte angezogen hatte, und er beschleunigte seine Schritte. Das letzte Stück legte er in leichtem Trab zurück. Dabei fiel ihm ein, dass er die Tante und den Onkel anrufen musste, die ja auch den dummen Artikel in der Zeitung lesen würden.

Gottschlich musste lange warten, bis der Anruf beantwortet wurde.

»Das gibt es nicht! Mein Gott! Du, Wurschtl. Dich kann wirklich keiner erschlagen«, jubelte der Onkel. »Wir waren absolut verzweifelt. Helga hat uns angerufen. Du lebst also.«

»Ja, ich lebe«, bestätigte Gottschlich.

»Die Anna ist einkaufen. Ich sag es ihr, sobald sie … Nein, ich ruf gleich im Geschäft an. Und Helga …«

»Bei der melde ich mich. Ich komme am Sonntag zu euch.«

Der nächste Anruf galt Victor Hartmann. Er und seine Tochter sollten die Beobachtung von Holls Haus fortsetzen. Und dazu mussten sie wissen, dass er als ihr Auftraggeber noch am Leben war.

Helga Hartmanns Stimme klang merkwürdig distanziert. Keine Freude über seinen Anruf, sehr sachlich. Zu sachlich.

»Ist etwas passiert?«, fragte er schließlich.

»Kann ich Sie sehen?«

»Mittagessen in der Nähe eures Büros?«, fragte Gottschlich.

»12 Uhr im ›Gager‹.«

»Das ›Gager‹ …«

»… liegt in der Johannesgasse, gleich ums Eck bei uns. Ich reserviere einen Tisch auf meinen Namen. Und noch etwas. Ich bin froh, dass Sie anrufen.«

»Und dass ich lebe?«

»Sehr froh. Aber ich muss Ihnen etwas sagen. Im ›Gager‹.«

Kaum hatte er den Hörer aufgelegt, läutete das Telefon. Tante Anna meldete sich aus dem Geschäft, in dem sie einkaufte.

»Du bist es wirklich, Wurschtl. Mein Gott, was für ein Tag! Ich war fertig, vollkommen fertig, als Helga sich gemeldet hat. Und dann der Anruf vom Pepi. Ich hab es ihm nicht geglaubt. Er ist nicht mehr verlässlich. Aber jetzt weiß ich es. Du lebst, und ich bin glücklich.«

»Den Wurschtl kann keiner erschlagen.«

»Das hat Pepi auch gesagt. Aber es stimmt nicht. Du musst vorsichtig sein.«

»Bin ich. Am Sonntag komme ich zu euch.«

»Ich werde ein Festmahl kochen.«

»Wir könnten auch …«

»Wir feiern, wie gesagt, bei uns. Mit Helga. Hast du sie schon angerufen?«

»Nein.«

»Dann mach es! Sie wird sich auch Sorgen machen.«

»Ich muss jetzt Schluss machen. Jemand klopft an die Fensterscheibe. Oh, es ist Alber. Wir können weiterreden. Den muss ich nicht sehen.«

»Red mit ihm! Er ist auch ein Mensch.«

Der Mensch Heinz Alber war besonders elegant gekleidet. Viel zu elegant für einen Journalisten. Den Kopf, obgleich noch immer rattenähnlich mit der langen Nase und der fliehenden Stirn, krönte eine Pelzkappe. Der schwarze Mantel, dessen Kragen ebenfalls pelzbesetzt war, glänzte vornehm.

Gottschlich empfing den Mann in der offenen Tür und teilte ihm mit, dass er wenig Zeit habe. »Komm zur Sache, Heinz!«

»Du solltest dir Zeit nehmen!«, sagte der Mann und bewegte unruhig seine Zunge über die Lippen. »Mir ist es wichtig, dir mitzuteilen, dass ich natürlich nicht hinter dem Artikel stehe.«

»Stecke«, verbesserte Gottschlich und fragte: »Wer dann?«

»Der Chef. Andrics persönlich.«

»Auf Befehl Holls«, vermutete Gottschlich.

»Das kann ich nicht ausschließen. Und weil er weiß, dass wir gewissermaßen verwandt sind …«

»Verwandt? Das meinst du aber nicht ernst.«

»Gewissermaßen. Über Helga.«

Darauf nun schwieg Gottschlich. Am liebsten hätte er Alber eine geknallt.

»Weiß sie, dass ich noch lebe?«, fragte Gottschlich dann.

»Ich sag es ihr. Verlässlich.«

Wieder schwieg Gottschlich.

»Sie machen dir ein letztes, ein allerletztes Angebot. Du kannst bei uns anfangen. Zu sehr guten Bedingungen.«

»Wer?«

»Der Chef hat mich beauftragt, dich zu ihm zu bringen.«

»Nachdem er mich in Worten und gesellschaftlich getötet hat.«

»Gesellschaftlich?«

»Ihr habt mich als Drogensüchtigen diffamiert.«

»Ja. Das tut mir leid.«

Gottschlich holte tief Luft und bewunderte seine eigene Beherrschung, als er sagte: »Ich danke dir, dass du gekommen bist, ich lehne aber ab.«

»Solltest du nicht.«

Gottschlich schloss die Glastür zu seinem Büro und wartete eine Weile. Er wollte das Haus unbeobachtet verlassen und überlegte, ob das über den Hof möglich wäre.

Wenn die Tür zum Haus, das an der benachbarten Seidengasse lag, offen wäre, könnte er seinen Weg zur Kanzlei Wendler unbeobachtet antreten.

Gottschlich zog Schuhe und Mantel an und überquerte den Hof, bis er an die versperrte Tür zum Nachbarhaus kam.

An sich wäre es kein Problem, diese zu öffnen, doch könnte man ihn dabei von einem der Fenster der oberen Etagen beobachten.

Er erinnerte sich dunkel an einen Verbindungsgang im Keller des Hauses, der vermutlich im Krieg benutzt worden war, um zum Luftschutzkeller im Nachbarhaus zu gelangen.

Gottschlich nahm die enge Treppe in den muffig riechenden Keller und wurde tatsächlich fündig. Die Tür zwischen beiden Häusern war nicht einmal versperrt.

Das also war die Lösung, Verfolger abzuschütteln! Um halb elf. Jetzt war es noch zu früh.

Gottschlich prüfte das Material, das er bei Wendler hinterlegen würde, dann fiel ihm die Figur des Wurschtls ein, die er ins Badezimmer zum Trocknen gelegt hatte.

Das Pappmaschee war schon etwas angetrocknet, konnte aber noch immer geformt werden. Ein Umstand, der Gottschlich ärgerte. Er hätte den Kopf gerne bemalt und … Ja, er musste Tante Anna am Wochenende bitten, ihm ein Kleid für den Kasperl zu nähen. Seine Nähkünste beschränkten sich auf das Befestigen von Knöp fen.

Das karierte Sakko beim Feller in der Mariahilfer Straße fiel ihm ein. So ein Kleid sollte der Kasperl tragen. Er musste in einem Stoffgeschäft nach Resten fragen.

Rechtsanwalt Wendler hieß mit Vornamen Herbert. Also kein Gunter, Gernot, Giselher, kein schon auf den ersten Blick erkennbarer Anhänger der Nationalen. Wobei natürlich ein Kind nichts für den Namen konnte, den ihm die Eltern gaben.

Der Mann war jung, sehr jung sogar. Und er hatte keine Sekretärin.

Dafür trug er ein kariertes Sakko, wie Gottschlich es für sich haben wollte. Überhaupt gefiel ihm Wendler, der seine Frage, ob er einen sicheren Safe habe, bejahte.

»Ich bin zwar schon tot«, erklärte Gottschlich, »möchte aber für den Fall meines Ablebens vorsorgen. Ich werde Ihnen wöchentlich Material bringen, das Sie aufbewahren und im Falle meines erneuten Ablebens an die Redaktion des ›Münchner Merkurs‹ übermitteln.«

»Gut, wird gemacht. Ich setze einen Vertrag auf, den Sie bitte unterschreiben, wenn Sie mit meinen finanziellen Vorstellungen einverstanden sind.«

»Und die lauten?«

»200 Schilling für die Erstberatung und 200 Schilling für die Aufbewahrung. Im Jahr.«

»Das passt.«

»Darf ich noch fragen, worauf sich Ihre Bemerkung bezieht, dass Sie tot sind?«

»Journalistisch. Der heutige ›Blick‹ berichtet von meinem Ableben.«

»Oh. Gut, dass ich dieses Blatt nicht lese. Soll ich etwas unternehmen?«

»Ich habe daran gedacht, mich aber dagegen entschieden«, sagte Gottschlich spontan und wunderte sich selbst über seinen Sinneswandel.

Das Treffen mit Helga Hartmann im Restaurant »Gager« begann wenig vielversprechend.

Die junge Frau mied seinen Blick, und wenn er ihr direkt in die Augen schaute, verkleinerte sie diese zu engen Schlitzen, aus denen sie ihn beinahe feindselig betrachtete.

»Tut mir leid, dass ich noch lebe«, sagte er daher und wandte sich der Speisekarte zu.

»Darum geht es nicht«, brummte die jüngere Version seiner geliebten Helga. »Sie hätten uns warnen müssen, dass es sich um eine so gefährliche Sache handelt.«

»Besteht nicht die Arbeit eines Detektivs grundsätzlich aus Gefahr?«

»Nur in Romanen.«

»Okay. Alles klar. Unter diesen Umständen schmeckt mir das Essen nicht«, fand Gottschlich und klappte die Speisekarte lautstark zu. »Gibt es sonst noch etwas zu bereden?«

»Sie wollen gehen?«

»So ist es.«

»Beleidigte Leberwurst.«

»Ja.«

»Also gut, dann rasch der Bericht«, sagte die schöne Blonde und entnahm ihrer Handtasche mehrere Blätter Papier. »Hier die weiteren Besucher des Hauses Holl. Bemerkenswert erscheint es mir, dass ein Arzt darunter war. Irgendjemand scheint erkrankt zu sein.«

»Welcher Arzt?«, zeigte sich Gottschlich nun doch interessiert.

»Ein Doktor Fellinger.«

Das verschlug ihm die Sprache. Sein Arzt, der ihm geholfen hatte, vom Morphium loszukommen, in dessen Ordination angeblich eingebrochen worden war, aus dessen Krankenakten die Journalisten des »Blicks« wussten, dass er von Opium abhängig gewesen war.

»Wie sind Sie auf den Namen des Mannes gekommen?«, erkundigte sich Gottschlich.

»Das war ich. Ich kenne ihn aus der Zeitung. Er ist Tennisspieler.«

»Mit seinen beinahe 60 Jahren?«

»Seniorenmeister beim Allgemeinen Turnverein.«

»Sie sind tüchtig.«

»Sagt auch mein Vater. Aber ihm ist, wie gesagt, die Sache zu heiß geworden.«

»Haben die Herrschaften schon gewählt?«, fragte der Kellner.

»Die Damenschaft hat gewählt. Die Herrschaft noch nicht«, erwiderte Helga Hartmann. »Wenn Sie uns noch etwas Zeit geben. Aber zum Trinken bringen Sie mir bitte eine … ja, eine Schartner Bombe.«

»Und der Herr?«

»Mineralwasser. Ah ja, und ein Achterl herben Weißwein.«

»Der Veltliner aus Baden ist ziemlich resch.«

Rescher Wein zur reschen Tochter des Detektivs. Gottschlich hatte sich beruhigt. Immerhin sah er die junge Frau gerne.

»Vater ist ausgestiegen. Er will Ihnen das Honorar rücküberweisen, mit Abzug unserer Kosten«, erklärte nun Helga Hartmann.

»Das heißt …«

»Das heißt, dass er in seinem Wagen entdeckt und verwarnt worden ist, von jemandem von der Polizei.«

»Bei der Beobachtung des Holl'schen Hauses.«

»So ist es. Sie müssen also vorsichtig sein, wenn Sie in das Haus eindringen«, sagte Helga Hartmann.

»Das habe ich nicht vor.«

»Glaube ich nicht. Und jetzt konzentrieren Sie sich endlich auf die Speisekarte! Ich komm um vor Hunger.«

Gottschlich entschied sich für Backfisch. Vermutlich, weil Helga noch nicht allzu weit entfernt war vom Backfischalter. Ob sie einen Freund hatte? Sie wirkte so selbstsicher und in keiner Weise scheu.

Schluss mit diesen Gedanken!, befahl sich Gottschlich. Dafür war er zu alt. Ein schmutziger alter Mann? Nein, so alt auch wieder nicht. Und so erfahren, beziehungsweise schmutzig, ebenso wenig. In seinem Leben hatte es eine einzige Frau gegeben. Aber sollte er dieser untreu werden?

Was für ein dummer Gedanke! Schließlich hatte nicht er Helga verlassen, sondern sie ihn. Aufgrund eines Irrtums. Und … blablabla … Immer dieselben Gedanken. Wie eine Schallplatte, die hängen geblieben war.

Also Backfisch zum Essen. Und einsame Ermittlungen, denn Vater und Tochter Hartmann stiegen aus.

»Ich könnte Schmiere stehen, während Sie sich im

Haus umsehen«, schlug nun Helga vor. »John Steed und Emma Peel.«

»Wer ist das?«, fragte Gottschlich.

»Figuren aus einer englischen Krimiserie. Mit Schirm, Charme und Melone. Läuft jeden Dienstag um sechs.«

»Im Fernsehen?«

»So ist es.«

»Und Sie? Was essen Sie? Was würde Emma Peel speisen?«

»Kaviarbrötchen, Champagner.«

»Gut. Solange ich das nicht bezahlen muss.«

»Und wenn unser Projekt gelingt?«

»Sie meinen den Einbruch?«

»Das Eindringen in die Villa. Heute Abend, während Frau Holl Gymnastik macht.«

»Das … das geht mir etwas schnell.«

»Jetzt oder nie.«

Auf was hatte er sich da wieder eingelassen! Gottschlich erwischte mehrmals den falschen Gang, als er gegen 17 Uhr nach Döbling fuhr, so nervös war er. Nicht nur wegen des geplanten Eindringens in die Villa, auch wegen des Wiedersehens mit Helga Nummer zwei.

Da entwickelte sich etwas, von dem er nicht wusste, ob er es wirklich haben wollte.

Aber er war gehorsam unterwegs, wie die junge Helga es vorgeschlagen hatte. Er konnte also das Dienstliche mit dem Angenehmen verbinden. Wenn die Sache nicht schiefging, denn es war anzunehmen, dass die Villa des Bundeskanzlers bewacht wurde.

Und wenn Holl selbst zu Hause war und nicht nur dessen dementer Schwiegervater?

Die Pflegerin des Alten jedenfalls verließ das Haus um fünf. Laut Helga.

Es war schon finster, als Gottschlich seinen Fiat in der Friedlgasse hinter der Obkirchergasse abstellte, von der aus man auf offiziellem Wege in Holls Villa gelangte.

Von der Friedlgasse sah man die Rückseite des Gebäudes, das in einem Park mit alten Laubbäumen lag, die nun, drei Wochen vor Weihnachten, keine Blätter trugen. Dieser Umstand erleichterte den Blick auf das einzige beleuchtete Fenster im ersten Stock der Villa, hinter dem Gottschlich den alten Fernbacher vermutete, den Vater Clara Holls und des ermordeten Friedhelm Fernbacher.

Gottschlich hätte beinahe laut aufgeschrien, als er eine Hand an seiner linken Schulter spürte, erstickte jedoch den Laut zu einem Gurgeln, als er Helga Hartmanns Parfüm roch.

»Ich fahre zum Haupteingang, um die Polizei abzulenken«, sagte sie. »Und um Sie zu warnen, wenn jemand kommt.«

»Und wie wollen Sie mich warnen?«

»Ich werde kräftig hupen.«

Sowohl Gottschlich als auch Helga Hartmann blickten alarmiert auf, als ein Auto mit überhöhter Geschwindigkeit die Gasse entlangkam und abrupt neben ihnen hielt.

Ein dunkel gekleideter Mann sprang heraus und rannte auf sie zu.

»Ich habe es geahnt. Ihr seid doch von Sinnen!«, schrie

der Mann, der sich bei näherem Hinsehen als Victor Hartmann entpuppte. Victor Hartmann mit dem markanten Profil eines Nick Knatterton, dem die Tochter glücklicherweise überhaupt nicht ähnlich sah. »Was soll diese hirnlose Aktion? Ich frage dich, Gottschlich!«, zischte der Mann. »Welchen Plan verfolgst du?«

»Ich will mich in der Villa umsehen«, lautete die simple Antwort.

»Umsehen, umsehen! Dass ich nicht lache! Das ist kindisches, hirnloses Abenteurertum, in das du meine Tochter hineinziehst.«

»Ich bin freiwillig gekommen, Papa.«

»Papa, Papa … Nenn mich nicht Papa!«

»Wie denn?«

»Ach, vergiss es! Noch einmal, Gottschlich! Was erwartest du dir? Mit welchem Plan gehst du in diese Aktion?«

»Ich möchte mich, wie gesagt, im Haus umsehen, Fotos machen, vielleicht mit dem dementen Vater ins Gespräch kommen, mir einen Eindruck verschaffen.«

»Das ist mir zu vage.«

»Ich hab dich nicht gebeten, mich zu unterstützen, Vick.«

»Nenn mich nicht Vick!«

»Wo liegt dein Problem? Was geht es dich an? Du bist nicht mehr mein Ausbildner.«

»Es geht um meine Tochter. Das ist riskant und …«

»Hirnlos. Ich weiß. Wie würdest du die Sache intelligent angehen?«, fragte Gottschlich, der sich nicht von seinem Plan abbringen lassen wollte.

»Ich habe mit der Pflegerin des alten Mannes gesprochen und einiges erfahren.«

»Und zwar?«, zeigte sich Gottschlich skeptisch.

»Das erfährst du, wenn du hier abziehst und Helga nie wiedersiehst.«

»Ich bin bereit, meinen Plan aufzuschieben. Warum aber sollte ich Helga nie wiedersehen?«

»Weil du ihr nicht guttust. Du bist ein Narr, ein …«

»Wurschtl.«

»Du sagst es. Wahrscheinlich die Drogen, die du nimmst.«

»Du glaubst also den Schmierern vom ›Blick‹?«

»Wo Rauch, dort Feuer.«

»Unsinn.«

»Ich mach dir einen Vorschlag: Du kommst mit mir, wir trinken ein Glas Wein, ich erzähl dir, was ich erfahren habe, und dann sehen wir weiter.«

»Und Helga?«

»Die fährt nach Hause. Mit der unterhalte ich mich später.«

»Ich werde dabei sein, bei eurem Gespräch. Schließlich geht es auch um mich«, protestierte die junge Frau so heftig, dass ihr Rossschwanz ins Hüpfen geriet.

Als Gottschlich das sah, musste er lächeln und bekräftigte, dass er zu dem Gespräch nur im Beisein Helgas bereit wäre.

»Gut. Ich fahre voran«, zeigte sich Hartmann einverstanden. »Aber sobald ich merke, dass ihr mir nicht folgt, verständige ich die Polizei.«

Gottschlich verzichtete auf die Frage, was Hartmann wohl den Polizisten mitteilen wurde, und nickte.

»Aber du musst uns sagen, wohin die Reise geht.«

»Über die Höhenstraße nach Grinzing. Zum ›Zimmermann‹.«

»Wir folgen dir«, sagte Gottschlich, der neugierig war, was der Mann zu erzählen hatte.

Als er in den Wagen stieg, spürte Gottschlich einen Stich in der linken Augenhöhle, der ihn aufstöhnen ließ, zugleich jedoch fühlte er sich lebendig wie schon lange nicht. Der Verzicht auf das dämpfende Morphium ließ ihn alles stärker spüren: die Schmerzen und die Freuden.

Bei den Freuden dachte er an Helga, seine Helga, Helga Alber in Gumpoldskirchen, und nicht an das junge, helle Geschöpf, das soeben in den roten Fiat 124 stieg.

»Ihr seid eingeladen«, sagte Hartmann, als sie das noch schütter besetzte Heurigenlokal betraten. »Bedient euch am Büffet! Ich bestelle den Wein.«

»Du isst nichts?«, erkundigte sich Helga.

»Mir hat sich euer Verhalten auf den Magen geschlagen. Ich warte den Verlauf des Gesprächs ab«, kam die Antwort.

Also bewegten sich Helga und Gottschlich zu der Vitrine, in der sich kalte Köstlichkeiten wie Fleischlaibchen, gebratene und gebackene Hühnerteile, Schweinsbraten, Gurkerln, Pfefferoni und Kartoffelsalat verbargen.

Gottschlich und Helga Hartmann kehrten mit wohl gefüllten Tellern zum Tisch zurück, an dem Victor Hartmann mit drei Gläsern saß. Zwei waren voll, eines schon leer. Er schenkte sich aus der Karaffe nach.

»Du hast also mit der Pflegerin des Alten geredet«, sagte Gottschlich und schob den vollen Teller von sich.

»Iss nur! Ich bin froh, wenn du mich nicht unterbrechen kannst«, zeigte der Detektiv zum ersten Mal an diesem Abend Humor.

»Obwohl du den Fall abgeben willst, hast du mit ihr geredet.«

»Iss und schweig! Und du auch, Helga!«

»Papa!«, sagte die junge Frau vorwurfsvoll.

»Ich kann jetzt keine Rücksichten auf Höflichkeit und gutes Benehmen nehmen. Der Fall ist so gefährlich, dass ich zumindest dich retten will. Leg dich nicht mit diesen Leuten an!«

KAPITEL 10

Gottschlich steckte ein Stück butterweiches Schweinefleisch in seinen Mund und spülte es mit kühlem Weißwein hinunter, dann zwinkerte er Helga freundlich zu, die sich über ein Hühnerbein hermachte, das sie mit den Fingern zum Mund führte. Zu ihrem blassroten Mund. Die Frau war so jung, dass sie keine Schminke trug und dennoch vollendet aussah. Im Gegensatz zu ihrem Vater, dessen Blick ihn finster musterte.

»Und leg dich auch nicht mit mir an, Gottschlich!«, fügte er hinzu.

»Weißt du was«, zeigte sich nun Gottschlich verärgert, »spuck aus, was du von der Krankenpflegerin erfahren hast, dann gehe ich. Deine Stimmung schlägt sich auf meinen Magen.«

»Also, so geht das nicht«, erwiderte Hartmann. »Nicht ich will etwas von dir, sondern du von mir.«

»Du warst ein guter Ausbildner, aber jetzt hab ich genug von dir«, stellte Gottschlich fest, legte 20 Schilling auf den Tisch, nickte Helga Hartmann zu und verließ das Lokal.

Er hatte genug, bis obenhin genug von Leuten, die ihn warnen wollten, die vor Angst vor dieser Truppe einknickten und ihnen damit Narrenfreiheit gaben.

Seinen Wagen stellte er einige Gassen entfernt von der Holl-Villa ab, dann schaute er auf die Uhr. Es war kurz vor neun. Wenn er jetzt nicht in das Haus gelangte, musste er eine weitere Woche warten. Andererseits bestand die Gefahr, dass Clara Holl bald heimkommen würde.

Egal. Er wollte wissen, wie es in dem Haus aussah und in welchem Zustand ihr Vater tatsächlich war. Immerhin konnte man ihn mehrere Stunden allein lassen, wie es schien.

Als er versuchte, die Gartentür aufzuschließen, hielt erneut ein Wagen in der Gasse.

Es war Hartmann ohne Tochter.

»Ich komm mit dir«, sagte er, schob Gottschlich beiseite und entriegelte die Tür mit einem Metallhaken. »Du folgst mir!«, sagte er dann und Gottschlich gehorchte seinem ehemaligen Ausbildner, der sich mit behandschuhten Händen an der Terrassentür zum Erdgeschoss der Villa zu schaffen machte. Wie er es seine Schüler gelehrt hatte. Mit einem Lockpickingset.

Noch im Freien entledigte er sich seiner Schuhe und deutete Gottschlich, es ihm gleichzutun, während er ihm ebenfalls Handschuhe reichte.

»Das Licht brennt im ersten Stockwerk«, flüsterte Gottschlich, und Hartmann bestätigte, dass der alte Fernbacher dort untergebracht war.

»Er ist halbseitig gelähmt. Nach einem Schlaganfall.«

Der ungeheizte Raum, in den sie eingedrungen waren, diente offenbar als Speisezimmer, denn Gottschlich erkannte eine Tafel für an die 20 Gäste und eine Glasvitrine mit Geschirr und Gläsern.

Als Gottschlich seiner Manteltasche eine Taschenlampe entnahm, protestierte Hartmann.

»Darauf verzichten wir. Das Haus wird vorne überwacht«, sagte er. »Die Augen gewöhnen sich an die Dunkelheit.«

Und tatsächlich. Gottschlich konnte an der den Fenstern und der Terrassentür gegenüberliegenden Wand Gemälde erkennen. Naturalistische Darstellungen der Villa und des Parks, in dem sie stand.

Gottschlich wurde mit einem Mal klar, wie unvorbereitet er sich in dieses Abenteuer gestürzt hatte. Er wusste nicht einmal, ob die Villa Frau Holl oder ihrem Mann gehörte, ob … Aber dafür war es zu spät. Er musste Augen und Ohren offen halten. Außerdem hätte er seine Helga fragen können, wie die Villa von innen aussah. Immerhin waren sie und Alber Gäste in diesem Haus gewesen.

Vom weitläufigen Flur, in den alle Zimmer des Erdgeschosses mündeten, steuerte Hartmann auf eine Treppe zu, die in das erste Stockwerk führte.

Nun zögerte Gottschlich.

»Für Skrupel ist es zu spät«, sagte Hartmann. »Wir ziehen das durch.«

»Was?«, fragte nun Gottschlich.

»Du wolltest dir ein Bild machen, und das bekommst du jetzt. Wir schauen uns die Zimmer an, in denen der alte Nazi haust.«

»Du weißt …«

»Von der Pflegerin. Aber du wolltest das nicht hören.«

»Und der Alte?«

»Kommt nicht weit. Nur zum Leibstuhl.«

»Und wenn er uns sieht?«

»Wir werden uns nicht zeigen. Aber die Bilder interessieren mich. Die Virag hat von Kriegsbildern gesprochen. Das muss es sein«, vermutete Victor Hartmann, als er eine Tür einen Spaltbreit öffnete. Als sanftes Licht in den Flur drang, betrat Hartmann rasch den Vorraum zu Heinrich Fernbachers Wohnung, deutete Gottschlich, ihm zu folgen, und schloss die Tür.

Aus einem der Räume des muffig riechenden Domizils dröhnte der Ton eines Fernsehgeräts. Der Alte war schwerhörig.

An den Wänden hingen Bilder der Nazigrößen Göring, Hess, Goebbels, Himmler, Speer und eine rote Fahne mit einem schwarzen Hakenkreuz im weißen Kreis.

Gottschlich fühlte sich an die Kriegsjahre erinnert und bereute das Eindringen in diese Villa, griff dann doch nach seiner Minox, um Fotos zu machen.

Hartmann ging vor der Tür des Zimmers, aus dem der Lärm des Fernsehgerätes drang, in die Knie und schaute durch das Schlüsselloch, dann winkte er Gottschlich zu sich heran.

»Der Alte sitzt im Rollstuhl. Ganz links. Er schläft offenbar.«

Dann ließ er Gottschlich in den Raum schauen.

»Wir könnten also hineingehen«, sagte Gottschlich und wollte schon die Türschnalle nach unten drücken.

»Was versprichst du dir davon?«, fragte Hartmann, und Gottschlich wusste keine Antwort.

»Dann können wir ja gehen«, stellte er schließlich fest.

»Mit diesem kläglichen Ergebnis?«, fragte Hartmann.

»So kläglich ist es gar nicht.«

»Darüber unterhalten wir uns später.«

»Was schlägst du vor?«

»Wir warten auf die Rückkehr von Frau Holl. Du wirst eine Überraschung erleben.«

»Wenn du schon weißt, was uns erwartet, begnüge ich mich damit, dir zuzuhören«, flüsterte Gottschlich.

»Das hätten wir einfacher haben können.«

»Ich jedenfalls gehe jetzt«, zischte Gottschlich und bemerkte, wie sich Hartmanns Gesicht zu einem Grinsen verzog.

Der Mann triumphierte. Er hatte ihm eine Lektion erteilen wollen und sein Ziel erreicht.

Verdammt! Gottschlich hatte einen Narren aus sich gemacht und nun stand er beschämt vor seinem ehemaligen Lehrer und senkte den Kopf.

»Geh du voran!«, sagte Hartmann. »Ich versperre die Türen, damit sie keinen Verdacht schöpfen.«

Als sie in der Gasse hinter der Villa standen, atmete Gottschlich tief durch.

»Du hast kaum etwas gegessen«, sagte Hartmann. »Darf ich dich einladen?«

»Ja. Ich glaube, wir müssen reden«, gab sich Gottschlich geschlagen.

Die beiden Männer entschieden sich für Wiener Schnitzel beim »Eckel« in der Sieveringer Straße, das sie mit G'spritztem hinunterspülten.

»Du bist einer meiner besten Schüler«, zeigte sich Victor Hartmann von seiner charmanten Seite. »Und daher verzeihe ich dir den seltsamen Alleingang. Deine Stärke liegt im Mut, in der Beharrlichkeit, Ziele zu verfolgen.«

»Aber?« Gottschlich wartete auf das große Aber, auf den Einwand seines Ausbildners und auf den Grund, warum er sich von dessen Tochter fernhalten sollte.

»Ich bin mit den Stärken noch nicht am Ende. Du kennst die Grundbegriffe unserer Zunft einigermaßen und du folgst deinem Instinkt. Du riechst geradezu, wenn etwas nicht in Ordnung ist. Das macht dich zu einem hervorragenden Detektiv.«

Dieses Mal schwieg Gottschlich. Der Mann würde von selbst weitersprechen.

Und das tat er, indem er die hohe Stirn, die wie bei Nick Knatterton in eine Glatze überging, in tiefe Falten legte und sagte: »Und damit wären wir bei deinen negativen Eigenschaften: Obwohl dich dein Instinkt immer wieder warnt, lässt du nicht locker, hast ein seltsames Talent für heikle Ermittlungen und gefährdest dabei dich und andere. Als ob du nichts zu verlieren hättest. Als ob es kein Morgen gäbe. Auch Geld ist dir nicht besonders wichtig. Du teilst es mit anderen.«

»Ist das schlecht?«, fragte Gottschlich.

»Ich finde es nicht besonders gut. Das Leben soll nicht nur aus Ausnahmesituationen bestehen. Es geht um's Überleben für dich und die Menschen um dich herum.«

»Den Wurschtl kann keiner erschlagen.«

»Nur dass du kein Wurschtl bist. Du bist ein ernsthafter Mensch, der in den Wirren der Nachkriegszeit aus dem Gleichgewicht geraten ist. Und genau das ist der Grund, warum ich meine Tochter vor dir bewahren will. Ich habe mich über dich schlaugemacht. Du liebst in Wirklichkeit eine andere und würdest Helga unglücklich machen. Du siehst nicht sie, sondern die andere, wenn du sie anschaust. Nimm die Frau, um die es dir eigentlich geht!«

»Du weißt, wer sie ist?«

Hartmann nickte. »Sie war bei den Besuchern in Holls Haus. Mit ihrem Mann. Wir haben alle unter die Lupe genommen.«

»Ich werde mit ihr darüber reden.«

»Vergiss aber nicht auf dich, auf deine Sicherheit! Wir ziehen uns, wie gesagt, aus diesem Fall zurück. Er ist es nicht wert, unser Leben auf's Spiel zu setzen. Und auch dir rate ich, zuerst an dich zu denken und dann erst an den Beruf. Politisch arbeitet die Zeit für und gegen die eine oder andere Gruppierung. Die Nationalen sind in ein paar Jahren Vergangenheit und andere, vielleicht nicht so korrupte Menschen, werden unser Land regieren.«

»Ich danke dir jedenfalls für deine offenen Worte. Manches, das du sagst, hat viel für sich.«

»Alles«, beharrte Hartmann und prostete Gottschlich zu.

»Und jetzt erzählst du mir, was du von der ungarischen Pflegerin erfahren hast.«

»Dass sie für die schwere Arbeit kaum Geld bekommt, ist für den Fall unwesentlich. Ich möchte es aber erwähnen.«

»Ich verstehe.«

»Wirklich? Sie ist eine intelligente junge Frau, die nach dem Volksaufstand mit ihren Eltern zu uns geflüchtet ist, flüchten musste. Sie war damals erst 15.«

»Also ist Ilonka nun 27.«

»Sie heißt Borsika.«

»Klingt wie eine Krankheit.«

»Sei mir jetzt nicht böse. Aber mir ginge es besser – viel besser – wenn du einige Zeit schweigen könntest.«

»Entschuldige. Der Wein.«

»Ist schon gut. Borsika Virag jedenfalls hat hautnah miterlebt, was für ein unerträgliches Nazischwein der alte Fernbacher ist. Ein Mensch, der total von ihr abhängig ist, den sie waschen und an manchen Tagen füttern muss, der sie trotzdem wie ein Stück Dreck behandelt, weil sie keine Deutsche ist, wie er sich ausdrückt.«

»Welche Rolle spielte er im Krieg?«, erkundigte sich Gottschlich, der an einen führenden Nazi dachte.

»Keine. Absolut keine. Er drückte sich vor allem, leitete die Kopieranstalt seiner Familie.«

»Kopieranstalt?«

»Vervielfältigung von Bauplänen und so. Und er war Blockwart in Favoriten.«

»Die Villa in Döbling …«

»Gehört den Holls.«

»Und Friedhelm Fernbacher …?«

»Der sagte sich von seinem Vater los, während das seiner Schwester Clara und ihrem Bruder Gunter nicht gelang.«

»Und all das hast du herausgefunden.«

»Es interessiert mich. Guido Holl übrigens meidet

das Haus, soweit es geht. Borsika vermutet eine andere Frau dahinter.«

»Wirklich?«

»Ich möchte das nicht bewerten, nur berichten.«

»Und dafür bedanke ich mich. Bist du sicher, dass du nicht daran weiterarbeiten willst?«

»Absolut sicher. Das Honorar wird rücküberwiesen, abzüglich 1.000 Schilling.«

Hartmann bestand auch darauf, die Zeche zu zahlen. »Immerhin habe ich dich eingeladen«, betonte er und begleitete Gottschlich zu dessen Wagen.

»Unsere Wege trennen sich«, sagte er dann und umarmte Gottschlich, der sich gerührt bedankte.

Zu Hause ging Gottschlich unruhig in seinem Büro auf und ab. Zu viel beschäftigte ihn, um Ruhe zu finden. Dann setzte er sich an seine Schreibmaschine und hielt die Ereignisse des Tages fest. Dabei musste er sich zwingen, nicht an Hartmann und dessen Tochter zu denken.

Der Mann hatte recht. Helga Hartmann wäre nur Ersatz für seine Helga gewesen, um die es ihm eigentlich ging. Gottschlich hielt inne. Den Bericht konnte er auch am nächsten Tag fertigstellen. Er musste sich klar werden, was er wollte.

Ah ja, und Hartmann hatte ihm auch vorgeworfen, dass er zu viel riskiere, dass er auf sich zu wenig achte, weil es außer dem Beruf nichts in seinem Leben gäbe.

So hatte er es nicht gesagt, korrigierte Gottschlich seine Gedanken, wohl aber lief es darauf hinaus.

Ja, und die Konsequenz hieß: Um Helga kämpfen, Heinz Alber besiegen oder selbst unterliegen und …

Lächerlich. Er war kein Brüllaffe, der sich mit anderen Männchen balgte. Dafür war er sich zu gut. Dabei müsste ihm Helga auf halbem Weg entgegenkommen. Punkt.

Und jetzt wollte er endlich den Kasperlkopf bemalen.

Doch er änderte seinen Plan. Er beschloss, einen neuen Kopf zu formen, den von Wurschtls Frau, die natürlich wie Helga aussehen musste.

Heinz Conrads' Lied vom Wurschtl fiel ihm wieder ein, in dem der Kasperl seine Frau erschlägt. Eine seltsame Geschichte war das. Gottschlich kannte kein einziges Kasperlstück, in dem das geschah. Und er … Nein, er würde niemanden erschlagen. Nicht einmal das Krokodil.

Gottschlich nahm die Zeitung, die von seinem Selbstmord berichtete, zerriss sie, warf die Streifen in einen Kunststoffkübel und ließ Wasser darüberlaufen, dann fügte er den Kleister hinzu.

Helga. Er wollte Helga aus der glitschigen Masse formen, schloss die Augen und begann zu kneten.

Er sah die Helga jener zwei Jahre vor sich, in denen sie ein Paar gewesen waren. Eine aufregende Zeit, in der sie sich und einander erkundeten. Sie waren füreinander geschaffen. Damals.

Helga lächelte und lachte viel mit ihren vollen Lippen. Die Nase war weder zu groß noch zu klein. Sie war perfekt. Nicht niedlich, aber schön. Blaue Augen. Blondes Haar.

Sie und ihr Bruder entsprachen dem Idealbild der damaligen Zeit. Deshalb kam Franzi zur SS. Das heißt, er wurde angeworben, und die Eltern empfanden das als Ehre. Er fiel in Russland, nachdem er in Briefen angedeutet hatte, wie schrecklich alles war.

Wie auch immer. Helga musste blondes Haar haben. Ob sie es schon färbte?

Sein eigenes Haar, jetzt, da es länger wurde, zeigte erste Verfärbungen Richtung Grau.

Sollte er die Haare aufmalen oder Engelshaar besorgen? Die Geschäfte verkauften schon seit Wochen Weihnachtsartikel. Doch Engelshaar war weiß, er müsste es färben. Und wie würde er heuer Weihnachten verbringen?

Sollte er wieder in den Wienerwald fahren?

Als er den Kopf geformt hatte, bohrte er mit dem Zeigefinger ein Loch in die Unterseite, um die Figur führen zu können.

Er musste wieder Verantwortung auch für sein Privatleben übernehmen, sich nicht von anderen führen lassen, sein Leben …

Gottschlich wusste sehr wohl, was er vom Leben wollte. Er wollte überleben und einigermaßen glücklich sein, soweit es sich machen ließ. Er wollte diesen Mordfall lösen, ohne selbst zum Mörder zu werden. Er wollte mit Helga im guten Einvernehmen leben, ohne … ja, ohne Alber gewaltsam aus ihrem Leben zu entfernen.

Und er wollte so effizient vorgehen, dass keine weiteren Menschen zu Schaden kamen.

Hartmann hatte recht, sich und seine Tochter nicht

weiter gefährden zu wollen. Dieses Risiko würde er auf sich nehmen. Er hatte außer sich niemanden, auf den er Rücksicht nehmen musste. Und das war doch auch etwas.

Als Gottschlich erwachte, beschloss er, den Tag positiv zu beginnen. Er würde in der »Konditorei Aida« an der Mariahilfer Straße frühstücken. Und dann … wer weiß, vielleicht das karierte Sakko kaufen.

Auf dem Weg dorthin kam er an einem Geschäft vorbei, in dessen Auslage er wunderbar gemusterte Stoffe sah. Exakt das, was er sich für sein Sakko vorstellte. Und hellblaue Seide, die ideal zu Helgas blonden Haaren passen würde.

Der Laden öffnete erst um 9 Uhr, also musste er sich gedulden.

Im Lokal setzte er sich an eines der Fenster, um die vorbeieilenden Menschen betrachten zu können, während er sich seinem Milchkaffee mit viel, viel Schlagobers und den beiden Butterkipferln widmete, die er mit Butter und Marmelade verfeinerte.

Nach neun verließ er das Lokal Richtung Feller-Hosen.

Als ein Verkäufer auf ihn zueilte, bedauerte Gottschlich seinen Entschluss. Er wollte nicht von einem Mann bedient werden. Eine solche Nähe, die unweigerlichen Berührungen waren ihm peinlich. Doch nun war es zu spät. Er konnte nicht unverrichteter Dinge gehen, er musste das Vorhaben zu Ende bringen.

Das Sakko mit den bunten Karos passte exakt. In der Weite und in der Länge. Gottschlich gefiel sich im Spiegel so sehr, dass ihm die Berührungen des Verkäufers, der immer wieder den Stoff um seine Schultern und am Rücken glatt strich, nichts mehr ausmachten.

»Behalten Sie es gleich an? Dann packe ich das alte Stück ein«, schlug der Verkäufer vor.

Das alte Stück war noch ganz gut in Form, aber grau und ohne besonderen Charakter.

Lächelnd wies Gottschlich Versuche des Verkäufers zurück, ihm Hemden, Krawatten und Socken zu verkaufen, dann verließ er in gehobener Stimmung das Geschäft.

Schade, dass er einen Mantel tragen musste, so sah niemand, wie flott er jetzt gekleidet war.

Im Stoffladen allerdings entledigte er sich seines Mantels, um das Muster seines Sakkos zu zeigen.

So etwas Ähnliches wollte er kaufen. »Einen Meter nur«, sagte er.

Die Verkäuferin schaute ihn ungläubig an und erkundigte sich, wofür er das Material benötige.

»Eine Bastelei. Für Kinder«, log Gottschlich und bekam, was er wollte.

Als er zurückkehrte, war die Briefmarke am Eingang zu seiner Wohnung zerrissen. Also hieß es, vorsichtig sein. Gottschlich spähte durch die Glastür in sein Büro und konnte nichts Außergewöhnliches entdecken. Seine jüngsten Aufzeichnungen zum Fall lagen noch dort, wo er sie abgelegt hatte, rechts von der Schreibmaschine. Menschen befanden sich nicht in diesem Raum und wohl auch nicht im Rest der Wohnung. Wenn tatsächlich jemand eingedrungen war, hatte er die Papierblätter fotografiert und war verschwunden.

Dennoch entschloss sich Gottschlich, vorsichtig zu sein. Er spürte Gefahr. Etwas stimmte nicht. Eine Kleinigkeit, auf die er im Augenblick nicht kam.

Sicherer war es, die Wohnung vom Stiegenhaus her zu betreten. Schade, dass er seine Sauer nicht bei sich hatte. Sie lag im Tresor. Also sah er sich im Vorhaus um und stieß auf einen Eiskratzer neben dem Schneeschieber. Ein Gegenstand, mit dem er sich wehren konnte, wenn ihm jemand in der Wohnung auflauerte.

Er griff nach dem schweren Gerät, schloss die Hintertür zu seiner Wohnung auf und betrat sie langsam.

Es roch anders als sonst. Nach einer Seife, die … Ja, in der Wohnung war eindeutig jemand gewesen, der eine medizinische Seife verwendete. Es roch nach Desinfektionsmittel.

Ein reinlicher Mensch – oder jemand mit Hautproblemen. Egal, er schien nicht mehr hier zu sein. Obwohl …

Der Geruch war stark und er kam vom Vorzimmer her.

Hatte sich dort jemand versteckt und erwartete ihn?

Gottschlich nahm den Stiel des Eiskratzers fest in die rechte Hand und wollte auf die nur angelehnte Tür zum Büro zugehen, als er in der Spiegelung der Glastür eine Bewegung sah, einen dunklen Schatten zu seiner Linken, der sich auf ihn zubewegte.

Gottschlich hieb den Eiskratzer kraftvoll nach hinten. Offenbar erfolgreich, denn er hörte den schmerzhaften Aufschrei eines Menschen, der, wie Gottschlich aus den Augenwinkeln sah, zu Boden ging. Aber davon wollte er sich nicht ablenken lassen. Der Geruch ging nicht von diesem Eindringling aus. Es musste noch jemand in der Wohnung sein, und zwar, wie er vermutete, im Vorzimmer.

Also hieß es, den auf dem Boden Liegenden für einige Zeit auszuschalten. Gottschlich verwendete dazu den Holzstiel und versetzte dem ihm Unbekannten einen Schlag gegen den Hinterkopf. Nicht zu fest, denn er wollte ihn nicht töten, dann entschloss er sich, die Taktik der Eindringlinge zu übernehmen, und nahm rechts von der Tür zum Flur Aufstellung.

»Was ist los? Hast du ihn?«, hörte er die Stimme des Mannes, von dem der Geruch ausging – ja, eindeutig, es handelte sich um die Lifebuoy-Teerseife, die von den amerikanischen Soldaten nach Österreich gebrachte Seife gegen Akne und andere entzündliche Hauterkrankungen. Wenn man nicht Probleme mit dem Geruch hatte.

Wieder holte Gottschlich mit dem Eiskratzer aus, war aber zu vorsichtig, jedenfalls grunzte der Mann wie ein Schwein, ging aber nicht zu Boden, sondern richtete den Lauf einer Pistole auf Gottschlich und schoss.

Gottschlich spürte einen heftigen Schlag gegen seinen rechten Oberarm und ein Brennen auf der Haut, verbiss jedoch den Schmerz und schlug ein zweites Mal auf den Gegner ein. Dieses Mal mit mehr Erfolg, denn der Mann sackte leblos zusammen. Im selben Moment hörte er ein Krachen vom Haupteingang her. Jemand schien die Tür zum Büro gewaltsam zu öffnen und …

Ja, das war es dann wohl gewesen. Gottschlich hatte

keine Tricks mehr auf Lager und wollte sich seinem Schicksal ergeben, das wohl in den Tod führen würde, als drei Männer in Polizeiuniform auf ihn losstürmten. Einer davon war Achleitner. Nico Achleitner, der auf Gottschlich zueilte und ihn fragte, ob alles in Ordnung sei.

Dieser griff instinktiv an seinen rechten Oberarm, bejahte aber.

»Du blutest«, sagte der Kriminalrat. »Lass sehen!«

Während sich zwei Polizisten um die von Gottschlich außer Gefecht gesetzten Eindringlinge kümmerten, ließ Achleitner seinen Freund den Mantel und das neue Sakko ausziehen, auf dessen Ärmel sich Blut ausgebreitet hatte.

»Scheint nur ein Streifschuss zu sein«, stellte der Kriminalrat fest. »Wenn du einverstanden bist, versorge ich das. Wir wollen kein Aufsehen erregen, indem wir die Rettung verständigen.«

Gottschlich störte weniger die Wunde an seinem rechten Arm als der Umstand, dass das neue Sakko beschädigt und beschmutzt war, und er wollte es untersuchen.

»Lass das jetzt!«, zeigte sich Achleitner streng. »Zuerst einmal meine Gratulation zum Sieg über den Feind. Eine großartige Leistung. Und dann …«

»Warum seid ihr hier?«, unterbrach Gottschlich den Kriminalrat.

»Wir wachen über dich.«

»Aber …«

»Darüber reden wir später. Jetzt wirst du versorgt. Du hast doch Schnaps oder irgendetwas Hochprozentiges.«

»Zum Desinfizieren der Wunde?«

»Nein, dafür nehme ich Jod. Den Schnaps trinken wir nach diesem Schrecken. Wir waren zu spät dran.«

Gottschlich schüttelte nur den Kopf. Er verstand das alles nicht, begab sich aber ohne Hemd, mit noch blutender Wunde in die Küche, wo er einem der Schränke eine noch ungeöffnete Flasche Rum entnahm. Er war kein Freund von scharfen Getränken, die er nicht einmal im Tee einnahm.

»Für dich. Ich habe kein Lust drauf«, sagte er.

»Aber es wird wehtun.«

»Das überlebe ich auch noch.«

»Ohne Zweifel. Aber warum leiden?«

»Wieso konntest du so schnell hier sein?«, stellte Gottschlich die Gegenfrage.

»Wir hatten einen Anruf, dass jemand in dein Büro eingedrungen ist.«

»Das heißt …«

»Eine Frau. Vielleicht eine Nachbarin. Du bist zu schnell heimgekehrt.«

»Und was geschieht mit den Angreifern?«

»Du vertraust uns nicht?«, lautete die Gegenfrage.

»Es ist meine Arbeit, es sind meine Ermittlungen«, wich Gottschlich der Frage aus.

»Keine Antwort ist auch eine Antwort«, fand Achleitner und lächelte. »Auch ich hätte meine Zweifel. Aber ich versichere dir, dass zumindest meine Motive, dir zu helfen, ehrlich sind.«

Gottschlich nickte stumm. Achleitner war als Kamerad beim Militär in Ordnung gewesen. Wobei … Ja, wobei er es sich immer gerichtet hatte. Er war freundlich und hilfsbereit, besonders zu Vorgesetzten. Und das hatte ihm seine Position bei der Polizei auch bei geänderten politischen Verhältnissen erhalten. Bis jetzt. Wieder betrachtete Gottschlich die Nikotinverfärbung an Achleitners Oberlippenbart. Vielleicht war diese auch ein Grund, dass er bei der neuen Regierung beruflich überlebt hatte. Der Hitlerbart in dem ansonsten freundlich-rundlichen Gesicht.

Ein älter gewordener Engel. Mit Hitlerbart.

Als die Männer abgezogen waren, versuchte sich Gottschlich zu entspannen, indem er sich auf die Couch legte. Dort erfasste ihn aber eine so starke Unruhe, dass er aufsprang und im Wohnzimmer hin und her eilte. Etwas stimmte ganz und gar nicht, es drohte immer noch Gefahr.

Gottschlich kontrollierte die Türen zu Straße und Hof und versperrte sie, dann öffnete er alle Fenster, um den Geruch von Teerseife und Pulverdampf abziehen zu lassen.

Um sich abzulenken, begutachtete Gottschlich die Beschädigung seines Sakkos. Er musste es in die Reinigung bringen und … Gab es nicht in der Siebensterngasse ein Geschäft, das sich auf die Reinigung und Reparatur beschädigter Teppiche spezialisiert hatte? Einen Versuch war es wert.

Bis dahin würde er das gute Stück nicht verwenden können, obwohl er es gerne am Wochenende, zum Wiedersehen mit Helga, getragen hätte.

Und dass jemand ihn erschießen wollte, war ihm egal?

Offenbar doch nicht. Die Unruhe, die ihn nicht losließ, musste darauf zurückzuführen sein.

Oder gab es einen anderen Grund dafür?

Gottschlich schloss die Fenster, kontrollierte erneut die Türen und atmete tief durch. Sollte er ausgehen, um Ruhe zu finden?

Nein. Das Problem war innerhalb der Wohnung und musste gelöst werden. Noch immer lag ein fremder Geruch im Zimmer, der nicht nur unangenehm war. Ja, eindeutig. Der Zitronengeruch Helgas, den er nie vergessen würde.

Wie aber kam dieser Duft hierher? War es Einbildung? Hatte man das Sakko damit parfümiert?

Gottschlich bewegte sich schnuppernd durch die Wohnung und betrat sein Schlafzimmer.

Dann rief er: »Komm heraus, Heinz! Ich weiß, dass du da bist.«

Zu seiner Überraschung vernahm er ein Geräusch vom Bett her. Tatsächlich. Einer der Eindringlinge war ins Schlafzimmer geflüchtet und hatte sich unter dem Bett verborgen. Gottschlich staunte über das mit grauem Staub bedeckte Wesen, das unter dem Bett hervorkroch, die Augen geweitet, die Hände abwehrend in die Höhe gestreckt.

»Ich kann das erklären«, sagte Heinz Alber und schob die schwarze Kapuze von seinem Kopf.

Gottschlich klopfte den Mann nach Pistole oder Messer ab, aber er trug nur eine Geldtasche bei sich und einen Führerschein.

»Du bist ihr Fahrer«, stellte er fest.

»Ich kann das erklären. Beruhige dich, bitte!«

»Ich bin ziemlich ruhig«, stellte Gottschlich fest und fügte hinzu: »Ich wüsste nicht, was du erklären sollst. Zwei Männer dringen in meine Wohnung ein, um mich zu töten …«

»Nein, das stimmt nicht.«

»Um mir ein Weihnachtsgeschenk zu bringen?«

»Könntest du … könnten wir … Könnten wir uns in Ruhe unterhalten?«

»Gut. Geh ins Bad und mach dich sauber! Du schaust aus wie eine …« Beinahe hätte Gottschlich das Wort »Ratte« verwendet, wollte dann aber doch nicht so weit gehen und verschluckte den Rest des Satzes. Er wollte diesen Mann so schnell wie möglich aus der Wohnung haben.

Als Alber einigermaßen sauber zurückkam, bat er ihn zu gehen. »Ich möchte dich nicht mehr sehen. Du bist das Allerletzte.«

»Lass dir erklären!«, sagte der Mann mit gespielt flehendem Ton in der Stimme.

»Du bist ein falsches Aas. Alles, was du tust und sagst, ist ohne Bedeutung für mich. Lass mich ganz einfach in Ruhe! Verschwinde aus meinem Leben! Mich interessiert nicht, was du zusammenlügst. Du bist mit denen bei mir eingedrungen, die mich töten wollten.«

»Nein. Um Gottes willen! Nein!«

»Warum dann?«

»Ich bin jetzt absolut ehrlich zu dir.«

»Da bin ich gespannt.«

»Damit liefere ich mich dir aus.«

Gottschlich wartete und schwieg.

»Was ist? Willst du es nicht wissen?«

»Ich höre.«

Gottschlich beobachtete, wie sein Gegenüber, die Situation abwägend, immer wieder die Zungenspitze über die schmalen Lippen bewegte, schließlich mit den unteren Zähnen gegen die Oberlippe biss und sagte: »Sie wollten dich fertigmachen. Aber nicht mit körperlicher Gewalt, sondern mit dem da.« Heinz Alber entnahm einer seiner Manteltaschen mehrere Papierbriefchen, wie jene, in denen er das Morphium von Doktor Fellinger bekommen hatte. »Kokain. Das sollte ich im Badezimmer verstecken.«

»Um es dann von der Polizei finden zu lassen.«

Alber bestätigte das.

»Aber warum tust du das? Es müsste doch genügen, wenn du darüber schreibst.«

»Das ist eine lange Geschichte.«

»Mach sie kurz!«

»Sie hat mit Helga zu tun.«

»Sag ja nicht, dass sie schuld daran ist!«

»Irgendwie schon.«

KAPITEL 11

Nun schien ihm Alber nichts mehr vorzuspielen. Das Rattengesicht verriet echte Besorgnis, wobei die Augen … Mit Albers Augen stimmte etwas nicht. Die Pupillen waren zu Stecknadelköpfen geschrumpft. Gottschlich kannte das. Heinz hatte Pervitin genommen.

»Also, was ist los mit Helga?«, fragte Gottschlich.

»Sie ist mir untreu geworden«, flüsterte Alber.

»Und das hat mit dem Überfall auf mich zu tun?«

Alber nickte. »Sie hat ein Verhältnis mit Holl.«

»Was?«, rief Gottschlich. »Bist du von Sinnen?«

»Nein. Es stimmt.«

Gottschlich schüttelte den Kopf. »Aus dir spricht das Pervitin.«

»Es stimmt. Helga hat ein Verhältnis mit Guido Holl. Und das ist der Grund, warum du noch lebst. Ja, glaubst du denn, dass du so ein begnadeter Detektiv bist, dass du das alles unbeschadet überstanden hast?«

»Durchaus«, erwiderte Gottschlich und musste lachen.

»Du findest das auch noch lustig«, gab sich Alber empört.

»Überzeug mich vom Gegenteil!«

»Du lebst noch, weil es ein Gleichgewicht des Schreckens gibt. Zwischen denen, die für dich sind, und jenen, die genug von dir haben. Absolut genug.«

Bei diesen Worten hob Alber seine Hand in Halshöhe und machte eine Art Schnittbewegung.

»Und du gehörst zu Letzteren.«

»Wie die Fronten wirklich verlaufen, ist mir auch nicht klar«, sagte Alber, der verwirrt auf seine Hand blickte, mit der er die verräterische Geste ausgeführt hatte. »Genauso wenig weiß ich, warum ich das Kokain bei dir hätte verstecken sollen. Für die meisten Menschen bist du schon tot. Ein toter Drogensüchtiger.«

»Vorwand für die Polizei, mich zu verhaften?«, fragte Gottschlich.

»Ich blicke nicht durch«, gestand Alber. »Ich mache nur, was man mir sagt.«

»Warum?«

»Um Helga nicht zu verlieren.«

»Das versteh ich nicht. Du sagst, sie betrügt dich mit Holl.«

Alber nickte stumm.

»Und du tust deshalb, was Holl von dir verlangt?«

»Es gibt mehrere Interessen, mehrere Gruppierungen.«

»Und Frau Holl? Weiß sie davon?«

»Ich bin nicht allwissend«, begehrte Alber auf.

»Dann geh!«

»Du lässt mich gehen?«

»Was sollte ich sonst tun? Dich töten? So tun, als ob ich dich in Notwehr erschossen hätte? Den Mann, der mir die Braut genommen hat? Das wäre doch *der* Vorwand für Holls Männer, mich für immer auszuschalten. Und noch etwas: Nimm nicht das ganze Kokain auf einmal!«

Alber holte tief Luft und schüttelte stumm den Kopf, während ihn Gottschlich zur Tür in die Seidengasse begleitete.

Gleichgewicht des Schreckens. Ein hochdramatischer Begriff, der allerdings die Situation, in der sich Gottschlich befand, gut erklärte. Zwei Gruppen blockierten einander. Und man wusste nicht, wo die Fronten verliefen.

Und Helga irgendwie mittendrin. So wie sie alle. Von Achleitner angefangen über ihn und … Hartmann, Herbig, Holl.

Nur auf Tante Anna und Onkel Pepi war Verlass. Und sie würde er am Wochenende aufsuchen, den Onkel fragen, was er von der Sache hielt, versuchen, einen Weg aus dem Irrgarten zu finden, in dem er sich im Kreis bewegte.

Wobei … Seine Aufgabe bestand einzig und allein darin, den oder die Mörder Friedhelm Fernbachers zu finden. Wenn er auch der Bruder Clara Holls war, wenn auch sein Vater ein unverbesserlicher Nazi war, wenn man Hartmann Glauben schenken sollte.

Ja, und er wollte mit Helga reden. Seiner Helga. Immerhin war sie mit ihrem Mann im Hause der Holls gewesen und Alber hatte behauptet, sie habe ein Verhältnis mit Holl.

Von einem Augenblick zum nächsten erfasste Gottschlich eine derart heftige Übelkeit, dass er zu Boden ging und sich übergab.

Er drehte sich auf den Rücken, fand aber heraus, dass das gar nicht ging. Alles um ihn herum schien sich zu drehen, die Übelkeit verstärkte sich, also versuchte er, mit der Situation in Bauchlage zurande zu kommen. Und tatsächlich. So war es besser. Gottschlichs Körper beruhigte sich nach einem Schweißausbruch, der ihn so erschöpfte, dass er zitterte.

Warum war Alber mit zwei anderen Männern bei ihm eingedrungen? Einer hätte doch genügt, überlegte er, und fragte sich, ob er nicht besser aufgeben solle. Doch was würde »aufgeben« heißen? Nach Deutschland gehen oder in die Schweiz, dort als Journalist oder Detektiv arbeiten, fort von Österreich, fort von dem verwirrenden Geschehen, fort von dem Schwindel, der ihn schwindlig werden ließ?

Nein. Dieser Fall musste geklärt werden, denn die Klärung der wahren Hintergründe des Mordes an Fernbacher würde ihn die politische Situation des Landes verstehen lassen und Klarheit schaffen, wer zu seinen Freunden oder Feinden zählte. Er war im Krieg nicht desertiert und würde auch jetzt nicht davonlaufen.

»Mit Pepi ist im Moment gar nichts anzufangen«, entschuldigte Anna Gottschlich ihren Mann. »Das Wetter scheint ihm nicht gutzutun«, erklärte sie ihrem Neffen am Telefon. »So verloren war er schon lange nicht mehr.«

»Schade. Ich hätte seinen Rat gebraucht«, bedauerte Hans.

»Das kann ich mir denken. Mein Gott, Wurschtl, auf was hast du dich denn eingelassen! Drogensüchtig. Tot. Beinahe hätte ich es geglaubt.«

»Es war eine heftige Woche«, bestätigte Gottschlich und fragte, ob Helga komme.

»Natürlich. Sie liebt Backhendln.«

»Also zum Mittagessen.«

»Sie will mir beim Kochen helfen.«

»Vorsicht! Sie war nie eine gute Köchin«, warnte Gottschlich.

»Ich weiß. Sie wird überwacht.«

»Den Kartoffelsalat hat Helga gemacht«, verkündete Tante Anna am Sonntag.

»Fast. Ich habe die Kartoffeln geschält.«

»Und geschnitten und die heiße Suppe darübergegossen und die Marinade …«

»Schon gut, Anna«, sagte Helga. »Wurschtl weiß, dass ich das nicht kann.«

»Aber du hast den Willen und lernst dazu. Wir hatten einander so viel zu erzählen, dass wir beinahe auf die Zwiebel und den Knoblauch vergessen hätten.«

»Erdäpfelsalat ohne Knoblauch ist zu vergessen«, brummte Onkel Pepi und fügte hinzu: »Wir müssen uns nach dem Essen unterhalten, Wurschtl. Ich hab mir einiges überlegt.«

Wieder wunderte sich Gottschlich, warum Tante Anna Onkel Pepis Geisteszustand beklagte. Der Mann schien völlig in Ordnung zu sein.

»Machen wir, machen wir«, versicherte Gottschlich und sah, wie die Tante die panierten Hühnerteile in eine mit heißem Fett gefüllte Pfanne legte.

»Das Geheimnis meiner Backhendln«, erklärte sie

Helga, »liegt darin, dass ich fertig gebratene Hühner, natürlich kalt, paniere und sie dann herausbacke. Die Hendlwirte machen das auch so mit übrig gebliebenen Brathühnern.«

Als sich Helga und Gottschlich an den Küchentisch setzen wollten, bat sie die Anna-Tant in das gute Zimmer, das Wohnzimmer mit dem festlich gedeckten Tisch.

»Wir feiern heute Wurschtls Auferstehung«, scherzte die Tante und beauftragte ihren Mann, für Getränke zu sorgen.

»Man muss ihn ständig auf den Beinen halten«, erklärte sie, als Onkel Pepi im Keller verschwunden war. »Er versulzt sonst.«

Helga und Gottschlich lächelten einander zu, und Gottschlich überlegte, wie es wohl geworden wäre, hätten Helga und er damals geheiratet. Wäre auch er in Gefahr zu versulzen? Hätten sie Sonntagsbesuch von ihren Kindern? Würde er sich um die Getränke kümmern oder als moderner Mann den Braten zubereiten? Jedenfalls wäre er kein Detektiv, hätte beide Augen. Österreich wäre nicht in dem beklagenswerten Zustand, in den es die Politik gebracht hatte.

Gottschlich musste lachen. Das war zu optimistisch gedacht. Vielleicht wären Helga und er geschieden, nachdem sie ihn mit Holl betrogen hätte.

Er musste sie fragen, was es mit Heinz Albers Verdacht auf sich hatte, wusste aber noch nicht, wie er das formulieren sollte.

Kommt Zeit, kommt Rat, dachte er. Jetzt wollte er das Essen genießen.

»Ich hab etwas gefunden. Zur Feier des Tages«, verkündete Onkel Pepi. »Einen Staatsvertragswein.«

»Wer weiß, ob der noch gut ist«, zweifelte die Tante.

»Wir probieren es aus«, entgegnete der Onkel, öffnete die Flasche und kostete davon.

»Der ist durchaus trinkbar«, fand er und fügte ein weiteres »durchaus« hinzu. »Also, dann trinken war auf Wurschtls wunderbare Rettung und auf ihn und Helga«, stellte der Onkel fest. »Vielleicht wird doch noch etwas aus ihnen.«

Gottschlich sah, wie Helga errötete, und trank stumm vom kellerkalten Weißwein.

Die Tante trug die Teller mit den heißen Hendlstücken auf.

»Köstlich«, stellte Gottschlich nach dem ersten Bissen fest. »Saftig, knusprig.«

»Und erst Helgas Kartoffelsalat«, schwärmte die Tante, und Helga schmunzelte.

Sie wandte sich an Gottschlich mit den Worten: »Ich möchte auch mit dir reden. Pepi hat natürlich Vorrang.«

»Der schläft ohnehin nach dem Essen«, sagte die Tante.

»Ich doch nicht«, widersprach der Onkel.

»Wir werden sehen.«

Tatsächlich zog sich der Onkel auf seine Couch in der Küche zurück, während die Tante das Geschirr wusch.

Helga wollte ihr zwar helfen, doch die Tante wehrte ab. »Ihr könnt euch im guten Zimmer in Ruhe unterhalten.«

»Zunächst einmal«, sagte Helga, als sie allein waren, »bin ich glücklich, dass du lebst und unverletzt bist. Ich weiß von dem Überfall auf dich. Heinz hat gebeichtet.«

Gottschlich blickte Helga entgeistert an. »Das überrascht mich«, sagte er.

»Er versucht, unsere Beziehung zu retten«, erklärte Helga und schüttelte dabei den Kopf, als ob sie andeuten wollte, dass das nicht mehr möglich war.

»Er nimmt Kokain oder Pervitin«, stellte Gottschlich fest, und Helga schwieg. »Ich meine, das erklärt manches«, fügte er hinzu.

»Ob ich dich auch ruiniert hätte?«, fragte Helga.

»Das meinst du nicht ernst.«

»Doch. Ich habe Heinz nicht gutgetan. Er spürt, dass er nur Ersatz ist.«

»Für wen? Sag nicht für mich!«

»Für den Traum von einem glücklichen Leben«, sagte Helga.

Als er Tränen in ihren Augen sah, verzichtete er darauf, sie nach Holl zu fragen. Er wollte ihr nicht wehtun.

»Du hast es gut«, sagte sie dann.

Gottschlich schwieg weiter.

»Ich bin zu viele Kompromisse eingegangen«, fuhr Helga fort, »und habe damit mir und anderen geschadet. Aber das wird sich ändern«, zeigte sie sich entschlossen und ihre Augen funkelten.

»Du lässt dich scheiden?«, fragte Gottschlich.

»Nein«, antwortete Helga. »Du wirst schon sehen.«

»Ich weiß, dass ihr bei Holl wart. In seiner Villa«, sagte nun Gottschlich.

Helga nickte mehrere Male stumm, dann erwiderte sie: »Eine verwickelte Angelegenheit, die ich auch bereinigen muss.«

»Du meinst …«

»Meine Beziehung zu Holl und seiner Frau.«

»Wie hast du die beiden kennengelernt?«

»Bei einer Parteiveranstaltung.«

»Du bist eine Nationale?«, zeigte sich Gottschlich verwundert.

Helga bejahte. »Nazi war ich aber nie.«

»Ich weiß«, sagte Gottschlich. »Aber …«, überlegte er dann, »die Holls werden doch nicht alle, die eine Parteiveranstaltung besuchen, einladen.«

»Wird das ein Verhör?«, zeigte sich Helga irritiert.

»Wenn du nicht darüber reden willst, lassen wir es«, brummte Gottschlich.

»Dir passt es nicht, dass ich eine andere politische Meinung habe als du«, ließ Helga nicht locker.

»Ich mag die Nationalen nicht. Natürlich haben sie ihren Ursprung bei den Nazis, und jetzt geht es ihnen um Macht, um die Vernichtung der Gegner und die Verbreitung ihrer unseligen Ideen auch auf Deutschland. Sie sind wie ein Krebs, der gesundes Gewebe vernichtet und …«

»Du klingst wie der ›Stürmer‹.«

»Das antisemitische Kampfblatt.«

»Ja. So klingst du. Auch die anderen Parteien haben nicht unbedingt gute Wurzeln. Die Sozialisten kommen von den Kommunisten. Und schau nur, wie es den Menschen in der UdSSR geht! Von den Konservativen ganz zu schweigen, die mit dem Austrofaschismus den Weg zu Hitler geebnet haben.«

»Alles klar. Ich kenne jetzt deine politische Anschauung …«

»Nichts kennst du, gar nichts«, schimpfte Helga.

»Ich bin aber kein Parteiführer und kein konservativer Journalist mehr, sondern Detektiv, der in einer Mordsache ermittelt, im Mord an Friedhelm Fernbacher, dem ehemaligen Direktor der Landwirtschaftsbank, die man liquidiert hat, um …«

»Um den Konservativen die Finanzquelle zu nehmen. Ich weiß«, konterte Helga lautstark.

»Er wusste zu viel, also wurde er ermordet.«

»Worauf willst du hinaus? Bin ich etwa schuld daran?«

»Und dann hat man mit Angriffen auf mich begonnen, weil ich in dem Fall ermittle. Warnungen und der Überfall, an dem dein Mann beteiligt war.«

»Er wird es büßen.«

»Und du …«

»Ich stehe an deiner Seite, Wurschtl. Nicht politisch, aber als Freundin«, versicherte Helga mit noch immer gehobener Stimme.

Gottschlich überlegte, ob er Helga jetzt auf ihr Verhältnis zu Guido Holl ansprechen sollte, entschied sich wieder dagegen und senkte den Blick.

»Was ist los?«, wandte sich Helga nun in sanfterem Ton an ihn. »Sag es! Wenn wir nicht ehrlich zueinander sind, wer sollte es sonst sein?«

»Ich bin überzeugt, dass du mich nicht anlügst, dass du aber Wichtiges verschweigst.«

»Genau den Eindruck habe ich von dir. Ich weiß aber nicht, was du wissen willst. Du musst fragen.«

»Ich habe schon gefragt, warum du in Holls Haus warst.«

»Und ich habe geantwortet. Nur passt dir diese Antwort aus irgendeinem Grund nicht.«

»Lassen wir es!«

»Wie du meinst. Also frage ich dich: Vertraust du mir nicht? Du trägst eine Waffe. Ich sehe das. Du kommst bewaffnet zum Treffen mit deinen Verwandten und mir.«

»Das hast du richtig beobachtet«, stellte Gottschlich fest, zog die Pistole aus dem Schulterhalfter und legte sie auf den Tisch. »So, jetzt bin ich unbewaffnet.«

»Und du vertraust mir?«

Gottschlich nickte.

»Und jetzt spuckst du aus, was dich bewegt.«

»Es geht mich nichts an. Ich habe kein Recht, dir etwas vorzuschreiben oder dich zu kritisieren.«

»Raus damit!«, zeigte sich Helga unerbittlich.

»Ich habe gehört, dass du ein Verhältnis mit Guido Holl hast.«

»Oh.«

»Und?«, fragte Gottschlich und lächelte.

»Das ist eine lange und komplizierte Geschichte.«

»Okay. Ich will nicht …«

»Pst. Ich erzähle sie dir. Aber dräng mich nicht! Sie fängt dort an, wo wir – ich meine Guido und mich – den Fehler unseres Lebens machten. Wir haben die falschen Menschen geheiratet. Das haben wir gemeinsam. Das hat uns zusammengeführt. Ich weiß mittlerweile, dass uns das nicht weiterhilft, dass man, um Lösungen zu finden, klarer denken und handeln muss, dass das Kuscheln im Unglück nichts verändert.«

»Schöne Worte.«

»Mehr als das. Der Beginn eines Wandels. Du wirst sehen. Heute Abend wirst du mich entweder wieder lieben oder verdammen«, sagte Helga mit ernster Stimme.

»Oh, da bin ich aber gespannt.«

»Kannst du auch sein.«

»Und das mit der Liebe«, sagte Gottschlich und griff nach Helgas rechter Hand, »du bist und bleibst die wichtigste Frau in meinem Leben.«

»Ich hab dich gern, Hans«, sagte Helga und drückte seine Hand. »Und jetzt muss ich gehen.«

»Und was hat sie gesprochen?«, zeigte sich Tante Anna neugierig.

»Es war eine intensive Unterhaltung«, erklärte Gottschlich.

»Und die soll euer Geheimnis bleiben«, kam ihm Onkel Pepi zu Hilfe.

»Misch dich nicht ein, Pepp!«

»Pepp?«, fragte der Onkel misstrauisch. »So wie in alter Pepp?«

»Genauso. Lass dich von ihm nicht beeinflussen!«, wandte sich die Tante erneut an Gottschlich.

»Was willst du wissen?«, fragte dieser.

»Ich will hören, dass Helga dieses Scheusal von Mann verlässt und dass ihr endlich ein Paar werdet.«

»Mein Gott, die Weiber!«, seufzte Onkel Pepi. »Darauf trinken wir ein Verdauungsschnapserl.«

»Ich nicht mehr«, wehrte Gottschlich ab. »Ich werde dann fahren.«

»Lass dir Zeit! Du versäumst nichts«, forderte ihn die Tante zum Verbleib auf. »Außerdem wolltest du Pepi um Rat fragen.«

»Das hat sich erledigt«, sagte Gottschlich.

»Oh, das Gespräch mit Helga«, folgerte die Tante.

»Und du hast wieder Material?«, fragte der Onkel.

»Einen Augenblick«, entschuldigte sich Gottschlich, dem eingefallen war, dass er seine Sauer 38H auf dem Esstisch im »guten Zimmer« deponiert hatte.

Als er den Raum betrat, in dem noch Helgas Zitronenduft zu spüren war, erschrak er. Der Tisch war leer, seine Waffe verschwunden. Helga musste sie an sich genommen haben.

Gottschlich wusste, dass nun keine Zeit zu verlieren war. Sie plante etwas, das ihr und anderen schaden konnte.

Er lief zurück in die Küche und bat seinen Onkel um dessen Waffe.

»Was ist los? Du bist völlig außer dir?«, fragte die Tante besorgt.

»Helga hat meine Sauer genommen«, antwortete er knapp, während der Onkel hilflos an der Tür zum Flur stand.

»Ich habe keine Munition mehr«, stammelte der alte Mann. »Ich dachte, ich brauche sie nicht mehr.«

»Dann muss ich es ohne Waffe machen«, rief Gottschlich und stürmte aus dem Haus auf seinen Wagen zu, als ihm einfiel, dass er nicht mit Sicherheit wusste, wo Helga jetzt daheim war.

War es das Haus, das sie in der Kindheit bewohnt hatte, das Haus an der Schwechat, dem nach faulen Eiern stinkenden Bach, der seinen Geruch von den Schwefelquellen um Baden hatte?

»Wo wohnt Helga?«, fragte er.

»Ich komm mit«, rief der Onkel und schlüpfte in den Mantel.

»Mein Gott! Passt auf euch auf!«, rief die Tante, hielt aber ihren Mann nicht zurück.

»Sie ist zu Fuß unterwegs«, erklärte Gottschlich. »Wenn wir uns beeilen …«

»Fahr los!«, rief der Onkel, der sich auf den Beifahrersitz zwängte.

Trotz des Ernstes der Situation gefiel es Gottschlich, mit dem Onkel gemeinsam im Einsatz zu sein. Aber er musste auf ihn aufpassen, durfte ihn nicht gefährden. Schon der Tante wegen.

Onkel Pepi gab ihm die Anweisungen, und tatsächlich führte ihr Weg Richtung Schwechat-Bach.

»Sie wohnen gleich neben Helgas Elternhaus«, erklärte der Onkel.

Mit einem Ruck hielt Gottschlich vor dem Neubau, einem Bungalow, der nicht in die Gegend passte.

»Du bleibst hier«, rief Gottschlich dem Onkel zu, der schon die Beifahrertür geöffnet hatte.

»Einen Teufel werde ich«, brummte Pepi Gottschlich.

»Vielleicht brauchst du einen Zeugen.« Dann entnahm er seinem Mantel zwei silbrig glänzende Gegenstände. »Pfeffersackerln«, erklärte er. »Eine Waffe zur Not. Ins Gesicht streuen und …«

»Alles klar«, rief Gottschlich und griff danach.

»Du musst es aufreißen.«

»Wir haben nicht so viel Zeit …«

»Dafür musst du dir Zeit nehmen«, widersprach der Onkel und wollte die Eingangstür öffnen.

»Ich zuerst«, rief Gottschlich und fand die Tür unversperrt.

Der Flur des Hauses roch nach frischer Farbe, angenehme Wärme empfing die beiden Männer.

Es war still im Haus. Zu still, fand Gottschlich und er überlegte den nächsten Schritt, dem jedoch der Onkel zuvorkam.

Pepi öffnete eine Tür und sagte mit völlig ruhiger Stimme: »Ah, da bist du, Helga.« Gottschlich wollte sich an ihm vorbeidrängen, doch der Onkel leistete Widerstand. »Lass dir Zeit, Wurschtl! Helga ist keine Mörderin.«

»Sie bedroht mich, sie will mich erschießen. Sie ist völlig wahnsinnig«, erklang Heinz Albers Stimme, die sich vor Aufregung überschlug.

»Helga ist nicht wahnsinnig«, widersprach Onkel Pepi. »Aber sie hat offenbar einen triftigen Grund, mit dir abzurechnen.«

»Den habe ich sehr wohl«, hörte nun Gottschlich auch Helgas Stimme. »Er ist ein so furchtbar schlechter Mensch, dass ich … dass ich …«

»Darüber reden wir«, unterbrach sie der Onkel. »Gib bitte Wurschtl die Pistole zurück! Du willst doch nicht ihn in Verdacht bringen, einen Mord begangen zu haben.«

»Natürlich nicht«, sagte Helga und senkte den Lauf der Waffe, den sie auf ihren Mann gerichtet hatte, der zusammengekauert auf dem glänzenden Parkettboden saß.

»Gib mir die Waffe!«, wandte sich nun auch Gottschlich an Helga.

»Du musst ihn aber in Schach halten«, sagte diese. »Er ist gefährlich.«

Dann reichte sie ihm die Pistole, und Gottschlich sah, dass sie vor Anspannung bebte.

Gottschlich bedankte sich und legte die Pistole auf den mit einem blumenbestickten Tuch bedeckten Tisch. »Steh auf, Heinz!«, sagte er dann. »Wir wollen uns in Ruhe unterhalten.«

»Ich will keine einzige seiner Lügen mehr hören. Schafft ihn fort! Ich hab genug. Absolut genug«, schrie Helga und ihr Zittern verstärkte sich.

»Willst du ein Glas Wasser?«, wandte sich Gottschlich an sie.

»Nein«, schrie diese und wiederholte in gemäßigterem Ton: »Nein, danke.«

»Wir setzen uns jetzt nieder und reden«, sagte Onkel Pepi und machte den Anfang, indem er sich auf einen der gepolsterten Sessel am Couchtisch setzte. »Los, Helga, fang an!«

»Er hat den Tod verdient. Der Mann kann nicht weiterleben.«

»Du willst nicht mit ihm weiterleben«, korrigierte sie Onkel Pepi.

»Das auch«, erwiderte Helga.

»Und aus welchem Grund fällt dir das gerade heute ein, nachdem du einen so köstlichen Kartoffelsalat gemacht hast?«, fragte Pepi in freundlichem, beinahe liebevollem Ton, der Helga Tränen in die Augen trieb.

»Ich habe mein Leben verpfuscht, und er ist schuld daran.«

»Darf ich auch etwas dazu sagen?«, fragte Heinz Alber, der nun kerzengerade auf der Couch saß.

»Nein«, schrie Helga. »Du hältst dein verdammtes Lügenmaul!«

»Das ist aber …« Alber konnte den Satz nicht zu Ende sprechen, denn Helga war aufgesprungen und versetzte ihm mit ihrer rechten Handfläche einen derart heftigen Schlag ins Gesicht, dass der Mann von der Couch rutschte.

»Vielleicht lässt sich noch etwas geraderücken«, versuchte Pepi Gottschlich, Helga zu besänftigen.

»Daran habt ihr mich gehindert«, sagte Helga und versetzte nun Gottschlich einen Stoß mit der Faust ihrer rechten Hand.

»Erzähl, Helga!«, zeigte sich dieser ungerührt.

»Ich hab die Aufzeichnungen gelesen, die er im Tresor aufbewahrt.«

»Im Tresor ist nichts. Er ist leer«, protestierte Heinz Alber schwach.

»Ja, weil du ihn ausgeräumt hast, nachdem ich dich darauf angesprochen habe«, konterte Helga. »Aber ich bin nicht so dumm, wie du glaubst. Ich habe das Material fotografiert.«

»Das behauptest du nur.«

Nun erhob sich Helga, verließ den Raum und kehrte wieder mit einer schwarzen Lederhandtasche, der sie ein dickes Kuvert mit Fotos entnahm, die sie triumphierend hochhielt. »Die Dokumente eines Verbrechers, mit dem ich große Teile meines Lebens verbracht habe. Dessen Leben aus Lüge und Verrat und Mord besteht.«

»Ich habe niemanden ermordet«, protestierte Heinz Alber. »So? Und was ist mit Friedhelm Fernbacher?«

»Ich habe ihn nicht getötet.«

»Aber du warst dabei, als das andere gemacht haben. Wie du dabei warst, als man auf Hans losging. Und was das Schrecklichste ist, das du mir angetan hast …«

»Ich weiß. Du musst es nicht sagen«, versuchte Heinz Alber seine Frau zu stoppen.

»Oh, heute bleibt nichts ungesagt. Heinz hat ein Tagebuch geführt, mit den Höhepunkten seines Lebens, zu denen auch ich gezählt habe …«

»Ich liebe dich, Helga, vom ganzen Herzen.«

»Ich kann das nicht mehr hören. Du liebst höchstens dich selbst, und auch daran zweifle ich. Du hättest sonst nicht aus deinem Leben dieses klägliche Dasein gemacht.«

»Es tut mir leid.«

»Vergiss es!«, zischte Helga und reichte Gottschlich ein Foto. »Die Tagebucheintragung vom 26. Juni 1946. Er hat erfahren, dass du noch lebst, Wurschtl, und fälscht deine Sterbenachricht.«

Gottschlich hielt den Atem an, als er auf das Foto mit der Handschrift von Heinz Alber sah. Das war nicht auszuhalten! Der Punkt, an dem sich sein Leben verdunkelt hatte, an dem er überflüssig geworden war.

»Willst du gehen, Wurschtl?«, fragte Onkel Pepi, der seinen Neffen beobachtet hatte.

Gottschlich schüttelte stumm den Kopf und fragte Helga, ob sie auch Beweise für den Mordanschlag auf Fernbacher habe.

»Alles vorhanden«, rief Helga und überreichte Gottschlich die Fotos.

»Aber du schadest auch Holl«, rief Heinz Alber.

»Guido Holl hat mit alldem nichts zu tun«, verteidigte Helga ihren Freund.

»Das seh ich aber anders«, widersprach Heinz Alber.

»Dein Problem«, lautete Helgas knappe Antwort. »Das wird alles der Prozess klären, in dem du dich verantworten musst.«

»Du glaubst doch wohl selbst nicht, dass sie einen Prozess zulassen. Das wäre das Ende der Nationalen.«

»Jener Nationalen, die Dreck am Stecken haben.«

»Nein, du siehst das zu naiv, Helga«, versuchte Alber seine Frau zu überzeugen. »Sie wissen natürlich alle davon. Einige sind direkt involviert, andere …«

»Das interessiert mich nicht.«

»Es ist mein Ende. Sie werden mich töten, bevor ich vor Gericht aussage.«

»Ich bin auch noch da. Ich habe weitere Abzüge dieser Fotos an einem sicheren Ort verwahrt«, wandte Helga ein.

»Sie werden auch vor dir nicht haltmachen. Diese Leute sind gefährlich. Sie spielen nicht mit dir, sie handeln. Ja, glaubst du, dass ich all das freiwillig gemacht habe …«

»Interessiert mich nicht. Jetzt ist es vorbei. Ich gehe an die Öffentlichkeit.«

»Wenn das so ist«, schrie Heinz Alber, stürzte sich auf den Tisch, auf dem Gottschlichs Waffe lag, riss sie an sich und richtete den Lauf der Sauer auf Helga.

»Lass Helga in Ruhe!«, schrie Gottschlich und sprang vor diese.

Alber ließ die Waffe sinken, hielt sie dann jedoch blitzschnell gegen seine rechte Schläfe und drückte ab.

Helga schrie gellend auf, sodass Gottschlich einen Augenblick befürchtete, sie sei getroffen worden.

Doch es war eindeutig Heinz Alber, der reglos auf dem Boden lag, dessen Blut auf den Teppich sickerte.

Pepi Gottschlich fühlte den Puls an der Halsschlagader und schüttelte den Kopf.

»Er stirbt gerade«, sagte er, dann wandte er sich an seinen Neffen und an Helga: »Ihr geht jetzt in einen anderen Raum und redet miteinander. Ich verständige die Kollegen von der Polizei. Die Situation ist klar. Ich bin Zeuge.«

»Ich hätte es nicht tun können«, sagte Helga in der Küche. »Sosehr ich ihn gehasst habe. Das hat er nicht verdient.«

»Nein, das hat Heinz nicht verdient«, bestätigte Gottschlich.

»Ich wollte ihn wirklich töten. Aber ich hätte es nicht tun können«, wiederholte Helga und fragte dann Gottschlich, warum er nicht mit ihr schimpfe.

»Warum sollte ich schimpfen?«

»Weil ich deinen Revolver genommen habe.«

»Die Pistole«, verbesserte sie Gottschlich.

»Sonst hast du nichts zu sagen?«

»Nein.«

»Und du wirst die Fotos verwenden, die ich dir gegeben habe?«

»Ja, das habe ich vor. Von München aus. In Österreich hat das keinen Sinn.«

Helga nickte und machte ihm dann einen Vorschlag: »Ich vermittle dir ein Gespräch mit Guido. Warte noch, bis du mit ihm gesprochen hast! Er ist wirklich kein schlechter Mensch und er kennt die Antworten auf viele Fragen.«

»Dir ist aber klar, dass das ein enormes Risiko für mich darstellt.«

»Ich locke dich in keine Falle«, versicherte Helga.

»Davon bin ich überzeugt.«

»Machst du es?«

Gottschlich nickte.

Der Kopfschmerz war wiedergekehrt, am Abend, als Gottschlich vor seinem Fernseher saß. Verdammt! Es war zu viel passiert an diesem Sonntag. Zu viel, das nicht in seinen Kopf wollte. Alber hatte gewusst, dass er am Leben war, als er um Helga warb. Alber, der nun tot war.

So absurd es ihm vorkam, sosehr er sich darüber wunderte. Er trauerte um Heinz Alber.

Er konnte ihn verstehen. Und als er so auf dem Boden gelegen war, hatte sein Gesicht das Rattenartige verloren.

Heinz Alber war ein Mensch gewesen. Am Anfang Freund, dann Rivale, zuletzt Opfer. Einer von vielen, die sich durch dieses schwierige Leben kämpfen mussten.

Gottschlich schaltete den Fernseher aus und blieb im Dunkeln sitzen. Dabei faltete er unwillkürlich die Hände und dachte einen kurzen Augenblick daran, beten zu wollen. Für den verstorbenen Mann Helgas, für Helga und für sich selbst. Da ihm aber nicht einmal der vollständige Text des Vaterunsers einfiel, verzichtete er darauf.

Er erhob sich von der Couch und machte Licht, dann lüftete er zum Hof hinaus und rieb die linke Augenhöhle, die brannte wie kurz nach der Notoperation im Feldlazarett.

Er musste die Wunde kontrollieren und vielleicht das Glasauge austauschen lassen.

Der Blick auf die Wanduhr zeigte ihm, dass es fast neun war. Und um neun wollte Helga anrufen. Wegen des Gesprächs mit Holl. Obwohl … Nein, eigentlich wollte er nicht mit dem Mann reden, mit dem sie fremdgegangen war. Mit dem sie Heinz Alber, aber auch irgendwie ihn betrogen hatte.

Das Telefon läutete pünktlich um neun.

Was Helga ihm mitteilte, verwirrte ihn so sehr, dass ihm für einen langen Moment die Worte fehlten.

KAPITEL 12

»Du meinst das aber nicht ernst?«, fragte Gottschlich schließlich.

»Es ist die einzige Möglichkeit, wie du an ihn herankommen kannst«, erwiderte Helga.

Gottschlich, der den Hörer in der Linken hielt, ballte die Finger seiner rechten Hand zur Faust, die er gegen die Kante des Brettes drückte, auf dem das Telefon stand. So fest, dass es schmerzte.

Was war los mit Helga? Nahm sie auch irgendein Mittel? Ihr Verhalten am Nachmittag hatte an Verrücktheit gegrenzt. Und nun das! Was für ein Vorschlag!

»Ich muss darüber nachdenken«, wollte er sie vertrösten.

»Und ich muss ihm Bescheid geben. Das ist eine so große Chance, dass du nicht einen Moment zögern solltest.«

»Ich melde mich um zehn.«

»Halb zehn.«

»Zehn«, beharrte Gottschlich und legte auf, dann ging er zu seinem Plattenspieler und überlegte, welche Musik ihm helfen könnte, klare Gedanken zu fassen.

Er entschied sich für Beethovens Klavierkonzert Nr. 3, gespielt von Glenn Gould. Gould, der in der Lage war, die Struktur eines Musikstücks mit dem Skalpell eines Chirurgen freizulegen, den Kern zu erkennen und dabei … Und dabei die wahre Schönheit zu enthüllen, wie Gottschlich fand.

Gottschlich vertiefte sich in das Spiel des Pianisten und des Orchesters und wusste, was ihm schon vorher klar gewesen war: Er würde seine Seele nicht verkaufen. Weder für ein berufliches Ziel noch für Helga.

Helga, die ihm ein privates Treffen mit Guido Holl vorgeschlagen hatte, bei dem … bei dem sie zu dritt ins Bett gehen sollten.

»Er wünscht sich das schon lange. Die Solidarität eines anderen Mannes«, hatte Helga erklärt. »Du müsstest eine Maske tragen. Er will nicht wissen, wer du bist. Und dann könntest du ihn alles fragen, was für dich wichtig ist. So nahe kommst du ihm nie wieder.«

Gottschlich schüttelte es vor Abscheu. Nicht, weil er mit einem anderen Mann ein Bett teilen sollte. Das gehörte zwar nicht zu seinen Lieblingsvorstellungen, aber völlig fremd war ihm der Gedanke nicht. Er hatte so etwas in Träumen erlebt, die er, nachdem er aufgewacht war, als verstörend empfunden hatte.

Und verstörend war nun die Zumutung, mit einem ihm fremden Mann die Frau zu teilen, die das Licht in seinem bisherigen Leben gewesen war. Buchstäblich Licht und Sauerstoff. Ja. Auch wenn das kitschig klingen mochte. Aussprechen konnte er es nicht. Nur denken.

Nein. Er würde sich das nicht antun.

Und Helga?

Sie verhielt sich so anders, als er sie in Erinnerung hatte. Sie war ihm fremd geworden.

Also zwei Fremde. Holl und Helga.

Kein Grund zur Aufregung. Er war für sich selbst verantwortlich, konnte Ja und Nein sagen. Und in diesem Fall würde er Nein sagen.

Aber damit bis um zehn warten.

Um zehn rief er Helga an, doch ihr Telefon war besetzt.

Auch in Ordnung. Dann ließ er es eben!

Das Brennen in der linken Augenhöhle hatte nachgelassen, ganz ohne Schmerzmittel. Die Sucht war überwunden.

Eine Weile danach läutete das Telefon. Helga fragte ihn, ob er sie angerufen habe. Gottschlich bestätigte das.

»Ich habe mit Guido gesprochen, ihn gefragt, ob er zu einem Treffen mit dir bereit wäre. Einem neutralen Treffen. Das würde dir doch helfen?«

»Ja, das würde mir helfen.«

»Er ist bereit, dich zu sehen. Morgen um elf bei mir. Mir zuliebe, hat er gesagt. Ob er dir etwas verrät, kann ich nicht sagen. Das müsstest du darauf ankommen lassen.«

»Ohne zu große Nähe. Das ist meine Bedingung.«

»Vergessen wir das!«

Gottschlich war an diesem Morgen früh aufgestanden. Er fotografierte das brisante Material, das Helga ihm anvertraut hatte, und deponierte den Film im Tresor. Die Originale würde er am Vormittag zu dem jungen Anwalt in der Argentinierstraße bringen.

Während Gottschlich gegen acht beim Frühstück saß, erreichte ihn ein Telefonanruf von Helga Hartmann, die ihn zu einem Mittagessen einlud.

»Das Lokal kannst du dir aussuchen.«

Gottschlich bat sie, den Termin auf Mitte der Woche zu verschieben. »Der Fall ist in der heißen Phase«, erklärte er.

Auch den Sekretär des Bischofs, der ihn als Nächstes anrief, wollte er vertrösten, doch dieser verband ihn direkt mit dem Kardinal.

»Es ist dringend. Sehr dringend«, sagte dieser.

»Ja, 21 Uhr. Früher geht es nicht«, entschied Gottschlich. »Die Lösung des Falls geht voran.«

»Umso wichtiger, dass wir uns unterhalten. Kommen Sie in den Klub!«

Nach kurzem Halt in der Argentinierstraße fuhr Gottschlich weiter über die Triester Straße, bis er gegen halb elf in Gumpoldskirchen ankam.

Da die Sonne schien, hielt er an den Weingärten Richtung Thallern und ging ein Stück weit, um den schönen Tag wenigstens kurz zu würdigen. Der Rest würde aus Arbeit bestehen, die hoffentlich nicht allzu unangenehm würde.

Bevor er wieder in seinen Fiat einstieg, versicherte er sich des Sitzes seiner Sauer 38H, dann überquerte er die Bahn und hielt pünktlich um 11 Uhr vor Helgas Haus, vor dem ein schwarzer Mercedes W 108 stand, mit Wiener Kennzeichen. Offenbar Holls Wagen.

Helga, die auf sein Läuten hin öffnete, wirkte sehr

ernst. Sie trug Make-up, das die dunklen Ringe unter ihren Augen nicht völlig verdeckte. Ihre rechte Hand, die sie ihm zum Gruß entgegenstreckte, war kalt.

Sie führte Gottschlich in die Küche.

»Im Wohnzimmer ist noch alles feucht vom Putzen«, erklärte sie, dann fügte sie hinzu: »Guido ist im Arbeitszimmer am Telefon. Er kommt gleich.«

Als Gottschlich die Küche betrat, war er erleichtert. Helga kochte nichts, der Herd war leer. Also blieb ihm das wenigstens erspart.

»Ich kann aus deinen Blicken lesen, Wurschtl«, sagte sie lächelnd. »Ich weiß, was du denkst.«

»So, was denke ich denn?«

»Du dankst Gott, dass ich nicht gekocht habe.«

»Bis zu Gott habe ich mich nicht verstiegen.«

»Wir fahren nach Thallern, sobald wir so weit sind. Vorher gibt es Kaffee und Kuchen. Aus der Bäckerei.«

»Hat sonst Heinz gekocht?«

»Auch«, erwiderte Helga. »Und ich. Wir waren nicht sehr anspruchsvoll, was Speisen betrifft. Und so schlecht koche ich auch wieder nicht.«

»Und wenn wir es auf einen Versuch ankommen lassen? Das könnten wir zu dritt erledigen.«

»Was?«

»Das Kochen. Du wirst ja etwas im Kühlschrank haben.«

»Speck ist noch da und Wurst.«

»Dann machen wir Fleckerlspeise. Oder wenn du noch altes Weißbrot hast, könnten wir Tiroler Knödel kochen.«

»Ich weiß nicht, ob Guido das will.«

»Ich werde ihn fragen.«

Guido Holl war einverstanden. Er war sogar froh, nicht nach Thallern fahren zu müssen.

»Ich möchte Aufsehen vermeiden, wie es mit meinem Auftritt unweigerlich verbunden ist«, sagte der gestresst wirkende Mann, der einen dunklen Anzug, weißes Hemd und dunkelblaue Krawatte trug. »Ich bin noch zu keinem Entschluss gekommen, was ein Gespräch zwischen uns betrifft«, sagte er und wollte zu einer Zigarette greifen.

»In meinem Haus wird nicht geraucht. Du weißt das«, protestierte Helga, und Holl entschuldigte sich.

»Wir sollten Schürzen tragen«, schlug Gottschlich vor, doch Holl sträubte sich.

»Sie wollen einen Narren aus mir machen, Gottschlich«, sagte er und brummte etwas von »Hätte mich nie darauf einlassen sollen«.

»Mein Gott«, sagte Gottschlich. »Sie sind ein freier Mann. Sie können tun und lassen, was Sie wollen.«

»Ich hole Wein aus dem Keller«, erklärte Helga und verließ die Küche.

»Sie schauen mir verdammt ähnlich«, sagte Holl, und Gottschlich blickte überrascht auf.

Er hatte sein Gegenüber, das er bisher von Fotos und vom Fernsehen her gekannt hatte, noch nicht genau betrachtet, von der Kleidung abgesehen.

Tatsächlich. Dr. Guido Holl war schlank wie er, er hatte dunkles, gescheiteltes Haar, auffallend blaue Augen.

Nun, das unterschied ihn von Gottschlich, der nur ein blaues Auge aufweisen konnte. Auch Holls Mund war anders. Schmale, kaum vorhandene Lippen. Und der Schmiss an der rechten Wange, der ihn als schlagenden Burschenschafter auswies. Aber sonst … Helga hatte sich tatsächlich ein Ebenbild von Gottschlich ausgesucht.

»Ja, irgendwie …«, stimmte ihm Gottschlich zu.

»Wobei ich natürlich schöner bin«, versuchte sich der Mann in Humor.

»Ohne Zweifel«, ging Gottschlich darauf ein.

»Was soll ich tun?«, fragte nun der Kanzler. »Ich meine, was kann ich zum Kochen beitragen?«

»Wir müssen uns entscheiden, ob wir Tiroler Knödel oder Fleckerlspeise machen.«

»Die Knödel wären mir lieber. Also, dazu benötigen wir Weißbrot, Eier, Speck und Wurst und …«

»Ah ja, Sie kennen sich aus.«

»Von der Junggesellenzeit. Da musste ich mich selbst versorgen.«

»Und Sie wollen nicht doch eine Schürze umbinden?«, fragte Gottschlich, während er seine Kleidung mit einer von Helgas Schürzen schützte.

»Ich bin ein sauberer Arbeiter«, meinte Holl und begann, eine Zwiebel zu schälen.

»Gut. Was brauchen wir noch?«

»Knödelbrot, Milch, Eier, Wurst, Speck, Petersilie …«

»Sie kochen selbst?«, erkundigte sich der Bundeskanzler.

»Meist«, bestätigte Gottschlich.

»Na, dann los! Knoblauch wäre auch nicht schlecht. Und Muskatnuss.«

»Das passt gut. Ich habe einen köstlichen Muskateller gefunden«, sagte Helga von der Tür her. »Ich stelle ihn vor's Fenster. Da bleibt er kalt. Kann ich mich sonstwie nützlich machen?«

»Salat wäre fein.«

»Ich schau zur Kemetmüller. Die müsste etwas haben«, sagte Helga und entwischte erneut.

»Sie will uns eine Chance geben, einander kennenzulernen«, meinte Holl und schmunzelte.

»Sie lieben sie?«, fragte Gottschlich.

»Wenn das keinen Kampf zwischen uns auslöst: Ja. Ich liebe Helga.«

»Und?«

»Ich lasse mich scheiden und heirate sie.«

»Eine klare Entscheidung.«

»Zu der Sie welche Meinung haben?«

»Das ist mir noch nicht klar. Dazu kenne ich Sie zu wenig.«

»Und ich kenne Sie zu wenig, Ihnen alle meine Pläne zu verraten.«

»Das kann ich verstehen.«

»Ich habe von Ihnen erst in den letzten Tagen erfahren. Es ist nicht so, als ob ich …«

»Schon gut, Holl. Ich empfinde Sie nicht als Nebenbuhler. Helga wird wohl immer meine Freundin bleiben. Die Zeit der Liebe ist vorbei.«

»Das klingt traurig.«

»Ist es auch. Wir haben uns beide verändert. Helga ist

ein anderer Mensch geworden. Ich wohl auch. Und ich bin keiner, der gegen Nebenbuhler kämpft. Das habe ich bei Heinz nicht gemacht, das werde ich bei Ihnen nicht tun.«

»Das habe ich mir anders vorgestellt.«

»Das Leben ist voller Überraschungen«, sagte Gottschlich, setzte einen Topf mit Wasser auf den Herd und meinte dann: »Wie lange die Knödel ziehen müssen, weiß ich allerdings nicht.«

»Eine Viertelstunde«, lautete die Antwort.

»Sie sind Experte.«

»Ich weiß es von den Semmelknödeln.«

»Jetzt haben Sie sich doch angepatzt«, stellte Gottschlich fest und zeigte auf Holls Hose.

»Nobody is perfect«, entgegnete Holl und rieb an dem Teigfleck.

Helga war inzwischen mit Endiviensalat zurückgekehrt. »Die Kemetmüller meint, dass er am besten mit Kartoffeln schmeckt.«

»Das dauert mir zu lang«, protestierte Holl. »Ich bin zu hungrig, jetzt noch Kartoffeln zu kochen.«

»Wir machen ihn mit Zwiebeln«, schlug Gottschlich vor.

Gegen eins saßen Helga und ihre zwei Männer am Küchentisch, prosteten einander zu, stießen auf die Zukunft an und lobten die Qualität des Weins, der Knödel und des Salats.

»Nach dem Essen«, kündigte Gottschlich an, »muss ich mit euch reden. Mir ist einiges nicht klar.«

»So, was denn?«, fragte Helga mit vollem Mund.
»Nach dem Essen. Wie gesagt.«
»Beim Abwaschen?«, fragte Holl.
»Das kann warten«, fand Helga.

»Ich verstehe vieles nicht«, sagte Gottschlich, nachdem sie den Küchentisch leer geräumt und mit einem feuchten Tuch gesäubert hatten.

»Sag, was dich bewegt!«, forderte ihn Helga auf.

»Du wolltest gestern dein Leben wegwerfen. Du wolltest Heinz erschießen und musstest damit rechnen, für lange Zeit im Gefängnis zu landen … und heute spielt ihr glückliche Familie mit bevorstehender Hochzeit. Ich meine dich und Holl.«

»Ja. Ich habe vergessen, dir zu danken. Dir und Pepi. Dass ihr mich davor bewahrt habt. Vermutlich hätte ich es ohnehin nicht getan, aber …«

»Holl will ja auch seine Frau nicht töten«, wandte Gottschlich ein. »Zumindest habe ich ihn so verstanden. Eine Scheidung genügt.«

»Wobei das bei Clara nicht einfach wird«, gestand Holl mit einem Blick auf Helga.

»Und ich habe nicht vor, mich einzumischen«, stellte Gottschlich fest. »Das ist einzig und allein eure Angelegenheit.«

»Du … du … du lässt mich allein?«, fragte Helga verwirrt.

»Ich weiß von Holl, dass er dich liebt, und nehme an, dass das auch für dich zutrifft.«

»Natürlich«, versicherte Helga. »Ich liebe Guido.

Aber mit dir ist es etwas anderes. Du bist immer schon Teil meines Lebens gewesen und ich habe dich schon einmal allein gelassen.«

»Wir können in Kontakt bleiben.«

»Das müssen wir. Mein Gott, Wurschtl. Es tut mir so leid.«

»Ich hab allerdings noch einige Fragen an Herrn Holl.«

»Könntet ihr nicht wenigstens per Du sein?«

»Das hängt für mich vom Gesprächsverlauf ab«, entschied Gottschlich.

»Und ich soll euch jetzt allein lassen?«, fragte Helga.

»Wir könnten ins Wohnzimmer gehen«, schlug Gottschlich vor.

»Nein, auf gar keinen Fall«, lehnte Holl ab. »Dort ist Alber gestorben. Das möchte ich nicht.«

»Ich hab in den Mansarden zu tun«, erklärte Helga und verließ die Küche.

»Ich war Journalist«, erklärte nun Gottschlich, »habe nach der Machtergreifung Ihrer Partei die Arbeit verloren und arbeite nun als Detektiv. Ich versuche, den Mordfall Fernbacher zu klären, den Mord an Friedhelm Fernbacher, dem Bruder Ihrer Frau. Dabei ist mir und anderen Schlimmes widerfahren. Ein junger Polizist wurde ermordet, ich …«

»Das tut mir sehr leid. Ich versuche auch daraus die nötigen Konsequenzen zu ziehen«, sagte Holl. »Allerdings kann ich nicht allzu viel verraten. Dazu kennen wir einander noch nicht gut genug.«

»Mir genügt die Beantwortung einiger Fragen.«

»Fragen Sie!«

»Wissen Sie vom Mordanschlag auf Friedhelm Fernbacher?«

»Ich habe Vermutungen, bin selbst aber nicht dafür verantwortlich.«

»War Heinz Alber Ihr Mordinstrument?«

»Er war Instrument jener in meiner Partei, die … die die eigentliche Macht haben. Ein Hampelmann für andere. Genauso wie ich.«

»Wollen Sie darüber reden?«

»Kann ich Ihnen vertrauen?«

»Nein. Mein Ziel ist es, die Morde zu klären und die Mörder zur Verantwortung zu ziehen.«

Holl nickte stumm und sagte dann: »Lassen Sie mich überlegen, Gottschlich! In diesem Punkt liegen wir nicht allzu weit auseinander. Was allerdings meine politischen Pläne betrifft, die Rettung meiner Partei, werde ich schweigen.«

»Es geht nicht nur um Ihre Partei. Es geht um Österreich.«

»So ist es. Und wenn ich jetzt erzähle, bitte ich Sie, mich nicht gleich zu unterbrechen. Ich will mich nicht aus der Verantwortung stehlen, wenn ich andere verantwortlich mache. Meine Schuld liegt darin, das mit mir und Österreich geschehen zu lassen.«

»Ich höre«, sagte Gottschlich, ohne sich wirklich etwas zu erwarten. Er traute dem Mann nicht, der das Land auf so negative Weise verändert hatte.

»Ich bin mit einer älteren Schwester aufgewachsen. Als Kind«, begann der Politiker.

»Das erklärt natürlich alles«, ätzte Gottschlich.

»Wenn Sie auf solche Bemerkungen verzichten könnten, wäre ich dankbar. Es soll keine Entschuldigung sein, sondern eine Erklärung.«

»Also. Was hat die ältere Schwester mit der jetzigen Situation zu tun?«

»Meine Abhängigkeit von meiner Frau. Ich hatte zwar eine Mutter und einen Vater, aber die waren nie zu Hause. Sie verdienten Geld, das sie für alles andere als für uns ausgaben.«

»Das heißt ...«

»Dass ich praktisch ohne Eltern groß wurde. Die ältere Schwester war meine eigentliche Mutter.«

»Sie haben aber studiert. Sie sind Doktor.«

»Ich bin nicht dumm, und Hermine hat mit mir gelernt.«

»Ihre Schwester.«

»Meine Schwester.«

»Und dann haben Sie Ihre Frau kennengelernt. Clara Fernbacher.«

»Über die Verbindung. Ich bin ...«

»Bei einer schlagenden Verbindung.«

»Bei der Wiener akademischen Burschenschaft ›Libertas‹. Dort fand ich zum ersten Mal in meinem Leben Freunde.«

»Und dort lernten Sie ...«

»Wenn Sie mich einfach erzählen lassen, geht es schneller. Dort lernte ich Gunter Fernbacher kennen, einen der Brüder meiner späteren Frau. Er studierte Germanistik. Er machte mich mit Clara bekannt, und ich war hingerissen, verlor fast den Verstand, weil sie so ...«

»Weil sie so wie Ihre Schwester war.«

»Das war mir damals nicht bewusst.«

»Von da an war also Ihr Lebensweg wieder in weiblicher Hand.«

»Ist es wirklich so schwer, den Mund zu halten, Gottschlich?«, fragte Holl und konnte sich eines Lächelns nicht erwehren.

»Ja«, gestand dieser. »Aber ich bemühe mich.«

»Gut. Ich versuche es aus Ihrem Blickpunkt. Wie würde ein Mann wie Herr Gottschlich Guido Holls Lebensweg sehen? Ein Schwächling, der ohne Frau nichts war. Und ohne deren Vater.«

»Ein alter Nazi.«

»Das also haben Sie auch herausgefunden. Ja, der Alte war die treibende Kraft hinter meiner politischen Karriere, bis er nicht mehr konnte.«

»Bis er dement wurde.«

»Bis seine Pläne immer wirrer wurden. Von ihm stammen die Blaupausen für unsere Partei.«

Gottschlich verstand das nicht und fragte nach.

»Bildlich gesprochen. Zyanotypie ist ein Verfahren zur Vervielfältigung von zum Beispiel Bauplänen. Damit kann man vom Original unzählige Kopien herstellen.«

»Wie in der Kopieranstalt Ihres Schwiegervaters.«

»So ist es. Er entwickelte die Pläne, die zu einer Veränderung Österreichs führten und die einen Umbruch in Deutschland herbeiführen sollen.«

»Blaupause für Deutschland.«

»So der Plan«, bestätigte Holl.

»Aber der Alte wurde verrückt.«

»Und Clara übernahm. Sie ist das große Problem.«

»Ich habe so etwas von einem Kollegen erfahren, der sich mit der Pflegerin Ihres Schwiegervaters unterhalten hat.«

»Borsika. Auch sie ein Opfer.«

»Wie meinen Sie das?«, zeigte sich Gottschlich überrascht.

»Borsika Virag lebt nicht mehr. In die Donau gegangen, lautet die offizielle Erklärung. Ertränkt, sage ich.«

»Und Sie meinen, dass Ihre Frau …«

»Der Auftrag muss von ihr gekommen sein. Die Ausführenden sind Staatspolizisten.«

»Gestapo im heutigen Österreich.«

Holl nickte.

»Und jetzt haben Sie in Helga einen weiteren Ersatz für die ältere Schwester gefunden, die Ihnen helfen soll, diesem Schlamassel zu entkommen. Die sogar bereit gewesen wäre, ihren Mann zu töten, um …«

»Hören Sie auf! Das wusste ich nicht. Ich hätte es sonst zu verhindern versucht.« Dann fügte Holl zögernd hinzu: »Ich danke Ihnen, dass Sie das für mich übernommen haben.«

»Das habe ich für Helga getan«, sagte Gottschlich und schaute durch das Küchenfenster in den Garten.

Dicker Nebel lagerte zwischen den kahlen Obstbäumen, am Fensterbrett tummelten sich Vögel. Helga hatte offenbar Futter bereitgestellt.

»Ich brauche Helga«, sagte Holl. »Ich kann diesen schweren Weg nicht allein gehen.«

»Und wie sieht er aus, dieser Weg?«

»Ich liefere mich Ihnen aus, wenn ich das verrate.«

»Wir könnten zusammenarbeiten«, schlug Gottschlich vor. »Mir geht es um die Aufklärung der Morde. Es darf nicht sein, dass Mörder und ihre Auftraggeber über dem Gesetz stehen.«

»Wenn wir zusammenarbeiten«, überlegte Holl, »müssten wir die Reihenfolge, den zeitlichen Ablauf, koordinieren.«

»Dazu müsste ich wissen, was Sie planen«, drängte Gottschlich.

»Ich muss das Land politisch auf den rechten Weg bringen und die radikale Truppe um meine Frau ausschalten.«

»Dabei würden Zeitungsberichte, die Morde betreffend, helfen.«

»Der ›Blick‹ würde das nicht drucken.«

»Friedhelm Fernbacher plante eine Veröffentlichung im Ausland.«

»Das wäre ein Weg. Aber erst, nachdem politisch die Weichen gestellt sind.«

»Und wie sieht diese Weichenstellung aus?«

»Wenn ich das jetzt preisgebe, könnte ich den Plan gefährden.«

In diesem Moment betrat Helga die Küche und wandte sich an Holl: »Sag es ihm! Du kannst Wurschtl vertrauen.«

»Du hast …«

»Ja, ich habe an der Tür gelauscht. Und ich glaube, dass uns Wurschtl helfen kann, diese Verbrecherbande um deine Frau zu besiegen.«

Helga blickte auf die Vögel am Küchenfenster, griff nach einem Sack mit Sonnenblumenkernen, öffnete das Fenster und bestreute das Fensterbrett. »Sie sind so hungrig«, erklärte sie.

Der Schwall frischer Luft tat Gottschlich gut. Jetzt erst bemerkte er, dass es viel zu heiß war in der Küche.

»Lass einen Augenblick offen!«, bat er Helga und atmete tief durch, dann wandte er sich an sie und Holl: »Und ihr glaubt, ihr schafft das, seid die großen Strategen, die eine mörderische Bande, die an der Macht festhalten will …«

»Sie ausbauen will«, unterbrach ihn Helga.

»Ihr glaubt also, politisch etwas gegen dieses Wolfsrudel ausrichten zu können.«

»Nicht allein, natürlich nicht«, sagte Helga. »Wir arbeiten mit Herbig zusammen. Doktor Raimund Herbig, den ehemaligen …«

»Ich kenne ihn, ich habe ihn getroffen.«

»Und mit Hanusch.«

»Dem Bundespräsidenten. Exakt mit ihm«, verkündete Holl mit leicht triumphierendem Ton in der Stimme. »Nach dem, was Clara ihm angetan hat, ist er zu allem bereit.«

»Sie hat den jungen Verteidigungsminister auf seine Frau angesetzt. Jetzt sitzt er allein in seiner Villa auf der Hohen Warte«, erklärte Helga.

»Auch davon habe ich gehört«, bestätigte Gottschlich und fragte, was der Präsident nun plane.

»Er wird die Bundesregierung entlassen. Das Recht dazu hat er laut Verfassung, und dann wird er ein Regierungsteam einsetzen, das ich ihm vorschlage. Dieses kann den Nationalrat auflösen und somit den Weg zu Neuwahlen ebnen.«

»Klingt kompliziert«, wandte Gottschlich ein.

»Ist aber machbar. Damit sind die derzeit handelnden Personen eine Zeit lang vom Fenster weg. Wenn nicht für immer.«

»Sie wollen also Ihre eigene politische Karriere opfern?«, zeigte sich Gottschlich überrascht.

»So geht es nicht weiter«, bestätigte Holl. »Und Ihre Enthüllungen würden das ungemein erleichtern. Die Frage ist nur, wann sie in die Öffentlichkeit gelangen sollten.« Bei diesen Worten blickte er hilfesuchend auf Helga.

Gottschlich überlegte kurz, ob er bei seinem Treffen mit dem Konservativen Klub zur Lösung des Problems beitragen könnte, entschied sich aber dagegen. Er wusste nicht, wem er vertrauen konnte, wer in Wirklichkeit die Interessen der Leute um Clara Holl und ihren verrückten Vater vertrat.

»Was ist? Was hat dir die Rede verschlagen?«, zeigte sich Helga ungeduldig.

»Ich denke nach«, brummte Gottschlich, dann raffte er sich zu einer Antwort auf: »Ich sehe die Gefahr des Scheiterns. Ihrer Frau, Holl, wird ja nicht entgangen sein, dass Sie eine Freundin haben und dass deren Mann gestern zu Tode gekommen ist. Auch unser Treffen hier wird nicht unbeobachtet geblieben sein. Ich denke daher, wir müssen Vorkehrungen treffen, uns absichern. Ich werde sofort Kontakt zu Ilse Günther vom ›Merkur‹ in München aufnehmen und sie darauf vorbereiten, dass ich ihr brisantes Material überbringe. Und dann fahr ich los. In sechs bis sieben Stunden kann ich in München sein.«

»Mir geht das zu schnell«, versuchte ihn Holl einzubremsen.

»Wieso erst in sechs bis sieben Stunden? Das geht doch schneller«, drängte hingegen Helga.

»Ich muss noch den Pass von der Wohnung holen und einige Unterlagen.«

»Dann fahr gleich los!«, zeigte sich Helga ungeduldig. »Die Sache muss ins Laufen kommen.«

»Ich glaube, dein Telefon läutet«, sagte Gottschlich, dem das auch zu schnell ging.

»Ich geh schon«, sagte Helga und lief auf den Flur, um kurz darauf wiederzukehren.

»Was ist los?«, fragte Holl, den Helgas ernste Miene beunruhigte. »Wieder ein Todesfall?«

»Ärger«, wandte sich Helga an Holl. »Deine Frau will dich sprechen.«

»Das warte ich noch ab«, entschied Gottschlich.

»Pass auf dich auf!«, bat ihn Helga, nachdem Holl die Küche verlassen hatte. »Du hättest mit dieser verdammten Sache nichts zu tun. Sie soll dir zumindest nicht schaden.«

»Ich habe beruflich damit zu tun«, widersprach Gottschlich. »Und jetzt auch privat.«

»Bist du mir böse?«

»Warum?«

»Weil ich wieder einen anderen habe.«

»Du liebst ihn, also bin ich dir nicht böse.«

»Ich liebe aber auch dich.«

»Wie hat die Anna-Tant immer gesagt: Im Leben kann man nicht alles haben.«

»Das hat sie nicht gesagt. Das hast du jetzt erfunden.«

»Sie hätte es sagen können.«

»Sie will noch einmal mit mir reden«, sagte Holl von der Tür her.

»Und was soll das Reden bringen?«, fragte Helga. »Willst du zu ihr zurück und dich der Mörderbande anschließen?«

»Natürlich nicht«, lautete Holls Antwort.

»Dann bleibst du hier.«

Jawoll, Frau General, dachte Gottschlich, verkniff sich ein Lächeln und erhob sich. »Auf das Gelingen des Vorhabens!«, sagte er noch, drückte Holl die Hand und küsste Helga auf die linke Wange.

Auf der Heimfahrt reflektierte er sein neues Wissen. Ja, es war an der Zeit, das Material zu veröffentlichen. Kopien der Unterlagen lagerten bei Pepi in Gumpoldskirchen und bei Wendler in der Argentinierstraße. Und bald auch beim »Münchner Merkur«.

Bei seiner Fahrt nach München musste er schlau vorgehen, damit man ihn nicht abfangen oder in einen Unfall verwickeln konnte.

Er würde per Bahn nach Salzburg reisen, aber erst von Hütteldorf aus, wo er seinen Wagen parken konnte, von dort ein Taxi über die Grenze nehmen und von Rosenheim per Zug weiterfahren. Das würde hoffentlich etwaige Verfolger verwirren.

Als er vor seiner Wohnung stand, sah er, dass die Marke an der Tür wieder zerrissen war. Wieder war jemand in seine Wohnung eingedrungen, also hieß es, vorsichtig sein.

Mit der Waffe in der Rechten betrat Gottschlich sein Büro und kontrollierte die Räume. Er stieß auf keinen Attentäter, wohl aber auf einen Aktenordner auf seinem Schreibtisch, der nicht von ihm stammte.

Schon auf den ersten Blick erkannte er, dass es sich um die Akten handelte, die Fernbacher ihm zukommen lassen wollte, bevor man ihn erschossen hatte.

Ganz oben war ein Zettel eingeheftet, auf dem geschrieben stand: »Mit herzlichen Grüßen, Helga«.

KAPITEL 13

Mit Albers Aufzeichnungen und diesen Akten, die ihm, der Handschrift nach, nicht Helga Alber, sondern Helga Hartmann übermittelt hatte, hatte Gottschlich nun wirkungsvolles Material in der Hand. Die politische Bombe, mit der tatsächlich ein Wandel in der österreichischen Politik möglich wurde. Obwohl ihm das egal sein sollte. Das war Holls Geschäft. Er musste sich darauf konzentrieren, die Mordfälle zu lösen. Er musste das Material nach München schaffen, ohne Anruf beim »Münchner Merkur«, ohne Entschuldigung beim Kardinal, dass er nicht zum Treffen kommen könne. Das könnte den Plan und sein Leben gefährden.

Gottschlich änderte auch die Reiseroute, indem er sich entschloss, das Haus mit seinen Unterlagen und leichtem Gepäck durch den Keller zu verlassen, mit der Straßenbahn zum Gürtel zu fahren, von dort zu Fuß zum Westbahnhof zu gehen, einen Zug bis St. Pölten zu nehmen, dort zu kontrollieren, ob er verfolgt wurde, per Taxi bis Amstetten zu reisen, von dort mit dem Zug weiterzufahren, und so fort. Bis er im Verlauf des morgigen Tages München erreichte.

Von einem Hotel würde er Kontakt zu Ilse Günther aufnehmen und ihr das Material zur Veröffentlichung übergeben.

Die Detonation der politischen Bombe würde er in

München abwarten, um nicht Opfer einer Racheaktion zu werden.

Aber gefährdete er damit nicht das Leben anderer Menschen, von Helga Alber und Holl abgesehen, die von sich aus, bewusst, handelten?

Gottschlich dachte an seinen Onkel und die Tante in Gumpoldskirchen, bei denen er Kopien seiner Unterlagen hinterlegt hatte, und an Helga Hartmann, die ihm die Akte Fernbacher übermittelt hatte.

Aber die Sache ließ sich nicht mehr stoppen, die Lawine war ins Rollen gekommen. Er musste durchstarten, durfte nicht zaudern. Der Gegner musste rasch lahmgelegt werden.

Wenn man ihn jedoch auf der Fahrt nach München erwischte, wenn man ihm beim Grenzübergang nach Deutschland das Material abnahm, war alles verloren. Also musste er sich absichern, indem er sämtliche Beweisstücke fotografierte und diese als Film per Post übermittelte, von St. Pölten aus. Postlagernd, an das Postamt am Münchner Hauptbahnhof.

Gottschlich hatte den Westbahnhof vor Augen, als er sich überlegte, wie er selbst, wäre er Geheimpolizist, verhindern würde, dass Gottschlich brisante Schriftstücke und Fotos ins Ausland schaffte.

Er würde den Mann auf Schritt und Tritt beobachten und jedes Poststück, das er aufgab, abfangen, ihn selbst beim Grenzübertritt nach Deutschland verhaften, wegen Geheimnisverrats und Spionage. Und damit würde er bei der Festnahme entweder erschossen oder für sehr lange Zeit im Gefängnis landen. Die Beweisstücke würde man vernichten.

Gottschlich machte kehrt, fuhr zurück zu seiner Wohnung und beschloss, ein Stück schlauer zu sein als seine Gegner.

Etwas verspätet erreichte Gottschlich den Konservativen Klub in der Plankengasse und wurde besonders herzlich von Kriminalrat Achleitner und Rechtsanwalt Goldmann begrüßt. Regimentskamerad Achleitner umarmte ihn sogar.

»Es gibt heute Roastbeef«, verriet Goldmann. »Mit Remoulade. Mein absoluter Favorit.«

Kurz vor dem gemeinsamen Mahl erschien auch der Kardinal, der Gottschlich persönlich begrüßte.

»Ich muss mit Ihnen reden«, flüsterte ihm Gottschlich zu.

Der verstärkte Händedruck verriet Gottschlich, dass Schomann damit einverstanden war.

»Wollen Sie uns vom Fortgang Ihrer Ermittlungen berichten?«, fragte ihn der Kardinal.

»Es gibt leider nichts zu berichten. Dennoch bedanke ich mich für die Einladung.«

Der Kardinal fand das schade und ging weiter.

Gottschlich genoss die hohe Qualität von Speis und Trank und wartete auf das Ende der Zusammenkunft, um mit dem Kardinal unter vier Augen zu reden.

Auch das bedeutete ein Risiko. Sobald er den Mann in sein Wissen und seinen Plan einweihte, könnte er alles verlieren. Er hatte jedoch das Gefühl, dass er Schomann vertrauen konnte. Bei Achleitner und Goldmann hatte er Vorbehalte, für die er sich beinahe schämte, denn beide Männer waren ihm gegenüber positiv eingestellt.

Dem Kardinal jedoch, in dessen Büro sich die beiden Männer gegen halb zwölf zurückzogen, berichtete er von seinem Wissen, seinen Absichten und dem Plan des Bundeskanzlers.

Der Kardinal schaute Gottschlich am Ende lange schweigend an.

»Das klingt gut«, meinte er schließlich.

»Das Ziel ist noch nicht erreicht«, schränkte Gottschlich ein.

»Und ich soll Ihnen dabei helfen?«

»Ich habe gründlich nachgedacht. Man wird mit allen Mitteln verhindern wollen, dass ich das Material nach München schaffe.«

»Und Sie wollen, dass wir es in der Kirchenzeitung veröffentlichen?«

Gottschlich verneinte. »Das erwarte ich natürlich nicht. Ich brauche Ihre Hilfe beim Transport eines Films nach München. Sie sind wohl der Einzige, den man nicht wagt, festzunehmen. Und ich werde als Ablenkung dienen. Ich werde auf verschlungenen Wegen versuchen, über die deutsche Grenze zu gelangen, mit einem Aktenordner mit harmlosen Aufzeichnungen. Während Sie den Film …«

»Ich deponiere ihn im Palais Holnstein, beim Bischof, wo Sie ihn abholen können …«

»Wenn sie mich je nach Deutschland lassen. Vermutlich wird es nötig, den Film Journalisten des ›Münchner Merkurs‹ auszuhändigen.«

»Ich kümmere mich darum. Wann soll die Sache über die Bühne gehen?«

»Je früher, desto besser, sonst kommt Holl zu Schaden.«

»Ich setze mich morgen früh in Bewegung. Sagen wir um neun.«

»Gut, dann starte ich um sieben.«

»Darf ich für uns beide beten?«, fragte der Kardinal.

Gottschlich verbiss sich eine Bemerkung wie: »Wer könnte Sie davon abhalten«, und gab sein Einverständnis.

Der Kardinal kniete nieder, faltete die Hände und betete das Vaterunser, wobei er die Worte »und führe uns nicht in Versuchung, sondern erlöse uns von dem Bösen« wiederholte.

Am Schluss der Besprechung sagte er etwas, das Gottschlich sehr freute: »Ich bin froh, Sie kennengelernt zu haben. Sie sind ein wertvoller Mensch.«

Ob dasselbe auf den Kardinal zutraf, würde sich bald herausstellen, dachte Gottschlich.

Gottschlich kümmerte sich nicht um etwaige Verfolger, als er um 7.50 Uhr vom Westbahnhof abfuhr. Als Reiselektüre hatte er sich die »Blechtrommel« mitgenommen, obwohl das dicke Buch ziemlich unhandlich war.

Er fand trotz des Andrangs an Fahrgästen einen Sitzplatz, allerdings nur in einem Raucherabteil, in dem zwar niemand rauchte, das aber ziemlich unangenehm roch.

Zur Beruhigung seines Geruchssinns stellte er sich den Duft Helgas vor, dachte an Zitronen, an das Land, wo laut Goethe die Zitronen blühten, und beschloss, im Frühjahr nach Italien zu reisen, wenn ihm das noch möglich wäre. Denn ein tödlicher Ausgang des Abenteuers war nicht auszuschließen, wenn auch das Lied vom Wurschtl diesen nicht erwarten ließ.

Lächelnd vergegenwärtigte er sich den Refrain des Musikstücks, in dem es hieß:

Das sind bitterböse G'schichten,
doch der Wurschtl kann sich's richten,
der mit Tod und Teufel raft,
bis ihn d'Polizei verhaft'.
Wird auch's Krokodil gefährlich,
ausgehn tut sich alles herrlich.
Den Wurschtl, mein Lieber, den kann kaner derschlag'n,
das kann jedes Kind, das im Prater war, sag'n.
Haut ihm auch der Teufel mit'n Hammer am Schädel,
dem Wurschtl g'schieht nix und der Teufel ist der Wedel!
Ja, er wurschtelt sich durch und er wurschtelt sich raus,
schaut er nachher vielleicht ganz verwurschtelt auch aus.
Er kann, wie der Wiener, a Menge vertrag'n,
aber eins kann man net: den Wurschtl derschlag'n.

So seltsam es war, aber diese Verse erfüllten ihn mit Zuversicht, die Beklemmung, die ihn seit dem Erwachen begleitet hatte, wich, er fühlte sich stark und hoffnungsvoll.

Und zu dieser Stimmung passte die »Blechtrommel«

ganz und gar nicht, und ganz besonders nicht das Ende des Romans, mit dem er sich gerade beschäftigte. Der alt gewordene Oskar wollte vor seinen Verfolgern über Paris nach Amerika flüchten, wurde jedoch von Polizisten aufgespürt und in eine Nervenheilanstalt gesteckt.

Nein, das wollte er nicht lesen. Lieber schaute er durch das verschmutzte Zugfenster in die Gegend, die zwischen Wien und St. Pölten nicht besonders attraktiv war.

Also von St. Pölten per Taxi nach Salzburg. Würde zwar eine Stange Geld kosten, andererseits den Verfolgern eine echte Flucht vortäuschen. Während der Kardinal …

Wenn der Plan aufging.

Gottschlich musterte die übrigen Fahrgäste im Abteil. Ah, jetzt rauchten tatsächlich zwei Männer, die offenbar bald aussteigen würden. Sie hatten nicht einmal die Mäntel abgelegt, obwohl der Zug geheizt war.

Einige schliefen, die Köpfe an ihre Mäntel gelehnt, die von den Metallhaken der Gepäcksnetze hingen.

Zwei Frauen und ein Mann lasen den »Österreich-Blick«.

Der Mann könnte es sein. Obwohl ein etwaiger Verfolger auch in einem anderen Abteil abgestiegen sein könnte.

Es kam darauf an, ob der in einen grauen Anzug Gekleidete auch in St. Pölten ausstieg und den Mantel nach ihm anzog. Gottschlich wollte damit bis zum allerletzten Moment warten.

Der Zug erreichte St. Pölten um 8.23 Uhr. Der Mann zog tatsächlich seinen mit einem braunen Pelzkragen verbrämten Wintermantel nach ihm an und verließ mit seiner Aktentasche den Zug.

Gottschlich beachtete ihn nicht weiter und begab sich zum Bahnhofvorplatz.

Mein Gott, die Luft in St. Pölten war schlecht. Es roch nach … nach Chemie, nach einer Papierfabrik. Ein furchtbarer Ort!

Also schnell weg mit dem älteren der beiden Taxilenker. Der hatte mehr Erfahrung als der junge Mann mit der Stirnmütze. Außerdem trug er ein kariertes Sakko, das Gottschlich daran erinnerte, dass er sein Sakko ausbessern und reinigen lassen wollte.

Dem Taxilenker erklärte er seinen Wunsch und fragte nach dem Fahrpreis.

»Ich muss auch wieder zurückfahren«, erklärte der Alte. »Und ich muss rauchen. So lange halte ich es ohne Nikotin nicht aus. Also, sagen wir 250 Schilling, wenn es recht ist.«

Gottschlich war das recht und er gab dem Mann einen Vorschuss von 100 Schilling.

»Den Rest zahle ich beim Aussteigen am Salzburger Bahnhof.«

»Sie wissen aber, dass der Zug möglicherweise schneller wäre«, zeigte sich der Mann von seiner ehrlichen Seite.

»Ich brauche Komfort und kann ihn mir leisten«, erklärte Gottschlich, und der Chauffeur nickte, obwohl er, wie es Gottschlich schien, lieber den Kopf geschüttelt hätte.

Angenehm fand es Gottschlich, dass ihn der Mann in den Fond des Wagens steigen ließ und schweigsam war. Er erklärte ihm nur die Fahrtroute, dann schaltete er das Radio ein und rauchte eine Zigarette nach der anderen.

Dreieinhalb Stunden nach Beginn der Fahrt hielt der Mann auf dem Bahnhofvorplatz in Salzburg, Gottschlich bezahlte den Rest und hielt Ausschau nach einem zweiten Taxi mit niederösterreichischem Kennzeichen, sah jedoch keines.

Stattdessen kam Nikolaus Achleitner auf ihn zu, in Zivil, begleitet von zwei jungen Männern, die ebenfalls unauffällig-graue Wintermäntel trugen.

»Kein Aufsehen, Hans!«, flüsterte der Kriminalrat. »Ich will dir nichts Böses. Du händigst mir die Unterlagen aus und du bist ein freier Mann.«

»Und wenn nicht?«, fragte Gottschlich.

»Diese Variante gibt es nicht.«

»Verräter!«, zischte Gottschlich.

»Der bist du. Du willst die Führung unseres Landes verraten.«

»Und ich soll dir glauben, dass ich ungeschoren davonkomme?«, zweifelte Gottschlich.

»Mein Ehrenwort.«

»Ehre. Das aus deinem Mund! Du bist erledigt bei deinen Freunden im Konservativen Klub.«

»Damit kann ich leben. Wie gesagt, ich lasse dich laufen. In alter Freundschaft.«

Gottschlich, der sich auf keine weitere Debatte einlassen wollte, spuckte aus, öffnete dann seine Aktentasche und entnahm ihr den Aktenordner mit dem unbrauchbaren Material, dann entfernte er sich wortlos Richtung Bahnhof. Da er eine Viertelstunde auf den Zug Richtung München warten musste, begab er sich in den Warteraum, wo er sich ganz nahe an den mit Koks geheizten Ofen setzte. Ihm war kalt geworden bei dem Treffen mit seinem Regimentskameraden Achleitner.

Andererseits war dessen Verhalten logisch. Der Mann hätte seinen Posten unter dem neuen Regime nicht halten können, wenn er nicht übergelaufen wäre.

Man plante eine Umgestaltung der Polizei, die Zusammenlegung von Gendarmerie und Polizei, bei der man Führungspositionen neu besetzen würde.

Achleitner war ein Verräter, der sich an ihm rächen würde, sobald er erkannte, dass das Material, das er ihm ausgehändigt hatte, wertlos war. Aber genau das war seine Lebensversicherung. Man würde ihn – vermutlich – nicht töten, solange man nach den echten Beweisen gegen die Staatspolizei und die Regierung suchte. Material, das der Kardinal nach München brachte, wenn nicht auch er ein Verräter war.

Das hieß aber ... Ja, dass er sofort untertauchen musste. Achleitner würde ihn festnehmen und zwingen, mit der Wahrheit herauszurücken.

Gottschlich verließ den warmen Ort und begab sich auf Bahnsteig 4c, wo der Zug nach München schon wartete, stieg ein und verließ den Waggon durch eine Tür auf der gegenüberliegenden Seite, lief über die Geleise und verließ das Bahnhofsgelände in der Deckung des Zugs.

In der erstbesten Unterkunft, an deren Eingangstür er vorbeikam, quartierte er sich ein.

Er wollte in Sicherheit überlegen, wie es weitergehen sollte.

Er legte sich auf das Bett und erkannte zu seiner Freude, dass er durch das Fenster auf die Festung Hohensalzburg blicken konnte. Sollte er ganz einfach Urlaub machen und warten, bis der »Münchner Merkur« die Bombe hochgehen ließ? Salzburg wäre der ideale Ort für einen Urlaub.

Nein. Er musste die Redaktion darauf aufmerksam machen, dass das brisante Material im Palais Holnstein zu beheben war. Und dazu musste er eine Telefonzelle aufsuchen und ...

Aber das hatte Zeit. Jetzt genoss er das gut beheizte Hotelzimmer und wollte einen Moment ausruhen.

Aus dem Moment waren Stunden geworden. Als Gottschlich aufwachte, hatte die Abenddämmerung eingesetzt. Jetzt war es höchste Zeit für das Telefonat, fand er. Und danach würde er essen gehen.

Als jemand an die Tür klopfte, überlegte er die Möglichkeiten einer Flucht. Viel zu spät. Er hätte früher planen müssen, wie er dieses Zimmer verlassen konnte, wenn sie ihn fanden. Er war dumm gewesen. Naiv und dumm.

Er blickte beim Fenster hinaus. Zweites Stockwerk, keine Chance – außer er versuchte, über den Sims an der Fassade in eines der Nachbarzimmer zu gelangen. Im Winter, bei eisigen Verhältnissen. Nein, das wäre sein sicherer Tod.

»Ich bin es«, hörte er eine weibliche Stimme von der Tür her. »Helga Hartmann.«

Einen Moment lang freute sich Gottschlich, die Stimme der jungen Frau zu hören, dann jedoch ahnte er eine Falle.

Dennoch entschloss er sich, die Tür zu öffnen, ohne zu seiner Waffe zu greifen.

Als er in Helga Hartmanns Gesicht blickte, meinte er wieder, seine Helga, Helga Alber, in der Version vor sich zu haben, in die er sich verliebt hatte, vor Jahrzehnten, bevor er in den Krieg musste, als alles noch gut war.

Helga Hartmanns blaue Augen, ihr freundliches Lächeln nahmen ihm alle Kraft. Er musste sich am Türrahmen abstützen, um nicht den Halt zu verlieren.

»Lässt du mich hinein?«, fragte sie, und Gottschlich wich verwirrt in das Zimmer zurück.

»Wie hast du …«, wollte er zu einer Frage ansetzen.

»Ich bin dir gefolgt, falls du Hilfe brauchst«, sagte sie lächelnd. »Ich habe alles fotografiert. Auch die Herren vor dem Bahnhof.«

»Warum?«, stammelte Gottschlich.

»Hast du das noch nicht herausgefunden? Du bist ansonsten recht gut in deinen Ermittlungen.«

»Nein. Ich weiß es nicht.«

Nun kam die junge Frau auf ihn zu. Nahe, sehr nahe. Zu nahe, und sie küsste ihn.

»Genügt das?«, fragte sie.

»Ich weiß nicht«, antwortete Gottschlich.

»Du willst mehr?«

»Ich weiß nicht.«

»Aber ich weiß es«, sagte Helga und schubste ihn gegen das Bett, wo sie sich neben ihn setzte und ihn umarmte. Gottschlich erwiderte die Berührung und den Kuss.

Helga roch, nein, nicht nach Zitronen, sie duftete nach Frühling, nach Jugend. Und er … Er hatte die lange Zugreise hinter sich, die Aufregung am Bahnhof … Er musste nach Raucherabteil und … und alter Mann riechen.

Aber Helga Hartmann schien das egal zu sein. Sie begann, sein Hemd zu öffnen und ihn zu streicheln.

»Ich würde sehr, sehr gerne …«, setzte er an, doch Helga brachte ihn mit einem lang gezogenen »Pst« zum Schweigen.

»Du musst gar nichts machen. Darum kümmere ich mich«, flüsterte sie.

»Ich will aber etwas machen«, sagte Gottschlich mit fester Stimme, die ihn selbst überraschte. »Und zwar muss ich kurz dieses Zimmer verlassen, um mit der Redaktion in München zu telefonieren.«

»Von einer Telefonzelle aus.«

»Und dann …«

»Dann hoffen wir, dass wir nicht gleich losmüssen«, sagte Helga und schloss die Knöpfe an Gottschlichs Hemd. »Aber du läufst nicht davon.«

»Im Gegenteil. Ich bin gleich wieder da. Und danke für das Material.«

»Die Witwe hat es mir überlassen. Von Frau zu Frau.«

Tatsächlich kam Gottschlich knappe 20 Minuten später zurück ins Hotelzimmer mit der Nachricht, dass die Leute vom »Merkur« einen Wagen schicken würden, der ihn nach München bringen würde.

»Sie wollen mich persönlich sprechen und meinen, dass man es nicht wagen würde, deutschen Zeitungsleuten an der Grenze Schwierigkeiten zu machen. Sie kommen zu zweit. Ein Journalist, ein Fotograf.«

»Und ich. Ich komme mit.«

»Das freut mich.«

»Und jetzt haben wir an die vier Stunden Zeit.«

»Ich stelle mich unter die Dusche.«

»Ich komme mit.«

Als Gottschlich um halb elf mit Helga in den Mercedes mit dem Münchner Kennzeichen stieg, war er glücklich wie schon lange nicht mehr. Die Arbeit am Fall Fernbacher stand kurz vor dem Abschluss, eine politische Wende für Österreich zeichnete sich ab. Eine Wende zum Besseren. Und … Nachdem er zum ersten Mal seit sehr, sehr langer Zeit wieder in den Armen einer Frau … Ja, was? Er war mit Helga im Hotelbett gelegen. Auch liegen war nicht der richtige Ausdruck. Was auch immer. Er war die letzten drei Stunden in Bewegung gewesen. Eine Bewegung, die seinen Körper und seine Seele erfasst hatte, sodass er nun zwar müde, aber so lebendig wie schon lange nicht mehr war.

Wenn er nicht gewusst hätte, dass es unmöglich war, hätte er darauf geschworen, dass er nun auch mit dem linken Augen wieder sah.

DER FLÜGELSCHLAG DES SCHMETTERLINGS

WAS WÄRE WENN …

Der bloße Flügelschlag eines Schmetterlings, heißt es in der Chaosforschung, könne den Verlauf von Ereignissen fundamental verändern.

Was also wäre passiert in den 60er-Jahren des 20. Jahrhunderts, wäre der sozialistische Politiker Franz Olah erfolgreich gewesen in seinem Bestreben, mithilfe einer nationalen Partei an die Macht zu kommen?

Franz Olah, der tatkräftige und machtbewusste linke Politiker, der wegen seiner politischen Überzeugung im KZ Buchenwald interniert gewesen, der nach dem Krieg im Sowjetsektor gegen die Kommunistische Partei Österreichs aufgetreten war, der seine eigenen Pläne für Österreich und die Sozialistische Partei hatte.

Zunächst versuchte er, eine der sogenannten parteiunabhängigen Zeitungen auf seine Seite zu bringen, in diesem Fall die Kronen-Zeitung, heute Österreichs größte Tageszeitung, indem er Hans Dichand, dem Gründer, Gelder des Gewerkschaftsbundes zukommen ließ.

Gewerkschaftsgelder flossen auch in die Gründung des »Express«.

1964 unterstützte Olah auch noch die Freiheitliche Partei finanziell mit 1 Million Schilling. Damit wollte er eine Koalition der Sozialisten mit der FPÖ vorbereiten, um selbst Bundeskanzler zu werden.

Was nun, wenn das gelungen wäre und wenn ... wenn die Nationalen schlauer gewesen wären als Olah und schon damals – 1967 – die SPÖ überflügelt hätten? »Blaupausen« gibt die Antwort darauf.

Die SPÖ reagierte damals auf den machtbesessenen Innenminister Franz Olah, indem sie ihn aus der Partei ausschloss.

Die dritte politische Kraft, die FPÖ, die nun, 2017, den Meinungsumfragen zufolge, zur stärksten Partei Österreichs aufgerückt ist, war damals eine Kleinpartei, die in einer kleinen Koalition als das politische Zünglein an der Waage fungieren hätte können.

Die FPÖ, eine nationalliberale Partei, war aus dem VdU, dem Verband der Unabhängigen, hervorgegangen, einem Zusammenschluss ehemaliger Nationalsozialisten, dem Landbund und der Großdeutschen Volkspartei.

Zur Gründung der eigentlichen FPÖ kam es am 3. November 1955. Die beiden Lager der Partei, die Nationalen und die Liberalen kämpften danach immer wieder um die Vorherrschaft.

Was wäre, wenn die Nationalen eindeutig gesiegt hätten, wenn sich Gruppierungen breit gemacht hätten, die das Deutsche Reich wiederherstellen wollten, wenn ...?

Es gab damals tatsächlich die Untergrundorganisation der »Werwölfe«, die den Nationalsozialismus wieder an die Macht bringen wollten. Eine Gruppierung, die namentlich bis zumindest 1979 wirkte, als der Neonazi Michael Kühnen die »Wehrsportgruppe Werwolf« gründete.

Was nun, wenn fanatische Mitglieder dieser Truppe sich in einer nationalen Partei durchgesetzt hätten, um ihr Ziel mit Morden und terroristischen Aktionen zu erreichen?

Wie hätten die politischen Parteien Österreichs darauf reagiert, wie einzelne Menschen, die durch einen Regimewechsel entweder neue berufliche Chancen gesehen hätten oder ins Abseits gedrängt worden wären?

Dieser Kriminalroman durchleuchtet Schritt für Schritt, wie ein solcher Machtwechsel vor sich gehen könnte, eingebettet in eine Kriminalhandlung und das persönliche Schicksal von Menschen der Nachkriegszeit.

Man brauchte also, wie Franz Olah das vorgezeigt hatte, Geld, um die Presse auf seine Seite zu bringen, um eine andere Partei gewogen zu machen. Wenn es einem noch gelänge, den wichtigsten Geldgeber des politischen Gegners auszuschalten, eine Bank, wie das Jahrzehnte später mit der BAWAG geschehen war, und das Privatleben des Bundespräsidenten zu destabilisieren (Thomas Klestil), dann wäre der Weg zur Macht frei. Nicht zu vergessen die Einflussnahme auf die Polizei, die sich durch eine Polizeireform bewerkstelligen ließe, in deren Verlauf man Spitzenposten neu besetzen könnte.

Empfehlenswert wäre außerdem ein Sündenbock für alles, das nicht nach Wunsch lief.

Doch wer sollte den Plan für all das liefern? Die Blaupause für das politische Vorgehen in Österreich und Deutschland? Dieser Krimi versucht eine Antwort auch auf diese Frage.

Der Flügelschlag des Schmetterlings könnte jedoch, wie wir hoffen, auch am Beginn einer positiven politischen Entwicklung stehen.

Wie ich klein war, hat der Vater
mich oft g'führt ins Kasperltheater,
und mit großen Augen sah
Wurschtls Lebensweg ich da.
Wie er seinem Weiberl schmeichelt,
wie er's weiße Haserl streichelt,
dann erschlagt er seine Frau,
warum weiß ich nicht genau.
Das sind bitterböse G'schichten,
doch der Wurschtl kann sich's richten,
der mit Tod und Teufel rast,
bis ihn d'Polizei verhaft'.
Wird auch's Krokodil gefährlich,
ausgehn tut sich alles herrlich,
und ins Büchserl kommt zum Schluss
der berühmte Obolus.
Da sagt mir der Vater: »Ich will dir für's Leben
einen Rat, den's 'd verstehn wirst, bis du älter bist, geb'n:
Den Wurschtl, mein Lieber, den kann kaner derschlug'n,
das kann jedes Kind, das im Prater war, sag'n.
Haut ihm auch der Teufel mit'n Hammer am Schädel,

dem Wurschtl g'schieht nix und der Teufel ist der Wedel!
Ja, er wurschtelt sich durch und er wurschtelt sich raus,
schaut er nachher vielleicht ganz verwurschtelt auch aus.
Er kann, wie der Wiener, a Menge vertrag'n,
aber eins kann man net: den Wurschtl derschlag'n.«

Später kommt der Ernst des Lebens
und das Glück sucht man vergebens,
denn man macht auf Schritt und Tritt
wie der Wurschtl alles mit.
Ja, ins G'sicht, da wird dir g'schmeichelt,
wie ein Haserl wirst du g'streichelt,
aber passt du nicht gut auf,
hast du hinten eine drauf!
Paragrafenrechtsgeschichten
kann man sich mit Müh noch richten,
wer mit Tod und Teufel raft,
der is eh genug gestraft.
Und das Schicksal schnappt, o Bruder,
wie ein Krokodil, das Luder,
und die Steuer nimmt zum Schluss
hübsch was weg als Obolus.
Und geht einem ehrlich die Gall' dabei raus,
es ist wirklich ein Wunder, es geht alles gut aus:
Den Wurschtl, mein Lieber, den kann kaner derschlag'n,
das kann jedes Kind, das im Prater war, sag'n.
Haut ihm auch der Teufel mit'n Hammer am Schädel,
dem Wurschtl g'schieht nix und der Teufel ist der Wedel!
Ja, er wurschtelt sich durch und er wurschtelt sich raus,
schaut er nachher vielleicht ganz verwurschtelt auch aus.

Er kann, wie der Wiener, a Menge vertrag'n,
aber eins kann man net: den Wurschtl derschlag'n.

Heute ging ich in den Prater,
sucht' mir wieder's Kasperltheater,
doch zerschlagen und verbrannt
war mein Kindermärchenland.
Als der Abend, mondbeschienen,
sank auf Trümmer und Ruinen
und die Uhr schlug Mitternacht,
ist der Prater aufgewacht.
Wieder hört man Lärm und Lachen,
durch die Grotte fährt der Drachen,
Riesenrad und Ringelspiel,
alles draht sich im Gewühl.
Calafati, majestätisch,
kommt und grüßt ganz gravitätisch,
und es fängt zu geistern an,
wirklich auf der Geisterbahn.
Da flüstert der Wurschtl: »Ich bin noch nicht hin,
ich bin ewig, so ewig wie mein ewiges Wien.«
Den Wurschtl, mein Lieber, den kann kaner derschlag'n,
das kann jedes Kind, das im Prater war, sag'n.
Haut ihm auch der Teufel mit'm Hammer am Schädel,
dem Wurschtl g'schieht nix und der Teufel ist der Wedel!
Ja, er wurschtelt sich durch und er wurschtelt sich raus,
schaut er nachher vielleicht ganz verwurschtelt auch aus.
Er kann, wie der Wiener, a Menge vertrag'n,
aber eins kann man net: den Wurschtl derschlag'n.

QUELLENNACHWEIS

Abdruck des Liedtextes »Der Wurschtl« von Erich Meder (Musik Hans Lang) mit freundlicher Genehmigung des Verlags Ludwig Doblinger (Bernhard Herzmansky) KG Wien.

Weitere Krimis finden Sie auf den folgenden Seiten und im Internet:

WWW.GMEINER-SPANNUNG.DE

J. J. PREYER
Rankenspiel

978-3-8392-1930-0 (Paperback)
978-3-8392-5117-1 (pdf)
978-3-8392-5116-4 (epub)

GEFÄHRLICHE TRIEBE In einem Garten im nördlichen Waldviertel breitet sich der Japanische Staudenknöterich unbarmherzig aus. Die drei Gärtnerinnen Pia, Lia und Maria werden beauftragt, das Grundstück von den Stauden zu befreien. Bei ihrer Arbeit erkennen sie, dass die Besitzerin ein ähnliches Verhalten wie die Pflanze an den Tag legt. Die Frau dringt gnadenlos in das Leben anderer Menschen ein. Als Ruth Winkler schließlich verbrannt im Staudenknöterich gefunden wird, wimmelt es nur so von Verdächtigen. Werden die drei den Mörder ausfindig machen?

Das Neueste aus der Gmeiner-Bibliothek

Unser Lesermagazin

Bestellen Sie das kostenlose Krimi-Journal in Ihrer Buchhandlung oder unter www.gmeiner-verlag.de

Informieren Sie sich ...

www ... auf unserer Homepage: www.gmeiner-verlag.de

@ ... über unseren Newsletter: Melden Sie sich für unseren Newsletter an unter www.gmeiner-verlag.de/newsletter

f ... werden Sie Fan auf Facebook: www.facebook.com/gmeiner.verlag

Mitmachen und gewinnen!

Schicken Sie uns Ihre Meinung zu unseren Büchern per Mail an gewinnspiel@gmeiner-verlag.de und nehmen Sie automatisch an unserem Jahresgewinnspiel mit »mörderisch guten« Preisen teil!

GMEINER SPANNUNG